荔鏡記

中國古典名著

明·無名氏 著
趙山林
趙婷婷 校注

三民書局

國家圖書館出版品預行編目資料

荔鏡記／明・無名氏著;趙山林,趙婷婷校注.－－初版一刷.－－臺北市：三民，2014
面；　公分.－－(中國古典名著)

ISBN 978-957-14-5901-1　(平裝)

853.6　　　　103007214

© 荔鏡記

著作人　明・無名氏
校注者　趙山林　趙婷婷
責任編輯　張加旺
美術設計　郭雅萍

發行人　劉振強
著作財產權人　三民書局股份有限公司
發行所　三民書局股份有限公司
地址　臺北市復興北路386號
電話　(02)25006600
郵撥帳號　0009998-5
門市部　(復北店)臺北市復興北路386號
(重南店)臺北市重慶南路一段61號

出版日期　初版一刷　2014年6月
編號　S 857780
行政院新聞局登記證局版臺業字第〇二〇〇號

ISBN 978-957-14-5901-1　(平裝)

http://www.sanmin.com.tw　三民網路書店

荔鏡記 總目

引言……一～二
書影……一～四
出目……一～四
正文……一～三八六

引言

趙山林
趙婷婷

荔鏡記（一名荔枝記，閩南地方戲曲劇目和民間故事則名為陳三五娘）是明代戲曲作品，產生於南方的潮州、泉州一帶，原作者姓名久佚。從現存幾種版本看來，在長期流傳過程中，劇本經過多名作者先後改動，應當屬於世代累積型作品。劇本採用曲牌聯套體，保留了不少南戲特點。劇本語言潮州話、泉州話混合使用，可以說是現存最早的一部閩南語出版物，其價值彌足珍貴。

劇本敘述泉州書生陳三（伯卿）送兄伯延赴廣南運使任所，途經潮州，在元宵燈市與黃九郎的獨生女五娘邂逅，二人互生愛慕之心。之前黃九郎已將五娘許配豪富而貌醜的林大，下聘之日，五娘掀翻聘禮，趕走媒婆，斷然拒絕。陳三到廣南之後念念不忘五娘，遂辭別兄長，重遊潮州，得與五娘再遇。五娘此時也思念陳三，遂以手帕包裹荔枝，從繡樓擲給陳三訂情。陳三喬裝匠人入黃府磨鏡，故意失手打破寶鏡，賣身黃家為奴三年。之後二人經歷了反反覆覆的試探與接觸，逐步深化了感情，在婢女益春幫助之下，終於結成連理，並於林大逼婚之際相偕私奔。林大告到官府，陳三被捕入獄，流配崖州，吃盡千辛萬苦，而陳三、五娘山盟海誓始終不改。後在陳伯延相助之下，二人得以團聚。荔鏡記謳歌青年男女的自由戀愛婚姻，與中國傳統父母之命、媒妁之言的婚姻格格不入，所以此劇在明清兩代一再被官府禁演，但始終受到以閩南為中心的廣大地區群眾的歡迎。特別是青年男女，對此劇情有獨鍾，閩南地區曾經流傳「嫁豬嫁狗，不如共與陳三走」的俗諺，便是生動的證明。全劇具有濃郁的地方特色，成為梨園戲、高甲戲、潮劇、莆仙戲、薌劇的保留劇目。荔鏡記也流傳到臺灣，並有歌仔戲的戲碼演出，逕稱為陳三五娘，為歌仔戲傳統四大齣之一，深受臺灣人民的喜愛。

荔鏡記所刻畫的黃五娘，美麗聰慧，溫柔多情，而又具有主見，是一個令人難忘的青年女性形象。第十四出責媒退聘中（據明嘉靖丙寅刊本重刊五色潮泉插科增入詩詞北曲勾欄荔鏡記戲文全集，下同），媒婆向五娘誇耀林大的富有，並勸說五娘接受父親安排的婚姻，而五娘執意不肯：

（丑）富貴由天，姻緣由天。

（旦）姻緣由己。

「姻緣由己」這句話就是五娘針對「姻緣由天」而發布的自主婚姻宣言，在父母之命、媒妁之言的婚姻被視為天經地義的時代，能發出「姻緣由己」這樣的聲音，真可謂擲地作金石聲。

劇本刻畫五娘，始終沒有脫離她生活的具體環境。她畢竟是大家閨秀，父母管教甚嚴，人之言亦可畏也。所以她對喬裝磨鏡匠人入府為奴的陳三，始而不敢相認，繼而疑其家有妻室，直到陳三對天發誓，這才稍微安心。

第二十六出五娘刺繡寫五娘與陳三私下談話，五娘內心十分緊張：

（旦）我只處（這裡）心驚腳手疪（病；抖）。

（生）娘仔向虛驚做乜（為何會那麼心驚）？

（旦）啞媽（媽媽）得知，我倆（怎麼）得死。

不久五娘又說：

（旦）三哥，阮出來久長了，恐阮啞媽尋（尋）我不見，阮卜（要）入去。

這些地方，都可以看出五娘所感受到的禮教的巨大壓力。五娘對所愛者的稱呼，從「陳三」到「三哥」再到「官人」的變化，經歷了漫長的過程。這說明她對愛情的確認，經過十分慎重的考慮。甚至在她與陳三訂約之後，她還心存疑慮，以母親有病需要服侍為由，悔約不赴。劇本以第二十六出五娘刺繡寫訂約，第二十七出益春退約寫退約，第二十八出再約佳期寫再約，完全合情合理，寫出了五娘作為少女的羞澀心態，也符合她性格發展的邏輯。直到第二十九出鸞鳳和同，五娘前去赴約，而陳三恰因困倦一時入睡，五娘又認為「想見前世共伊無緣」，留下金釵為證，抽身便走，途遇益春勸說，這才返回，成就好事。這一波折，既增強了戲劇性，又使五娘性格的發展更為真實可信，使人不得不驚嘆劇作家深刻的洞察力以及極有層次、極富深度的表現能力。

劇本中陳三的形象與五娘的形象珠聯璧合，相映生輝。陳三是一個多情的書生，為了接近五娘，不惜贈馬拜師，學習磨鏡，又假借打破寶鏡，賣身為奴。在黃家，他掃院澆花，吃盡辛苦，以致趕來探望他的安童連聲感嘆：「虧得官人。」而陳三的回答是：

是我甘心，恨誰得是。你今言語莫提起。（第二十五出陳三得病）

緊接著安童與陳三還有一段對話：

（丑）三爹，只處姻緣可成就未？
（生）那看只早晚成就。
（丑）三爹啞，既是未成就，何必苦求？不免共安童返去厝。
（貼上聽介）
（生白）你袂（不）曉得，我姻緣成就，早晚就返去。
（丑）三爹返來去，恁厝乜樣（你家那樣）富貴，豈無千金閨女共你匹配？求伊乜（什麼）用？
（生）你返去，說我在任上讀書，莫說我在只潮州，急惱老大人。（第二十五出陳三得病）

陳三在黃府千方百計接近五娘，先是寫信投進花園，向五娘表達情意，繼而又描繪鶯柳，題詩其上，進一步向五娘傾訴情懷。他的一片痴情，終於感動五娘。其後陳三被知州判處流配崖州，五娘感覺十分內疚，一再表示是自己連累了陳三，而陳三也一再表示自己是為情所使，心甘情願，第四十五出收監送飯中有這樣的對話：

（生旦貼相看啼）

（旦）官人啞，你一身着阮（被我）帶累，受只勞冷（受這牢籠之苦）。

（生）娘仔啞，只是（這是）我身做身擔當，做乜是你累我？

第四十六出敘別發配中，二人臨別時相互體貼的深情更是表現得淋漓盡致：

【生地獄】

（旦）阮人情深都如海，膠漆不如阮堅佃（堅牢）。今旦（日）障（這樣）受苦，你今為阮受磨抬（折磨）。我今千口說不來，我今千口說不來。

（生唱）分開去，淚哀哀，未得知值日（何日）得返來？

（旦）風飀天做寒，君你衣裳薄成紙，脫落（脫下）衣裳共君幔（給你披）。

（生白）衣裳娘仔你穿，寒除（了）娘仔。

（旦）我那（寧願）為君凍死，也卜（要）乞人傳說我。

五娘、陳三之外，益春的形象也很豐滿。她熱心熱腸，支持陳三、五娘的自由戀愛，而她本人並不想從別人那裡得到什麼報酬。第二十八出再約佳期中，陳三曾經表示要報答益春，被益春斷然拒絕：

（生）感謝小妹你有心。感謝小妹相照顧，今旦無恩通相補。

（貼）值人卜（誰要）共你討恩？

第四十六出敘別發配中，陳三、五娘二人臨別悲傷不已，益春便加以勸慰：

（貼）恁相惜如花似錦，常說恩深怨也深。啞娘，強企（勉強）起來莫沉吟，整花冠，梳起雲鬟。伊人有恁，恁即有心，姻緣到底會結親。莫苦切，面青目腫，乜罪過收來未盡。

這充分表達了益春對陳三、五娘二人的理解和同情，也表現出益春本人的善良。

就連黃家的佣人小七，對陳三、五娘也是同情的。第四十九出途遇佳音中，小七受五娘重託，為陳三送去寒衣，跋山涉水，歷盡艱辛，可是當陳三給他一點零用錢的時候，他卻拒絕了：

（生）小七，即（這）零碎銀乞（給）你路上去買物食。

（淨）啞娘有銀乞小七，不使。

這一小小的細節，使小七的淳樸得到了生動的表現，起到了綠葉襯托紅花的效果，也使劇本增添了生活氣息。

劇中次要人物，如陳伯延的剛直與急躁，黃九郎的短視與固執，林大的胡攪蠻纏，媒婆的巧舌如簧，等等，也都各有特色，他們與劇中主要人物之間產生了種種糾紛甚至衝突，使得整臺戲波瀾迭起，非常好看。

荔鏡記的語言豐富多彩，表現力極強。一部分曲詞將詩詞意境與本色語言有機地融合在一起，既詩意盎然，又通俗易懂，如第四十八出憶情自歎中五娘所唱【傷春令】：

春天萬紫千紅，妝成富貴新氣。看許（那）開箇（的）、含箇、畢目箇、謝箇，都是東君擺布生意。黃鶯飛來在只綠柳嫩枝，調舌弄出好聲音，黃蜂尾蝶，對對雙雙。飛來在只花前，採花遊戲。記得去年共君行遍只滿園，收拾盡春光景致。手摘海棠花一枝，輕輕倒插君鬢邊。君伊半醉又半醒，相扶相挨，去到太湖石邊。見許牡丹花含笑，見許牡丹花含笑，羅列在只前前後後，親像我共君相挎不相離。今旦日雖有障般光景，空落得我賞春人獨自。恨東君可見薄情，伊知我傷情，故意做出障般天時（天氣）。又使得杜鵑、燕仔，一个聲聲許處啼怨，一時雙雙飛入真珠帘，惹起春心春愁一時盡都擾起。又兼長冥惡過（長夜難過），聽見鼓角聲悲悲慘慘，鐵馬聲玎玎璫璫，越噪人耳。對只情景，擦（惹）我傷心那好啼。

對比去年與陳三攜手賞花的溫馨，今年爛漫的春花只能使五娘感到寂寞和孤單。雙飛的燕子，攪動了五娘的春愁，鼓角聲、鐵馬聲更使她夜不能眠。這一段曲詞，前半以樂景寫樂，後半以樂景寫哀，情辭相稱，有層次地展現了五娘的內心世界。

有些曲白，用的是「文不甚深，言不甚俗」的淺近文言，如第十四出責媒退聘中的：

（旦）女嫁男婚，莫論高低。媽媽都不見小學上說？

（丑）小學上做倆說？

（旦）「婿苟賢矣，今雖貧賤，安知異日不富貴乎？苟為不肖，今雖富貴，安知異日不貧賤乎？」況兼流薄之子，倆通力（怎麼可以把）仔嫁乞伊，枉害除（了）仔身。

（丑）只斯文莫共我講，你去共你父講。

（旦）媽媽不見俗人說：擇婿嫁女，擇師教子。

這裡所引的小學，是當時的小學教材，舊題宋代朱熹撰，實為朱熹與其弟子劉清之合編。「擇婿嫁女，擇師教子」二句則出於明人范立本所輯明心寶鑑，也是當時流行的一本通俗書籍，可見荔鏡記取資是十分廣泛的。

有的曲白，更直接採用民謠俗諺，如同見於第十四出責媒退聘中的：

（丑）啞，只賊婢，起無好直。益春，你着關防（防備）伊。古人說：乘仔（寵子）不孝，乘豬乘狗上竈。

「乘仔不孝，乘豬乘狗上竈」這樣的俗諺具有濃郁的生活氣息，為劇本增添了一種幽默的色彩。

南戲如何實現向傳奇的演變，是明代戲曲史研究的一個重要課題，也有多種不同見解，而荔鏡記保留了較多的南戲特色，可以為這一課題的研究提供生動的例證，其主要表現是：㈠第一出雖然沒有出目，但實際上是「副末開場」。㈡全劇五十五出，符合南戲的長篇體制。㈢出目用語，比較口語化，如第七出燈下搭歌，第十九出打破寶鏡，第二十四出園內花開，第三十四出走到花園，都用通俗自然的口語描繪情境，不像文人傳奇出目用語那樣整飭。㈣每出曲子，或多或少。少的只有一、兩支，多的像第二十六出五娘刺繡有十支，第四十八出憶情自歎有九支。㈤每出最後一支曲子，常用【尾聲】，或稱【餘文】。㈥與前面曲牌相同的曲子，稱為【前腔】，不像北雜劇那樣稱為【么篇】。㈦每出收場，大都有一首下場詩。㈧腳色有生、旦、淨、末、丑。㈨各種腳色都可以演唱，演唱的形式有獨唱，也有輪唱、合唱。㈩音韻遵循南曲慣例，平上去入四聲通押。從以上各點，可以看出荔鏡記對於研究南戲——傳奇演變發展的歷史，也具有重要的價值。

荔鏡記明清刊本計有：㈠重刊五色潮泉插科增入詩詞北曲勾欄荔鏡記戲文全集，明嘉靖丙寅年（嘉靖四十五年，西元一五六六年）刊本，原本藏英國牛津大學圖書館和日本天理大學圖書館。㈡新刻增補全像鄉談荔枝記，潮州東月李氏編集，明萬曆辛巳年（萬曆九年，西元一五八一年）刊本，原本藏奧地利維也納國家圖書館。㈢新刊時興泉潮雅調陳伯卿荔枝記大全，清順治辛卯（順治八年，西元一六五一年）書林人文居梓行，原本為日本神田鬯庵博士珍藏。㈣陳伯卿新調繡像荔枝記全本，清道光十一年（辛卯，西元一八三一年）泉州見古堂刊本，原本為泉州民間收藏。㈤陳伯卿新調繡像荔枝記真本，清光緒十年（甲申，西元一八八四年）三益堂刊本，原本為法國施博爾博士珍藏，又有梨園戲劇團許書紀家藏本。以上第㈠、㈢、㈣、㈤種，已經收入泉州市文化局、泉州地方戲曲研究社編、鄭國權主編荔鏡記荔枝記四種（中國戲劇出版社二〇一〇年六月第一版第一次印刷），為廣大讀者和研究者提供了方便。至於第㈡種，即明萬曆刊本，鄭國權等先生認為從劇情及其採用的方言文字判斷，屬於地道的潮州刊本，故未予收入荔鏡記荔枝記四種，後來根據曾永義先生意見，將萬曆刊本製成電子文本，以供參照閱讀❶。

荔鏡記的刊本中，嘉靖本最早，也最值得重視。一九三六年，歷史學家向達在北平圖書館館刊上，發表記牛津所藏的中文書一文，首次介紹存於英國牛津大學圖書館的重刊五色潮泉插科增入詩詞北曲勾欄荔鏡記戲文全集。牛津大學所藏的這個刻本，因「最後一頁有殘缺，不能知道此書究竟刊於何時」，但向達認為「就字體各插圖形式看來，類似明萬曆左右刊本」。二十年之後，一九五六年，梅蘭芳和歐陽予倩率中國京劇團到日本訪問，帶回藏於天理大學的明刊本班曲荔鏡戲文，與英國牛津大學所藏為同一刻本，且保存完好，末頁有一段書坊告白：「重刊荔鏡記戲文，計有一百五葉，因前本荔枝記字多差訛，曲文減少，今將潮泉二部，增入顏臣勾欄詩詞北曲，校正重刊，以便騷人墨客閑中一覽，名曰荔鏡記，

❶ 見泉州市文化局、泉州地方戲曲研究社編、鄭國權主編荔鏡記荔枝記四種（中國戲劇出版社二〇一〇年六月第一版第一次印刷）卷末致讀者。

買者須認本堂余氏新安云耳。嘉靖丙寅年。」至此，荔鏡記嘉靖刊本的面目已經清晰。

本書以嘉靖刊本為底本，參考吳守禮明嘉靖刊本荔鏡記戲文校理（閩臺方言史資料研究叢刊一—二，臺北：從宜工作室，二〇〇一年十二月初版一刷），以及泉州市文化局、泉州地方戲曲研究社編、鄭國權主編荔鏡記荔枝記四種第一種明代嘉靖刊本荔鏡記書影及校訂本（中國戲劇出版社二〇一〇年六月第一版第一次印刷）。注釋方面，參考的著作有：吳守禮新刻增補全像鄉談荔枝記研究——校勘篇，一九六七年六月油印本；周長楫編廈門方言詞典，江蘇教育出版社一九九八年版；施炳華荔鏡記音樂與語言之研究，臺北：文史哲出版社二〇〇〇年一月初版；李如龍編漢語方言特徵詞研究，廈門大學出版社二〇〇二年版。參考的論文有：曾憲通明本潮州戲文所見潮州方言述略（方言一九九一年第一期）；林倫倫潮汕方言與潮劇的形成（語言文字應用二〇〇〇年第四期）；曹小雲荔鏡記中所見明代閩南方言詞例釋（皖西學報二〇〇四年第一期）；連金發荔鏡記動詞分類和動相、格式（語言暨語言學第七卷第一期，二〇〇六年）、荔鏡記趨向式探索（語言暨語言學第七卷第四期，二〇〇六年）；施炳華荔鏡記的用字分析與詞句拾穗等。有關疑問，還承蒙洪惟仁教授、洪惟助教授、蔡欣欣教授等專家學者賜教。在此一併致以衷心感謝。

為了方便讀者閱讀，各出之間注釋不避重出，以免翻檢之勞。

本書由趙山林和斯坦福大學東亞語言文化系博士候選人、斯坦福大學東亞研究期刊（*Stanford Journal of East Asian Affairs*）中國方面主編趙婷婷共同完成，我們雖然作了很大努力，但不當之處恐仍難免，尚祈專家和讀者批評指正。

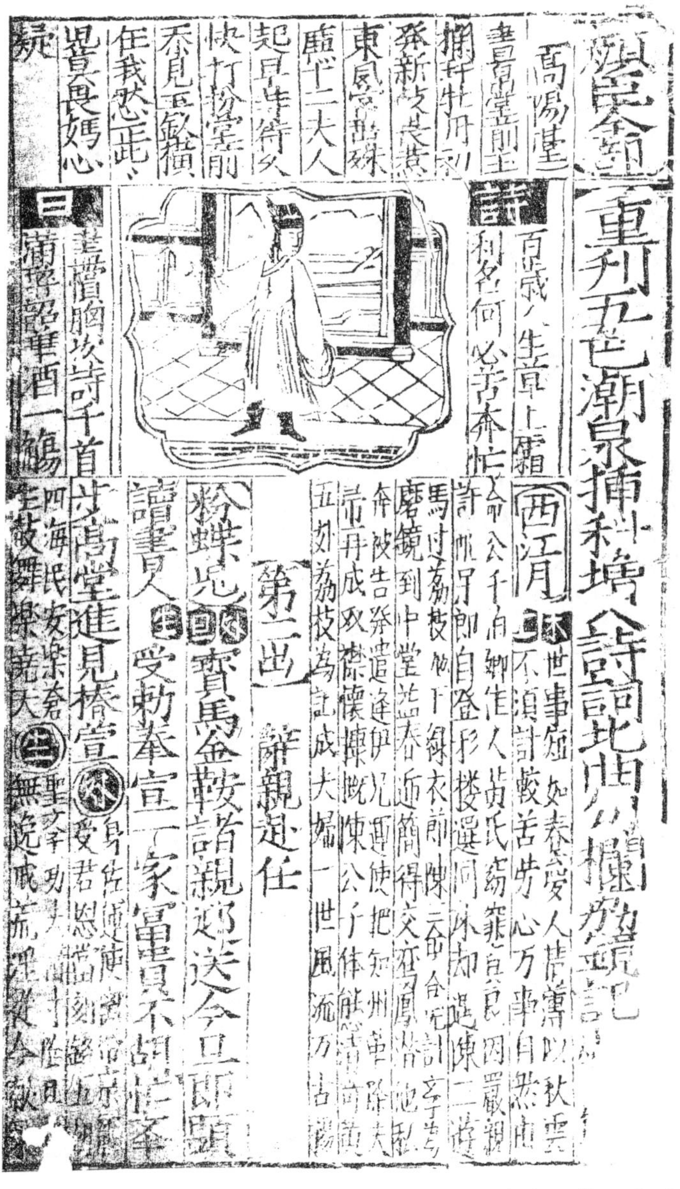

明嘉靖刊《重刊五色潮泉插科增入詩詞北曲勾欄荔鏡記戲文全集》書影

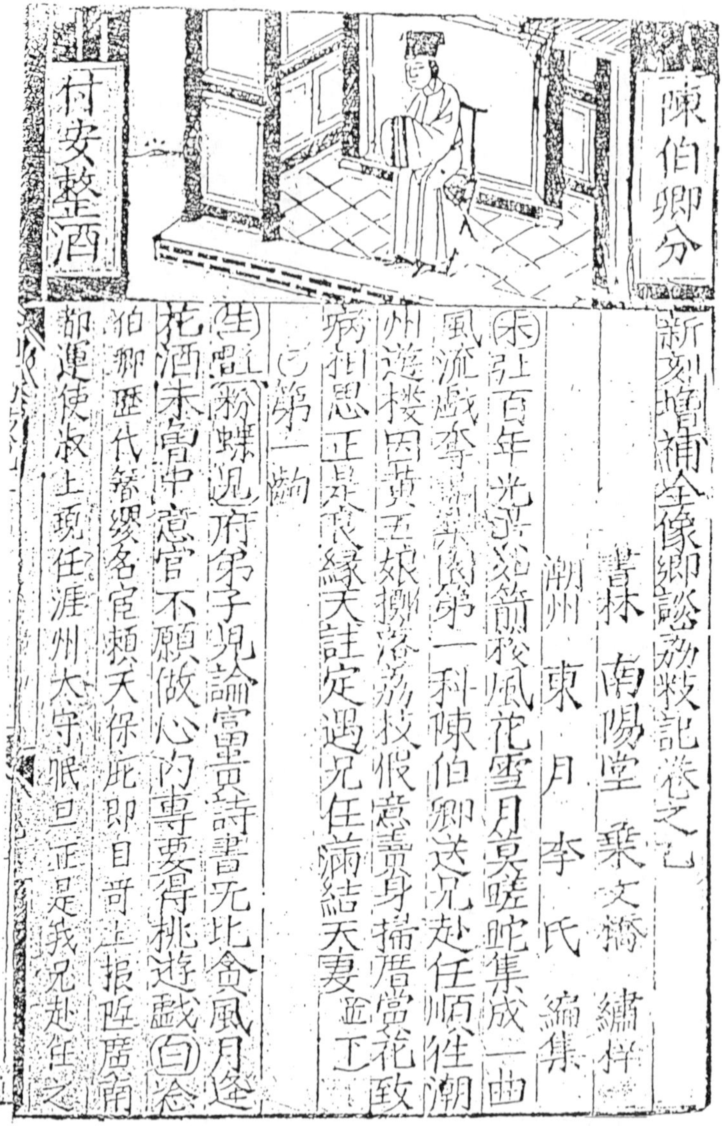

新刻增補全像鄉談荔枝記卷之一
書林 南陽堂 葉文橋 繡梓
潮州 東月 李氏 編集
(末)上百年光景只如箭，幾風花雪月莫蹉跎，集成一曲
風流戲，奪錦標第一科。陳伯卿送兄赴任，順往潮
州遊樓，因黃五娘擲落荔枝，假意賣身掃厝當奴致
病相思，正是前緣天註定，遇兄任滿結夫妻。(並下)
(正)第一齣
(生)上(粉蝶兒)府第子兒論富貴詩書兄比貪風月逢
花酒未曾沾，意官不願做，心內專要得挑遊戲。(白)念
伯卿歷代簪纓，名宦賴天保庇，即日哥哥振暨居開
都運使，收上現任涯州太守，眠旦正是我兄赴任之

明萬曆刊《新刻增補全像鄉談荔枝記》書影

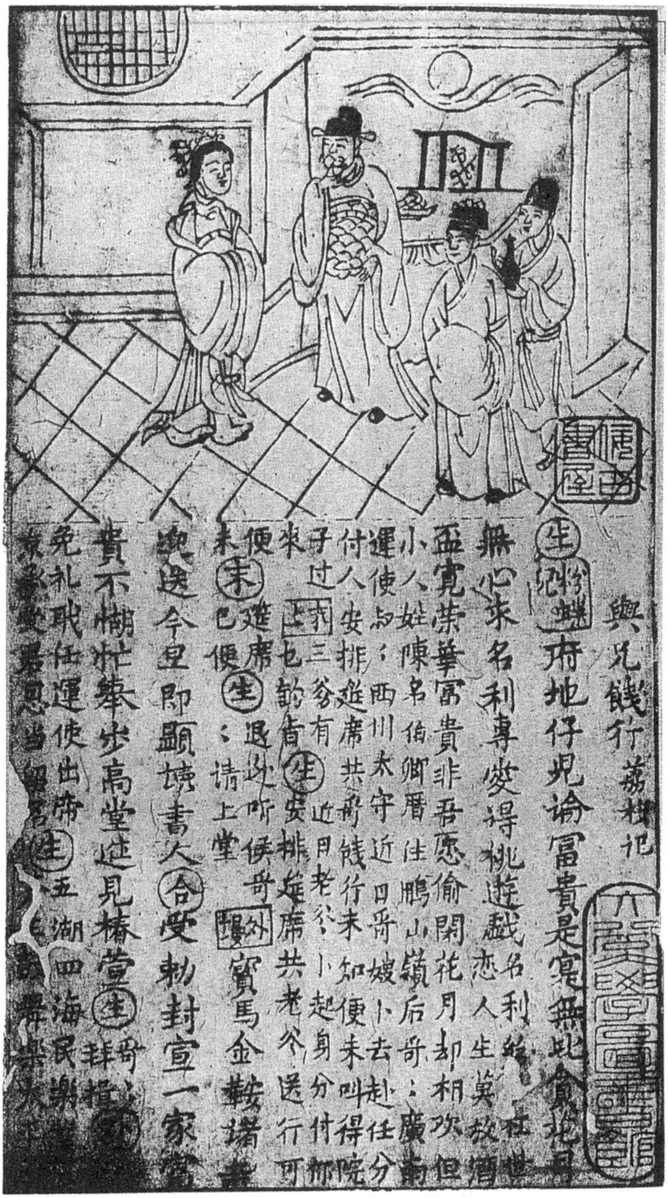

清順治刊《新刊時興泉潮雅調陳伯卿荔枝記大全》書影

送兄餞行
【生】簪纓繼世論閥閱獨霞當時讀書總愛攀
桂枝功名二字都由天難未得乘龍跨鳳且
趁風月遊戲名利紛紛枉世恣人生莫放酒
盃寬榮華富貴非吾愿偷閑花
月郊相歡但小人姓陳名麟字伯卿祖居泉
州朋山嶺后閩鎮閩族貽代名家叔父西川
太守哥哥廣南運使近月哥哥卞去赴任吩
付人安排筵席共院哥餞【末】三爹有近月
行末卿儐來叫得院子過來【末】也鈞旨【生】老爺
門起身吩咐個安排筵【外】便【生】退邊【末】達
席共老爹送行可便末了【生】聽候【末】得【生】
哥哥旦【外】詩書不負男兒志金榜標名選罕
上堂
稀儹任得生都運使名聲顯達鳳凰堀【生】哥哥
拜撕

清光緒刊《陳伯卿新調繡像荔枝記真本》書影

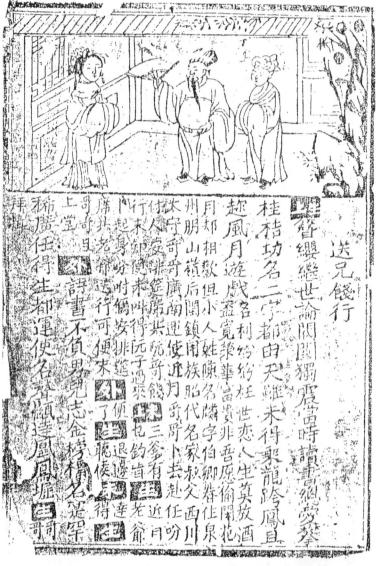

出目

第一出　副末開場……一
第二出　辭親赴任……三
第三出　花園遊賞……一〇
第四出　運使登途……一三
第五出　邀朋賞燈……一五
第六出　五娘賞燈……二四
第七出　燈下搭歌……三八
第八出　士女同遊……四四
第九出　林郎托媒……四九
第十出　驛丞伺接……五四
第十一出　李婆求親……五六
第十二出　辭兄歸省……六〇

第十三出　李婆送聘……六四
第十四出　責媒退聘……七二
第十五出　五娘投井……九五
第十六出　伯卿游馬……一〇一
第十七出　登樓拋荔……一〇三
第十八出　陳三學磨鏡……一〇九
第十九出　打破寶鏡……一一四
第二十出　祝告嫦娥……一三二
第二十一出　陳三掃廳……一三六
第二十二出　梳妝意懶……一四一
第二十三出　求計達情……一六二
第二十四出　園內花開……一六五
第二十五出　陳三得病……一八三
第二十六出　五娘刺繡……一九六
第二十七出　益春退約……二二七
第二十八出　再約佳期……二二九

第二十九出　鸞鳳和同……二三七
第 三 十 出　林大催親……二四七
第三十一出　李婆催親……二五一
第三十二出　赤水收租……二五四
第三十三出　計議歸寧……二六一
第三十四出　走到花園……二六六
第三十五出　閨房尋女……二六九
第三十六出　途遇小七……二七二
第三十七出　登門逼婚……二七六
第三十八出　詞告知州……二八一
第三十九出　渡過溪洲……二八四
第 四 十 出　公人過渡……二八六
第四十一出　旅館敘情……二八九
第四十二出　靈山說誓……二九五
第四十三出　途中遇捉……二九九
第四十四出　知州判詞……三〇三

第四十五出　收監送飯……………………………………三一一
第四十六出　敘別發配……………………………………三二五
第四十七出　敕陞都堂……………………………………三三三
第四十八出　憶情自歎……………………………………三三七
第四十九出　途遇佳音……………………………………三四八
第五十出　小七遞簡……………………………………三五七
第五十一出　驛遞遇兄……………………………………三六三
第五十二出　問革知州……………………………………三七二
第五十三出　再續姻親……………………………………三七八
第五十四出　衣錦回鄉……………………………………三八二
第五十五出　合家團圓……………………………………三八四

第一出　副末開場❶

【西江月】

（末上）世事短如春夢，人情薄似秋雲。不須計較苦勞心，萬事自然由命❷。公子伯卿，佳人黃氏，窈窕❸真娘。因嚴親許配呆郎，自登彩樓選東床❹。卻遇陳三遊馬過，荔枝拋下綠衣郎。陳三會合無計，學為磨鏡到中堂。益春遞簡，得交鸞鳳❺。潛逃❻私奔，被告發遣。逢伊兄運使❼，把知州革除❽，夫

---

❶ 副末開場：原本無出名，據文義增。

❷ 世事短如春夢四句：宋朱敦儒西江月詞上片。第四句原作「萬事原來有命」。見朱敦儒著、鄧子勉校註樵歌，上海古籍出版社一九九八年版，第二七六頁。

❸ 窈窕：嫻靜貌；美好貌。詩經周南關雎：「窈窕淑女，君子好逑。」

❹ 東床：女婿。據晉書王羲之傳，太尉郗鑒使門生求女婿於王導。導令就東廂遍觀子弟。門生歸，謂鑒曰：「王氏諸少並佳，然聞信至，咸自矜持；惟一人在東床坦腹食，獨若不聞。」鑒曰：「正此佳婿邪！」訪之，乃羲之也。遂以女妻之。後因稱女婿為「東床」。東床，原作「同床」，依吳守禮校改。

❺ 得交鸞鳳：指結為夫妻。鸞，鳳凰一類的鳥。

❻ 逃：原作「他」，依吳守禮校改。

❼ 運使：即轉運使。宋太宗時於各路設轉運使，稱某路諸州水陸轉運使，其官衙稱轉運使司，俗稱漕司。轉運使除掌握一路或數路財賦外，還兼領考察地方官吏、維持治安、清點刑獄、舉賢薦能等職責。宋真宗景德四

婦❾再成雙。

襟懷慷慨陳公子，體態清奇❿黃五娘。
荔枝為記成夫婦，一世風流萬古揚。

年（西元一〇〇七年）以前，轉運使職掌擴大，實際上已成為一路之最高行政長官。

❽ 革除：革職。

❾ 婦：原作「帚」，依吳守禮校改。

❿ 清奇：清秀不凡。元鄭光祖伊尹耕莘雜劇第一折：「生的來清奇面似雪，膚體白如霜。」

第二出　辭親赴任

【粉蝶兒】

（外生❶）寶馬金鞍，諸親迎送，今旦❷即顯讀書人。

（生）受勅奉宣，一家富貴不胡忙❸。舉步高堂，進見椿萱❹。

（外）身做❺運使離帝京，寵受君恩當刻銘。五湖四海民安樂，蒼生鼓舞樂堯天❻。

（生）聖學功夫惜寸陰，且將無逸戒荒淫。從今獻策龍門去，不信無媒❼魏闕❽深。

---

❶ 生：原作「旦」，依吳守禮校改。

❷ 今旦：今天。（依曾憲通說）

❸ 胡忙：慌忙。

❹ 椿萱：父母的代稱。椿，指父親。萱，指母親。椿是一種多年生落葉喬木，莊子逍遙遊說「上古有大椿者，以八千歲為春，八千歲為秋」，古人因此用來比喻父親長壽。萱草，一種草本植物，古代傳說萱草可以使人忘憂。遊子出門遠行的時候，常常要在母親居住的北堂臺階下種植幾株萱草，以免母親惦念，同時讓母親忘記憂愁。後來便將母親的居處稱為「萱堂」。

❺ 做：原作「佐」，依吳守禮校改。

❻ 堯天：稱頌帝王盛德，天下太平。論語泰伯：「巍巍乎，唯天為大，唯堯則之。」謂堯能法天而行教化。

（外）下官姓陳名伯延，厝❾住泉州蓬山嶺後，雙親在堂。幸得一舉成名，除受廣南❿運使，敕賜劍印隨身。干礙⓫爹媽在堂，不得前去赴任，做倆⓬得好？

（生）哥哥，不見古人說：「孝於事親，忠於事君⓭。盡忠不能盡孝，盡孝不能盡忠。」爹媽在堂，小弟須當伏事⓮，哥哥不必得念⓯。

（丑）好說大人得知，行李打疊⓰便了。

（外）見⓱是便了，請爹媽出來相辭，因勢⓲起身。

---

❼ 無媒：沒有引薦的人，比喻進身無路。唐杜牧送隱者一絕：「無媒徑路草蕭蕭，自古雲林遠市朝。」唐韋莊下第題青龍寺僧房：「千蹄萬轂一枝芳，要路無媒果自傷。」媒，吳守禮校擬改為謀，不從。

❽ 魏闕：指朝廷。魏，高大。闕，音ㄑㄩㄝˋ。宮門兩邊中空的門樓。

❾ 厝：家。

❿ 廣南：唐朝在今兩廣地區設「嶺南道」，宋初亦為「嶺南道」。宋淳化四年（西元九九三年），改為「廣南道」。

⓫ 干礙：礙於。

⓬ 做倆：幹啥；怎麼。倆，怎麼；怎樣。（依曾憲通說）

⓭ 孝於事親二句：張說河州刺史冉府君神道碑：「追惟皇考孝於事親，忠於事君，恭於立身，惠於臨人：總是四行，旁通具美，貽厥孫謀，以燕翼子。」

⓮ 伏事：即服侍。（依曾憲通說）

⓯ 得念：掛念。

⓰ 打疊：整理；準備。

⓱ 見：吳守禮注：既。照原作方言解亦可。

（淨）心忙來路緊，喜得到泉州。這裡正是陳老爹門首。
（丑）敢問賢友，貴處那裡？
（淨）小人正是廣南道承差，差來接運使老爹赴任。
（丑）尊兄立定，待我稟過老爹。
（丑介）好說大人得知，外頭有一承差，說是廣南道差來接老爹赴任。
（外）放他進來。
（淨見介）承差接老爹。
（外）有文書沒有？
（淨）有文書。
（外）接上來。
（外）這文書上還有十二名皂隸❶⑲、兩名吏，都在那裡？
（淨）兩名吏同十二名皂隸打⑳水路來。小的恐怕老爹起馬緊，先打旱路來院，老爹。
（外）見是這等，左右送他館驛裡安下，明日一定起身。
（末淨下）

⑱ 因勢：就此。勢，原作「世」，依吳守禮校改。
⑲ 皂隸：古代賤役。後專稱舊衙門裡的差役，常穿黑色衣服。皂，玄色；黑色。
⑳ 打：從。

（外）請將爹媽出來相辭，因勢起身。

（生）爹媽，請請。

【菊花新】

（末丑）今旦仔兒㉑卜㉒起里㉓，未知值日㉔返鄉里？夫妻二人老年紀，仔兒卜去，𤆬㉕我心悲。

（貼㉖）都是前世因緣湊合着伊，隨夫赴任廣南，真个㉗榮華無比。

（末）（相見介）光陰似箭歲難留，日月如梭春復秋。

（丑）但願吾兒老萊子㉘，身着斑衣五色裘。

（末）來，伯延，才自㉙是七人㉚在只外？

㉑ 仔兒：兒子。（依林倫倫說）

㉒ 卜：要；想要。見施炳華荔鏡記音樂與語言之研究，文史哲出版社二〇〇〇年版，第四六四頁。

㉓ 起里：啟程。

㉔ 值日：什麼時候。（依曾憲通說）

㉕ 𤆬：惹；引。

㉖ 貼：原作「占」，占為「貼」之簡寫。

㉗ 真个：真的。（依曹小雲說）

㉘ 老萊子：春秋時楚國人，中國歷史上著名的孝子。孝養二老雙親，自己七十多歲時，還經常穿著彩衣，模仿嬰兒的動作，以取悅雙親。宋蘇舜欽老萊子詩：「颯然雙鬢白，尚服五彩衣。」

（外介）才自是廣南道承差，接仔㉛赴任。

（末）見是接你赴任，媳婦收拾行李，就時起身。伯卿，你送恁㉜哥嫂到廣南任所，因勢轉來㉝厝讀書。

（生）謹領尊命。

（末）仔，你去做官，莫得貪酷百姓。所望榮歸故里。古人說：袞袞諸公㉞著錦㉟袍，不知民瘼㊱半分毫。頻斟美酒千人血，細切肥羊百姓膏㊲。自須記得這四句是大丈夫之志，立身揚名，以顯父母。

（丑）新婦㊳，你去勸我仔，做官善事多為，惡事莫作。

（貼）媽媽，尊命仔兒都記在心內。

㉙ 才自：剛才。（依曾憲通說）

㉚ 乜人：什麼人。（依曾憲通說）

㉛ 仔：兒子。（依林倫倫說）

㉜ 恁：你。

㉝ 轉來：回來。（依林倫倫說）

㉞ 袞袞諸公：眾多的顯宦，後專稱身居高位而無所作為的官僚。袞袞，相繼不絕。

㉟ 錦：原作「帛」，依吳守禮校改，「帛」為「錦」之簡寫。

㊱ 民瘼：百姓的疾苦。瘼，疾；疾苦。

㊲ 頻斟美酒千人血二句：意謂官員俸祿來自百姓。韓湘子全傳第十三回：「又詩云：袞袞公侯著紫袍，高車駟馬逞英豪。常收俸祿千鍾粟，未除民害半分毫。滿斟美酒黎民血，細切肥羊百姓膏。為官不與民方便，枉受朝廷爵祿高。」膏，原作「亦」。吳守禮校疑「亦自」為「膏」，現以「自」屬下句。

㊳ 新婦：古時稱兒媳為「新婦」。宋洪邁夷堅甲志張屠父：「新婦來，我乃阿翁也。」

【一封書】

（末丑）我分付二仔兒，只去㊴路上着㊵細二㊶。去做官，管百姓，莫得貪酷不順理。做官須着辨忠義，留卜名聲乞人上史記㊷。

（合唱）今旦相辭去，值日得相見？三年任滿返鄉里。

（外生貼唱）

【大河蟹】

拜辭爹媽便起程，叮嚀拙話㊸仔須聽。三年任滿轉鄉里，合家團圓，合家團圓，許時㊹返來即相慶。

（末丑）仔兒分開我心痛。只去㊺隔斷在千山萬嶺。

（外生貼）勸爹勸媽，莫得發業㊻費心情。

㊴ 只去：這一次去。（依曾憲通說）

㊵ 着：須。（依曾憲通說）

㊶ 細二：即細膩；細緻、小心。（依曾憲通說）

㊷ 留卜名聲句：即青史留名之意。留卜，留下。史記，史書。

㊸ 拙話：這些話。（依曾憲通說）

㊹ 許時：那時。許，吳守禮注：俗字，「彼」也。

㊺ 只去：此去。（依林倫倫說）

㊻ 發業：發急。金董解元西廂記諸宮調卷七【賺】：「收拾起，待剛睡些，爭奈這一雙眼兒劣。好發業，淚漫

（合）三年任滿，三年任滿，許時返來即相慶。

【尾聲】

就拜辭媽共爹，安排轎馬便行程，值日得到廣南城，值日得到廣南城。

（末）因勢收拾起身。（並下）

拜辭爹媽便起身，山高路遠雁魚㊼沉。

萬兩黃金未為貴，一家安樂值千金。

漫地會聖也難交睫。」

㊼ 雁魚：書信。傳說古代有人剖鯉魚時，看見魚肚裡有書信。漢樂府飲馬長城窟行：「客從遠方來，遺我雙鯉魚。呼兒烹鯉魚，中有尺素書。」鴻雁是候鳥，往返有期，故人們想像雁能傳遞音訊。據漢書蘇武傳，漢使者對匈奴單于「言天子射上林中，得雁，足有繫帛書」，使單于不得不承認蘇武在北海牧羊，因而放還蘇武。

第三出　花園遊賞

【粉蝶兒】

（旦）巧韻鶯聲，驚醒枕邊春夢。起來晏❶，日上紗❷窗。

（貼）見窗外尾蝶❸，雙飛相趕。日頭❹長，春花發得通❺看。

（貼白）啞娘❻萬福。

（旦）幾陣鶯聲微微輕，雙雙紫燕叫黃鶯。困人天氣未成熱，力❼只❽寒衣脫幾重。

---

❶ 晏：晚。

❷ 紗：原作「西」，依吳守禮校改。

❸ 尾蝶：蝴蝶。（依曾憲通說）

❹ 日頭：太陽；日影。（依林倫倫說）

❺ 通：可；值得。（依曹小雲說）

❻ 啞娘：小姐。「啞娘」的啞不是啞巴之義，而是詞頭，相當於「阿」。「啞娘」就是「阿娘」，小姐之義。（依洪惟仁說）

❼ 力：把。（依曹小雲說）

❽ 只：這。（依曹小雲說）

（貼）三十六春日晴明，諸般鳥雀弄巧聲。宅院深沉人什靜⑨，懶倚繡床無心情。

（旦）念阮⑩是黃九郎諸娘仔⑪，名叫五娘。挑花刺繡，琴棋書畫，諸般都曉。爹爹並無男嗣，單養阮一身。來啞⑫，益春，今旦正是新春節氣，不免相共⑬行到花園內賞花。

（貼）好花不去賞，也可惜除⑭。

【錦田道⑮】

（旦唱）**入花園，簡⑯相隨。滿園花開蕊，紅白綠間翠。雙飛燕，尾蝶成雙成對。對只景，毛⑰人心憔悴。**

（貼）**娘身是牡丹花正開，生長在深閨。好時節，空虛費。怨殺窗外啼子規⑱，枝上鶯**

---

⑨什靜：寂靜。

⑩阮：我。（依曾憲通說）

⑪諸娘仔：女兒。（依林倫倫說）

⑫來啞：來呀；來啊。

⑬相共：一起；一同。見施炳華荔鏡記音樂與語言之研究，文史哲出版社二〇〇〇年版，第四六六頁。

⑭除：了。

⑮錦田道：應為「錦纏道」。吳守禮注：「田、纏，二字同音。」

⑯簡：佣人。（依曾憲通說）

⑰毛：惹；引。

⑱子規：杜鵑鳥。

聲沸。一點春心，今來交付乞誰？

【撲燈蛾】

（旦）整日坐繡房，閑行出紗窗。牡丹花正開，尾蝶同飛來相弄。上下翩翻，阮春心着伊惹動。

（貼）折一枝，挽一枝，插入金瓶。

（旦）畏引惹⑲黃蜂尾蝶，尋香入繡房。

【餘文】

牡丹花開玉欄干，管乜⑳尾蝶共黃蜂，須待凰鳳來穿花叢。

滿園花開綠間紅，花開花謝不胡忙㉑。

一年那有春天好，不去得桃㉒總是空。

---

⑲ 引惹：招引。（依林倫倫說）

⑳ 管乜：管什麼。

㉑ 胡忙：慌忙。

㉒ 得桃：遊玩；玩耍。（依曾憲通說）

第四出　運使登途

（末）有福様人人伏事，無福様人伏事人。小人不是別人，便是陳大人手下。大人今旦前去廣南赴任，說都未了，大人來到。

【八聲❶甘州】

（外生貼上）東風微微，正是新春景致。憶着在厝❷，好酒慶賀新年。雙親堂上老年紀，功名牽絆覔除❸伊。

（合）心悲，值日得返鄉里。

（又）富貴是無比，五花頭踏❹，馬前噪人耳。白馬金鞍，等接官員都佃❺。金印銀簇帶金牌，算來讀書強別事。

❶ 聲：原作「城」，依吳守禮校改。
❷ 厝：家。
❸ 覔除：放開。覔，放。見連金發荔鏡記趨向式探索。
❹ 五花頭踏：導引的儀仗。元高則誠琵琶記第二十九出：「你出去呵，我只見五花頭踏在你馬前擺，三檐傘兒在你頭上蓋。」五花，五花馬，毛色斑駁的馬。
❺ 佃：吳守禮注：「俗字，『滿』也。」

（合）金榜掛名，天下人都知。

【尾聲】

看日落在天邊，打緊❻驛內去安置。憶着家鄉在千里，憶着家鄉在千里。

走馬上任路八千，光景無邊景物鮮。

遇飲酒處須飲酒，得高歌處且樂然。

❻打緊：趕緊。（依曹小雲說）

第五出　邀朋賞燈

【賞宮花】

（淨）今冥❶，今冥元宵，滿街人吵鬧。門前火照火，結綵樓。人人成雙都成對，虧我無厶❷共誰愁。潮州林郎有名聲，廣東福建敢出名。不欠錢銀不欠食，另❸欠一厶不十成❹。小子永豐倉林大爹便是。阮母無分曉，生我一鼻障大❺。許❻識物❼个❽盡稱呼做大官，許不識物个呼我做大鼻。莫說我田園廣闊，錢銀無賽，那是❾婚頭遲，未有一厶通❿伴眠，乞人說笑，叫做無尾牛。今冥正

---

❶今冥：今天夜晚。（依曾憲通說）

❷厶：妻子，方言字。（依曾憲通說）

❸另：俗字。（依吳守禮注）

❹十成：十全十美。

❺障大：這樣大。（依曾憲通說）

❻許：那。

❼識物：懂事。（依曹小雲說）

❽个：的。（依曹小雲說）

❾那是：只是。那，吳守禮注：「俗字，只也。」

是元宵，我心內愛上街睇⑪燈，無人伴行。我不免唱一無厶歌，解悶消遣，行來去尋老卓。

【四邊靜】

拙年⑫無厶守孤單，清清⑬冷冷無人相伴。日來獨自食，冥來獨自宿。行盡暗臢路⑭，踏盡狗屎乾。盤⑮盡人後牆，屎肚⑯都蹊破⑰。乞⑱人力一着⑲，鬃仔⑳去一半。丈夫人㉑無厶，親像㉒衣裳討無帶。諸娘人㉓無婿，恰是船無舵。拙東又拙西㉔，拙了無依

⑩ 通：吳守禮注：「俗字，可也。」
⑪ 睇：原作「體」，依吳守禮校改。
⑫ 拙年：這些年來。（依曾憲通說）
⑬ 清清：原作「青青」，依文義改。
⑭ 暗臢路：又僻又髒的路。（依曾憲通說）
⑮ 盤：翻。
⑯ 屎肚：腹部。（依曾憲通說）
⑰ 蹊破：為硬物所傷。（依曾憲通說）
⑱ 乞：被。（依曹小雲說）
⑲ 力一着：掠一著；一逮住。（依曾憲通說）
⑳ 鬃仔：髮髻。（依曾憲通說）
㉑ 丈夫人：男人。
㉒ 親像：好像。
㉓ 諸娘人：女人。（依曾憲通說）

倚。人說一厶強十被，十被甲㉕也寒。只正是老卓門兜㉖，不免叫一聲：誰人在許內㉗？共恁㉘啞爹㉙呾㉚：說是西街林大爹在只㉛，請伊得桃。

（內應）

【賞宮花】

（末上）誰叫一聲？因勢㉜出外廳。不知是乜人，元來㉝是林大兄。

（淨）我今請你無別事，那㉞因無厶費心情。

（末）林兄，錢到厶便。

（淨）誰人厶，卜㉟租人？

㉔ 拙東又拙西：忽東忽西。（依曾憲通說）

㉕ 甲：蓋。（依曾憲通說）

㉖ 門兜：門跤口，即門口。「兜」為時間、空間約略詞。見施炳華荔鏡記的用字分析與詞句拾穗。

㉗ 許內：那裡面。（依曾憲通說）

㉘ 恁：你們。（依曾憲通說）

㉙ 啞爹：阿爹。

㉚ 呾：說。（依曾憲通說）

㉛ 只：這裡。

㉜ 因勢：原作「應世」，依前文改。

㉝ 元來：原來。

㉞ 那：只。

（末）和尚厶，卜租人。

（笑介）

（末白）林兄請坐。

（淨）免坐。

（末）未知林兄貴幹？

（淨）卜請你幹事。

（末）幹乜事？

（淨）今冥正是元宵，直來㊱招兄你看燈，因便睇㊲群姐得桃。

（末）小弟今無心看燈，林兄你愛惹事。

（淨）老卓，你不見俗人說。

（末）俗人可做倆說？

（淨）世上若無花共酒，任你千歲待如何？

（笑介）小弟今不惹事，相共來去無妨。

（末）待小弟叫簡仔㊳討檳榔㊴食。

㉟ 卜：要；想要。

㊱ 直來：特地來。（依曾憲通說）

㊲ 睇：看；注視。

（淨）向說㊵，多承。
（末）值㊶簡仔在許內，討檳榔食。
（貼上）有七好客在外廳，手捧檳榔出外行。
（見介）
（淨白）老卓，你值時㊷討一个媳婦抽爽利㊸？
（末）林兄如魯㊹，只是我飼㊺个。
（貼介）（末白）踝㊻林大爹一踝。
（淨）名叫乜？後來好相叫。
（末）名叫春來。

㊳ 簡仔：佣人。
㊴ 檳榔：待客食品，形似橄欖。（依曾憲通說）
㊵ 向說：那樣說。
㊶ 值：哪個。（依林倫倫說）
㊷ 值時：什麼時候。
㊸ 抽爽利：這麼漂亮。（依曾憲通說）
㊹ 如魯：亂說。（依鄭國權說）
㊺ 飼：養。指養佣人。
㊻ 踝：跪。

（貼）請檳榔。

（淨食介）

（貼❹白介）林大爹，食檳榔便食，捻❹人手痛痛，乜事？

（淨）只一查厶仔❹不識物，我捻手看大啞❺小，卜❺打手指❺乞❺你。

（貼）林大爹，多謝。

（淨）只來，只來，都未有灰❺。

（淨介）（淨力❺）

（末白）林兄，小神❺！

❹貼：原作「末」，依吳守禮校改。

❹捻：捏。

❹查厶仔：女孩。（依曾憲通說）

❺啞：吳守禮注：抑。

❺卜：要；想要。

❺手指：戒指。

❺乞：給。

❺灰：鄭國權主編明代嘉靖刊本荔鏡記書影及校訂本注：敷。即撫摸。

❺力：捉。

❺小神：小心。

（淨）大身翁乜㊺小神！

（末）林兄相共來去！

【賞宮花】

今冥是元宵景致，誰厝㊻娘仔不上街來遊嬉。我逡㊼只街頭巷尾看平宜㊽，林兄，那畏了病㊾成相思。

（淨）拙年孤單獨自，有厶緣分那就今冥。

（末）好元宵強過別冥㊿，鼓樂吹唱，會處都佃(63)。滿街鑼鼓鬧喧天，不禁夜人人歡喜。得桃人須趁後生(64)，有厶緣分那就今冥。

【滴溜子】

（淨）今冥元宵月半，恁一齊相共去看。

---

57 乜：多麼。見施炳華荔鏡記音樂與語言之研究，文史哲出版社二〇〇〇年版，第四七〇頁。

58 誰厝：誰家。

59 逡：原作「僻」，依鄭國權校改。逡，復；往來。

60 平宜：吳守禮校疑為便宜。

61 了病：鄭國權主編明代嘉靖刊本荔鏡記書影及校訂本注：惹病。

62 別冥：別的夜晚。

63 佃：吳守禮注：「俗字，『滿』也。」

64 後生：年輕。

（末）好鰲山㊅。鰲山上結綵好看，張鬥人物㊅盡都會活。

（淨）卓兄，鰲山上都是傀儡仔㊅，不免去托一個來去得桃。

（末）不通，林兄小人。

（內敢㊅）

（淨走）是誰？都是潘兄。

（內應）

（末介）請那。

（淨）才自是乜人喝敢？

（末）是官府出來看燈。

（淨）今冥官民同樂人人愛，風調雨順，國泰民安。

拙年無厶守空房，今日好人來相逢。

㊅ 鰲山：堆成巨鰲形狀的燈山。宋周密乾淳歲時記元夕：「元夕二鼓，上乘小輦，幸宣德門觀鰲山。擎輦者皆倒行，以便觀賞。山燈凡數千百種。」

㊅ 張鬥人物：做假人安裝在車上，大概安有機關，所以會動。張，製造之義。鬥，組合之義。（依洪惟仁說）

㊅ 傀儡仔：木偶人。

㊅ 敢：即喝敢，吆喝。

不畏無人通69中70我，只怕小子不中人。

69 通：可。
70 中：喜歡。

第六出　五娘賞燈

【縷縷❶金】

（旦）（貼）元宵景，好天時，人物好打扮，金釵十二❷。滿城王孫士女，都來遊嬉。今冥❸燈光月團圓，琴弦笙簫，鬧滿街市。元宵好景巧安排，鑼鼓鬧咳咳❹。千金一刻元宵景，雖那吝財也不吝財。

（貼）元宵好景家家樂，簫鼓喧天處處聞。

（丑上）

（三合）樓臺上下火照火，車馬來去人看人。

（見介）啞娘萬福。

（旦）李婆來貴幹？

---

❶ 縷縷：原作「婁婁」，依吳守禮校改。

❷ 金釵十二：形容婦女頭上的首飾很多。南朝梁武帝河中之水歌：「頭上金釵十二行，足下絲履五文章。」

❸ 今冥：今夜。

❹ 咳咳：鑼鼓聲。

（丑）婆仔無事不上下門。

（貼）正是高門。

（丑）今人行下門可多。好說啞娘得知，今冥是元宵景致，滿街滿巷，點放花燈，高結鰲山。婆仔直來❺招啞娘上街看燈，不知啞娘心中興不？

（旦）婦人之德，不出閨門。阮厝也有幾盞花燈，那留你只處❻賞可好。

（丑）天日亞❼，恁厝雖有花燈，倆及❽許街上滿街花❾，許多寶貝。那不❿去看，也可惜除⓫！

（貼）啞娘，今冥是元宵大鬧，街上都是公子、王孫上街答歌，來去看也不畏。

（旦）見是障說⓬，益春你入內去點一燈來去。

（丑）啞娘，滿街滿巷無乜光燈？點燈要乜用？

（旦）婦人夜行以燭，無燭則止⓭。

---

❺ 直來：特地來。（依曾憲通說）

❻ 只處：這裡。（依曾憲通說）

❼ 天日亞：老天呀。

❽ 倆及：怎麼比得上。

❾ 花：花燈。（依鄭國權說）

❿ 那不：如果不。（依曹小雲說）

⓫ 可惜除：可惜了。（依曾憲通說）

⓬ 障說：這樣說。（依曾憲通說）

（丑）啞娘說是。

（貼下，上介）

【大迓鼓】

（旦唱）正月十五冥，厝厝人點燈，是實可吝⓮。三街六巷好燈棚，又兼月光風又靜，來去得桃到五更。

（丑貼）元宵景，有十成，賞燈人都齊整。扮⓯出鰲山景致，抽出⓰王祥臥冰⓱、丁蘭刻母⓲，盡都會活。張珙鶯鶯圍棋⓳，宛然真正。障般⓴景致，實是惡棄㉑。恁今相隨，

⓭ 婦人夜行以燭二句：禮記內則：「女子出門，必擁蔽其面，夜行以燭，無燭則止。」意謂女子夜間出行要謹慎。

⓮ 可吝：可憐；可愛。吝是憐的借音字。見施炳華荔鏡記音樂與語言之研究，文史哲出版社二〇〇〇年版，第四七五頁。

⓯ 扮：原作「辦」，依鄭國權校改。

⓰ 抽出：鄭國權注：疑為鰲山上抽傀儡。可見此時抽傀儡已是常事。

⓱ 王祥臥冰：晉朝的王祥，早年喪母，繼母朱氏並不慈愛。一年冬天，繼母生病想吃鯉魚，但因天寒河水冰凍，無法捕捉，王祥便赤身臥於冰上禱告，忽然間冰裂，躍出兩尾鯉魚，王祥喜極，持歸供奉繼母。故事最早出自晉干寶搜神記，唐房玄齡等編撰晉書亦收錄此事，元代郭居敬則將其列入二十四孝中。

⓲ 丁蘭刻母：丁蘭，東漢河內野王人。年十五喪母，刻木做母，事之供養如生。見孝子傳。亦列入二十四孝。

⓳ 張珙鶯鶯圍棋：明李日華南西廂記第二十四出臨期反約有鶯鶯與紅娘下圍棋，張珙鬧局的情節。

⓴ 障般：這般。（依曾憲通說）

再來去看，再來去看。
（內划船唱歌介）
（丑白）唆阿唆，唆阿唆，唆恁婆。
（三合介）
（貼）
【皂羅袍】
（旦）幸得三陽開泰㉒。
（內唱）（貼）李婆，許處㉓正是七事？
（丑）許正是人打千秋㉔。
（旦）打千秋盡都結綵。
（內介）
（旦）李婆，許處人鼓陳㉕，正是七事？

㉑ 惡棄：難以捨棄；難以割捨。惡，難；難以。（依曹小雲說）
㉒ 三陽開泰：周易稱爻連者為陽卦，斷者為陰爻，正月為泰卦，三陽生於下；冬去春來，陰消陽長，有吉亨之象。常用以稱頌歲首或寓意吉祥。
㉓ 許處：那裡。（依曾憲通說）
㉔ 千秋：即秋千。
㉕ 陳：依吳守禮注，意為鳴。

（丑）許是許一火後生，在許燈下打獅。

（貼）正是人弄獅。

（旦）滿街鑼鼓鬧咳咳。各處人聽知盡都來。

（貼）簡㉖今隨娘到只㉗蓬萊㉘。

（旦）看許百樣花燈盡巧安排。遊賞好元宵，人人心愛。

（貼）娘仔相隨到只，

（旦介）鞋緊履短步難移。

（丑）益春，恁啞娘木屐擺㉙了，快共㉚伊移正。

（內打鑼介）

（旦）許處正是人七事？

（丑）啞娘莫驚，許是落後生仔㉛食了飽，割山香㉜打鑼。

㉖ 簡：傭人。此處為益春自稱。

㉗ 只：這。（依曾憲通說）

㉘ 蓬萊：傳說中海上三座仙山之一，另外兩座是方丈、瀛洲。

㉙ 擺：歪。

㉚ 共：給。見施炳華荔鏡記音樂與語言之研究，文史哲出版社二〇〇〇年版，第四六七頁。

㉛ 後生仔：年輕人。（依曾憲通說）

㉜ 山香：一年生草本植物。直立、粗壯、多分枝，揉之有香氣，常生於開闊地、草坡、林緣或路旁，通常全年

（貼）許一人頭毛放茹㉝，許處那跳七事？
（丑）許是跳翁㉞个㉟。
（貼）許跳翁仔，恁莫得去沖㊱着伊。
（丑）許跳翁个見恁諸娘人㊲，伊莽跳㊳恁身上來。
（貼）李婆莫如吅㊴！
（旦）輕輕閃覓㊵只街邊。
（貼）前頭人來惡㊶逃避。
（旦）緊緊來去，又畏人疑。尋香愛月，不是孜娘體例㊷。

㉝ 放茹：散亂。（依曾憲通說）開花結果。分布於廣西、廣東、福建及臺灣地區。
㉞ 跳翁：一種化裝舞。（依曾憲通說）
㉟ 个：的。（依曹小雲說）
㊱ 沖：原作「充」，依吳守禮校改。
㊲ 諸娘人：即孜娘人；女人。（依曾憲通說）
㊳ 莽跳：猛跳。
㊴ 如吅：亂說。（依曾憲通說）
㊵ 覓：在。見連金發荔鏡記趨向式探索。
㊶ 惡：難；難以。（依曹小雲說）
㊷ 體例：規矩。

（內唱介）清明冷丁時節雨紛紛，冷丁冷打丁，打个冷，愛个冷打丁，路上行人欲斷魂㊸。冷丁冷打丁，打个冷，愛个冷打丁。借問酒家何處有，冷丁冷打丁，打个冷，愛个冷打丁，牧童遙指杏花村㊹。冷丁冷打丁，打个冷，愛个冷打丁。

（丑）冷打丁冷打丁，是也好聽。

（丑）（笑介）

（旦）許正是乜事？

（丑）許正是雞仔啄鐵銚㊺鳴，叮叮噹噹，是實好聽。

（貼）許是人操琴。

（丑）那卜是㊻人操琴，都不見斧頭陳㊼。

（旦）正是人彈琴。

（丑）啞娘，今冥月光風靜，再去得桃即㊽！

【水車歌】

㊸ 魂：原作「云」，依吳守禮校改。

㊹ 牧童遙指杏花村：以上用唐杜牧清明詩句。

㊺ 鐵銚：一種帶柄有嘴的小鍋。

㊻ 那卜是：要是。

㊼ 陳：依吳守禮注，意為鳴。

㊽ 即：鄭國權注：「一下」的合音。

（旦[49]）今冥是好天時[50]，上元[51]景致，正是在只。

（丑）啞娘，只鰲山上人吹唱，是好聽。

（旦）見鰲山上吹唱都佃[52]。

（丑）打鑼鼓、動樂、抽影戲[53]。啞娘，實是好燈。

（旦）花燈萬盞，萬盞燈光月圓。

（丑）啞娘，只一盞正是乜燈？

（旦）只一盞正是唐明皇遊月宮[54]。

（丑）唐明皇是丈夫人[55]，孜娘人[56]？

---

[49] 旦：原無，依鄭國權校補。

[50] 天時：天氣。

[51] 上元：元宵節。

[52] 佃：吳守禮注：「俗字，『滿』也。」

[53] 影戲：皮影戲。

[54] 唐明皇遊月宮：據唐逸史記載，唐朝開元年間，中秋之夜，方士羅公遠邀玄宗遊月宮，擲手杖於空中化為銀橋。過橋行數十里，到達一大城闕，上有「廣寒清虛之府」之匾，羅公遠對玄宗說：「此乃月宮也。」見仙女數百，素衣飄然，隨音樂翩翩起舞於廣庭中。玄宗默記仙女舞曲，回到人間後，命令伶官依其聲調，整理出名聞後世的霓裳羽衣曲。

[55] 丈夫人：男人。

[56] 孜娘人：即諸娘人；女人。（依曾憲通說）

（旦）唐明皇正是丈夫人。

（丑）那卜是丈夫人，都有月經[57]？

（旦）只正是月內个宮殿。

（丑）向生[58]，待我估叫[59]是丈夫人有月經一[60]？

（貼）呵娘，只一盞正是七燈？

（旦）只正是昭君出塞[61]。

（丑）阿娘，昭君便是丈夫人，諸娘人？

（旦）昭君正是諸娘人。

（丑）向生，待我一估叫[62]，一諸娘向惡[63]，都會出婿[64]。

57 月經：與月宮諧音。

58 向生：那樣。（依曾憲通說）

59 估叫：即怙叫，誤以為。見施炳華荔鏡記的用字分析與詞句拾穗。

60 一：「一」字漫漶不清。

61 昭君出塞：昭君，名王嬙，字昭君，原為漢宮宮女。漢宣帝五鳳四年（西元前五四年），匈奴呼韓邪單于被其兄郅支單于打敗，南遷至長城外的光祿塞下，同西漢結好。他曾三次入朝長安，並向漢元帝請求和親。昭君請行。她到匈奴後，被封為「寧胡閼氏」（閼氏，音ㄧㄢ ㄓ，意思是王后）。後來呼韓邪單于在西漢的支持下控制了匈奴全境，從而使匈奴同漢朝和好達半個世紀。

62 估叫：原作「辜叫」，依前文改。

（旦）昭君出塞，唐明皇遊嬉，願待更鼓，且慢催更。障般好景過了，侢得到新年？

（末淨上鬧⑥⑤介，旦貼丑下）

【一封書】

（末淨）好諸娘，是親淺⑥⑥。

（淨）句⑥⑦未親淺，句有一處破相⑥⑧。

（末）乜破相？

（淨）身下破相，腳仔即有拙長⑥⑨。

（末）許正是三寸弓鞋。腳縛三寸乜細二⑦⓪。

（淨）李兄，你都不知，今即一位娘仔，二目真真那看我。

（末）無許事。

---

⑥③ 向惡：那樣兇。（依曾憲通說）

⑥④ 出婿：與出塞諧音。

⑥⑤ 鬧：攔。

⑥⑥ 親淺：漂亮。

⑥⑦ 句：還。見施炳華荔鏡記音樂與語言之研究，文史哲出版社二〇〇〇年版，第四六七頁。

⑥⑧ 破相：缺陷。

⑥⑨ 拙長：這麼長。

⑦⓪ 細二：即細膩。

（淨）你不信，我跪只㉑天前咒誓：天亞㉒，那㉓不看我，就死除㉔我！目看我，笑微微，俩得共伊宿一冥。同床同枕同坐起，同入銷金帳㉕內，共伊囉連哩㉖。天，天可憐見，乞我緣分對着伊，一冥夫妻甘心死。

【一封書】

（潮腔）東家女，西家女，出來素淡梳妝。

（淨）卓兄，好一樣。

（末）俩㉗見得好一樣？

（淨）肌膚溫潤有十全。弓鞋三寸，蟬鬢㉘又光。

㉑ 只：這。（依曾憲通說）

㉒ 天亞：老天呀。

㉓ 那：如果。（依曾憲通說）

㉔ 死除：死了。（依曾憲通說）

㉕ 銷金帳：嵌金色線的精美的帷幔、床帳。宋汪元量湖州歌：「銷金帳下忽天明，夢裡無情亦有情。」

㉖ 囉連哩：即囉哩嗹，梵曲，最遲晉時已傳入中原，一般在祭戲神時、婚戀場合、乞討時、烘托氣氛時演唱，參見康保成梵曲「羅哩嗹」與中國戲曲的傳播，中山大學學報（社會科學版）二〇〇〇年第二期。宋無名氏張協狀元第十二出【朱奴兒】第三支：「我適來擔至廟前，見一個苦胎與它廝纏。口裡唱個囉嗹囉囉嗹，把小二便來薄賤。」錢南揚注：「這裡指男女調情，不欲明言，故以和聲代之。」見錢南揚永樂大典戲文三種校注，中國戲劇出版社一九六〇年版，第六八頁。

㉗ 俩：原作「在」。吳守禮注：「在」字常借作俩，怎也。

（末）動得懶⑲睇⑳都不知返。
（末）林兄卜值去㉑？
（淨）雜種，許㉒不是人啞！
（末）不是乜？
（淨）許是天妃媽㉓變相來。
（末）倆見㉔是天妃媽？
（淨）那卜是㉕人，都會迷人。

⑱ 蟬鬢：古代婦女的一種髮式，蟬身黑而光潤，故稱。五代馬縞中華古今注卷中：「瓊樹（莫瓊樹）始制為蟬鬢，望之縹緲如蟬翼，故曰『蟬鬢』。」莫瓊樹，魏文帝宮人。盛唐時，流行蟬鬢。其形將鬢角處的頭髮，向外梳掠得極其擴張，形成薄薄一層，彷彿蟬翼。唐白居易長相思詞：「蟬鬢鬅鬙雲滿衣。」

⑲ 懶：吳守禮注：表音字，即咱。

⑳ 睇：原作「体」，依鄭國權校改。

㉑ 卜值去：要到什麼地方去。

㉒ 許：那。

㉓ 天妃媽：即天妃，也稱天后、天后聖母，福建、廣東、臺灣一帶稱之為媽祖，民間常俗稱為海神娘娘。這是中國沿海地區從南到北都崇信的一位女性神靈，相傳她不僅能保佑航海捕魚之人的平安，而且還兼有送子娘娘的職司。

㉔ 倆見：怎見。（依曾憲通說）

㉕ 那卜是：要是。

（末）正是花色迷人。

（淨）是只年㊻？我怙叫㊼是天妃媽。

（笑介）那卜是人，再赴來去看。

（末）伊來去，咱來去得桃。得桃滿街巷，郎君士女都來看人。

（淨）老卓呵！睇伊人共我親像。

（末）俩見得親像你？

（淨）我今無厶㊽，伊定無翁㊾。想伊心內，共我一般苦痛。

（末）你無厶，牽連伊無翁做乜？

（淨）我今無厶，伊定無翁。伊今值時共我成對，我今值時共伊成雙。

（末）伊做乜肯共你成雙？

（淨）愛伊成雙，我着堅心央托媒人。

（末）林兄，你句愛㊿看不？

㊻ 只年：這樣。

㊼ 怙叫：誤以為。見施炳華荔鏡記的用字分析與詞句拾穗。

㊽ 無厶：無妻。

㊾ 無翁：無夫。

㊿ 句愛：還要。

（淨）我句愛看燈。

（末）伊今倒去91了，俩得伊着？

（淨）小弟有思量，伊打東街去，恁按西街去攔，二邊閘92上。

【賞宮花】

暫且分開做二位，若還閘一着，莫得拆開。投告天地共神祇93，保庇94我共伊，成雙成對。（並下）

元宵好景值千金，一陣95阿妹賽觀音。

若肯共我成一對，一冥死去也甘心。

91 倒去：回去。見連金發荔鏡記趨向式探索。

92 閘：攔。（依曾憲通說）

93 神祇：泛指神。神，指天神。祇，指地神。

94 保庇：保佑。

95 一陣：一群。

第七出　燈下搭歌❶

【大迓鼓】

（旦貼丑上）自細❷不出門，上元景致，今旦冥昏❸。娘仔❹恁且返，行來到只，不知值方❺。

（合）原來❻正是廣濟橋❼門。

（丑）呵娘啞，今冥滿街滿巷花燈，都不答❽只❾廣濟門花燈可吝❿。

---

❶ 搭歌：答歌。（依鄭國權說）

❷ 自細：自小。（依曾憲通說）

❸ 冥昏：晚上。

❹ 娘仔：對女子的尊稱。（依曾憲通說）

❺ 值方：什麼地方。（依曾憲通說）

❻ 原來：原作「元來」，依文義改。

❼ 廣濟橋：俗稱湘子橋，是潮州橫跨韓江東西岸，交通閩粵孔道的一座年代悠久的著名橋梁。

❽ 不答：不及。

❾ 只：這。

（旦）李嫂，是也可吝。

【長生道引】

（旦貼）花燈可吝，花燈可吝，看許鰲山上神仙景致。天斷雲霓，月光風靜，幾陣歌童舞妓。

（內唱）情人彈出雉朝飛⓫，有意佳人去復歸。夜夢相思睡難曉，只怕光陰似箭催。

（旦唱）笙簫和起入人耳，真箇稱人心意。恨織女牛郎，伊都不得相見。

（介）官民同樂是太平年，無貴賤，無驕無侈，見許賞燈人盡都歡喜。看許賞燈人盡都歡喜，真難得有障般天時⓬。元宵一刻值千金⓭，那煩惱鼓轉五更，又驚畏雞報五更。

（旦貼同丑上介）

（淨末闖介）只正是七燈？

（末）只正是琴棋書畫。

（淨）只是七燈？

⓾ 可吝：可憐；可愛。吝，憐的借音字。見施炳華荔鏡記音樂與語言之研究，文史哲出版社二〇〇〇年版，第四七五頁。

⓫ 雉朝飛：琴曲名。

⓬ 天時：天氣。（依林倫倫說）

⓭ 元宵一刻值千金：出自宋蘇軾春宵：「春宵一刻值千金，花有清香月有陰。」意謂時光寶貴。

（末）只是相如彈琴⓮。

（淨）只是乜物燈？

（末）只是蘇秦讀書⓯。

（淨）許是乜燈？

（末）許正是鴛鴦水⓰鴨相踏燈。

（貼）燈古燈。

（淨）中你目真真。

（淨）卓兄，只老姊⓱你識伊？

（末）只是西門外李哥嫂。

（淨）正是趕豬羔个⓲李哥嫂。

（末）正是。

（淨）李嫂來答歌。

⓮ 相如彈琴：據史記司馬相如列傳，卓王孫有女文君新寡，好音，司馬相如彈琴以挑之，二人私奔。

⓯ 蘇秦讀書：據戰國策秦策一，蘇秦未發達時，曾夜讀書，揣摩太公兵法。讀書欲睡，則引錐自刺其股，血流至足。

⓰ 水：原作「个」，吳守禮注：疑應作「水」。

⓱ 姊：原作「姒」，依鄭國權校改。

⓲ 豬羔个：豬羔：豬仔。个，的。（依曹小雲說）

（丑）我去共阮啞娘說。

（旦）七事？

（丑）西街林大爹卜⑲共恁答歌。

（旦）向般人⑳，共伊答一七歌？

（丑）懶㉑只潮州人風俗，看燈答歌，一年去無病。

（淨）李嫂共我答。今夜正是元宵，都卜燈字為題；那無㉒燈字，斷定着㉓乞人䶢㉔。

（丑）我今老了，句㉕不食䶢，䶢着愛㉖尿流。

（淨）你起。

（丑）你先起。

【答歌】

---

⑲卜：要；想要。

⑳向般人：那樣的人。（依曾憲通說）

㉑懶：咱。

㉒那無：如果沒有。（依曹小雲說）

㉓着：原作「自」，依吳守禮校改。

㉔䶢：鄭國權主編明代嘉靖刊本荔鏡記書影及校訂本：疑為踹，一種懲罰性動作。

㉕句：更。見施炳華荔鏡記音樂與語言之研究，文史哲出版社二〇〇〇年版，第四六七頁。

㉖愛：要。（依曹小雲說）

（唱）恁今向片㉗阮障片㉘，恁今唱歌阮着還。恁今還頭阮還尾，恰是絲線纏竹片。

（丑貼唱）阮今障邊恁向邊，阮今唱歌恁着還。阮今還頭恁還尾，恰是絲線纏竹鼓。

（淨末唱）阮唱山㉙歌乞㉚恁知，待恁聽知我也知。待恁坐落袂㉛走起，待你走起我便來。

（丑貼唱）阮唱山歌乞恁聽，待恁坐聽立亦聽。待恁坐落袂走起，待恁起來又袂行。

（淨末）月朗朗，照見月底梭掏紅。斧頭破你你不開，斧柄擇你着一空。

（貼丑唱）月圓圓，照恁未是好人兒。

（淨）正是西街林大爹。

（貼）想恁那是作田簡㉜，大厝㉝人仔向大㉞鼻。

（淨㉟）月炮炮，照見恁是人阿頭㊱。看恁大厝飼个簡㊲，十个九个討本頭。

㉗ 向片：那一片。（依曾憲通說）

㉘ 障片：這一片。（依曾憲通說）

㉙ 山：原作「雙」，依吳守禮校改。

㉚ 乞：給。

㉛ 袂：不會。（依曾憲通說）

㉜ 作田簡：佃戶。（依曾憲通說）

㉝ 大厝：大戶人家。

㉞ 向大：那麼大。

㉟ 淨：原脫，依吳守禮校補。

【好姐姐】

（貼㊳）看恁好無道理。

（淨㊴）無道理？值情擇槌仔撟恁後門㊵。

（旦）恁行開去，莫得來相纏。閑言野語你莫聽伊，俗子村夫識乜體例㊶！

（旦貼丑下）

（淨末下介）

花燈萬盞巧安排，障般好景是蓬萊㊷。

一陣娘仔相隨過，疑是觀音降下來。

㊱ 阿頭：丫頭。

㊲ 簡：佣人。

㊳ 貼：原脫，據文義補。

㊴ 淨：原作「丑」，依吳守禮校改。

㊵ 值情擇槌仔句：諢話。撟，原作「喬」，據文義改。

㊶ 體例：規矩。

㊷ 蓬萊：傳說中海上三座仙山之一，另外兩座是方丈、瀛洲。

第八出　士女同遊

【大迓鼓】

（旦貼丑上）正月十五冥，厝厝人點燈，是實可吝❶，三街六巷好燈棚。又兼月光風又靜，來去得桃❷到五更。

（生）潮州好街市，又兼逢着上元冥，來去看景致。一位娘仔乜親淺❸，恰是仙女下瑤池❹。恰是仙女下瑤池。

（生下）

（旦丑貼在場介）

（貼）只一人都不是倲潮州人。

❶ 可吝：可憐；可愛。

❷ 得桃：遊玩；玩耍。

❸ 親淺：漂亮。

❹ 瑤池：古代傳說中昆侖山上的池名，西王母所居。史記大宛列傳論：「昆侖其高二千五百餘里，日月所相避隱為光明也。其上有醴泉、瑤池。」

（丑）只一人我八❺伊。
（貼）正是乜人？
（丑）是興化❻人。
（貼）興化人來只處❼幹乜事？
（丑）來縛籠床❽。
（貼）縛籠床都拙哄❾。
（丑）卜畏天上差來个❿人。
（貼）天上差來卜乜事？
（丑）天上差落來，專共許一火簡仔⓫打獅尾⓬。
（貼）李婆莫茹咀⓭！

❺ 八：吳守禮注：識也。
❻ 興化：今福建莆田。宋太宗時立興化縣，建太平軍，改興化軍以統之，以泉州之莆田、仙遊二縣屬之。
❼ 只處：這裡。
❽ 縛籠床：修補和製造蒸籠。
❾ 哄：借音。本字晎，指很漂亮，引人注目。（依鄭國權說）
❿ 个：的。（依曹小雲說）
⓫ 簡仔：佣人。
⓬ 打獅尾：舞獅尾。

【滴留子】

（旦）好天時，好月色，實是清氣⑭。好人物，好打扮，宮娥無二。鰲山上神仙景致，香車寶馬⑮，來往都佃⑯。王孫士女都同遊嬉，可惜今冥燈光月圓，人未團圓。（合）琉璃燈，牡丹燈，諸般可吝，金爐內寶鴨⑰香烟微微。

（生唱）得桃障更深⑱，殘月更催風露冷。作笑動我心，一位娘仔賽觀音。真个悶殺人心，割吊⑲人心。不得伊着倆甘心。

（旦）歌聲和起，動人心意。障般樣光景實是惡棄⑳。返頭不覺見，月斜斗星移。恁今得桃更深，合該回避。

---

⑬ 茹咀：亂說。

⑭ 清氣：清爽。

⑮ 香車寶馬：華麗的車子，名貴的馬匹。指考究的車騎。唐韋應物長安道：「寶馬橫來下建章，香車卻轉避馳道。」宋李清照永遇樂：「元宵佳節，融和天氣，次第豈無風雨？來相召，香車寶馬，謝他酒朋詩侶。」

⑯ 佃：吳守禮注：「俗字，『滿』也。」

⑰ 寶鴨：即香爐。因作鴨形，故稱。唐孫魴夜坐詩：「划多灰雜蒼虯跡，坐久煙消寶鴨香。」宋范成大減字木蘭花詞：「寶鴨金寒，香滿圍屏宛轉山。」

⑱ 障更深：這樣夜深。

⑲ 割吊：難受。（依曾憲通說）

⑳ 惡棄：難以捨棄；難以割捨。惡，難；難以。（依曹小雲說）

（生淨上）

（旦貼丑下）

（生）香車寶馬鬧滿處，琵琶龍笛，琴絃聲和。蓬萊景致，正是只處。見許一陣娘仔，一陣娘仔相挨相搡㉑，在只燈下行過。

（淨）滿頭帶珠翠，真个雲鬢㉒金髻。

（生）畜生，我曉得了。安童㉓，你只潮州熟，可曉得只一陣娘仔正是值街巷上人？

（淨）安童才自見許街邊人說，只一位娘仔正是後溝黃㉔九郎个㉕諸娘仔。

（生）潮州生得障般親淺㉖孜娘，又逢着月光風靜，不得桃也可惜除！

（淨）官人，許前頭一陣娘仔，生得句可㉗親淺伊。

（生）十箇九箇，不踏㉘五娘仔一倍。玉筝㉙纖纖㉚，真個滿面花月。袂得㉛近伊兜，

㉑ 搡：原作「束」，依鄭國權校改。

㉒ 雲鬢：形容婦女濃黑而柔美的鬢髮，泛指頭髮。木蘭詩：「當窗理雲鬢，對鏡貼花黃。」

㉓ 安童：童僕。

㉔ 黃：原作「王」，據前後文改。

㉕ 个：的。（依曹小雲說）

㉖ 親淺：漂亮。

㉗ 句可：還要。句，還。見施炳華荔鏡記音樂與語言之研究，文史哲出版社二〇〇〇年版，第四六七頁。

㉘ 踏：吳守禮注：順治本作「及」。

力㉜拙恩愛㉝全頭㉞共伊細說。

【尾聲】

（生下）

星稀燈疏更漏短，轉去傷心共誰說。

（淨笑）阮官人着諸娘剖茹㉟了，叫伊返去傷心卜共誰說。安童試學看說親像：

星稀燈疏更漏短，轉去傷心共誰說。

（並下）

㉙ 玉笋：比喻女子的小腳。

㉚ 纖纖：細微；小巧。

㉛ 袂得：不得。

㉜ 力：把。

㉝ 拙恩愛：這些恩愛。

㉞ 全頭：從頭。

㉟ 剖茹：迷亂。

第九出　林郎托媒

【縷縷❶金】

（淨❷上）元宵景，十五冥❸，燈今看了人什靜❹。移步還去厝，鼓打四更。

（起叫介）（唱）更，更，懶❺今得桃盡今冥，再卜❻相見着來年。花色迷人如醉，吟風嘯月而歸。看伊人物爽利❼，賽過廟裡天妃。

（笑介）雜種烏龜！奇一火姿娘帶腰刀割❽人，我今不免只處坐。等待李哥嫂只處過，問伊是誰厝諸娘仔，央伊去現❾得來，豈不妙哉！

❶ 縷縷：原作「婁婁」，依吳守禮校改。
❷ 淨：原作「丑」，依吳守禮校改。
❸ 十五冥：十五夜。
❹ 什靜：寂靜。
❺ 懶：咱。
❻ 再卜：再要。
❼ 爽利：漂亮。
❽ 割：原作「刈」，依鄭國權校改。

【賞宮花】

（丑上）彩樓好景致，滿街是貴氣。殘月更鼓催，雞聲啼。天光⑩佀得返去厝，再卜得桃是來年。

（淨介）

（丑介）

（丑）天日啞，是誰人？

（淨）是林大爹。

（丑）林大官，你三更半冥⑪做鬼驚人。

（淨）李婆，問你，今即在值處⑫焉⑬一觀音來看燈？

（丑）不是佛，是大厝⑭人姿娘仔。

（淨）大家娘仔向細⑮？

---

⑨ 現：娶。參吳守禮新刻增補全像鄉談荔枝記研究——校勘篇，一九六七年六月油印本，第二〇頁。

⑩ 天光：天亮。

⑪ 半冥：半夜。

⑫ 值處：什麼地方。（依曾憲通說）

⑬ 焉：帶。

⑭ 大厝：大家。

⑮ 向細：那樣小。（依曾憲通說）

（丑）伊是小娘仔。

（淨）小娘子向大？

（丑）林大官，你顛狂呾話❶⑯。

（淨）正是值家人姿娘仔？

（丑）許正是後溝黃九郎孜娘仔，名叫五娘。

（淨）伊可見我不？

（丑）伊見你？

（淨）叫我割伊。

（丑）叫你割伊一冥，返去厝袂睏得，睏到日午即起，夭句⑰叫你割伊。一頓食除三五碗，着你割一粒也袂添得。

（淨）賊烏龜，即知林大爹割人。我今卜央你去求親。

（丑）我句袂⑱做媒人。

（淨）你倆年⑲袂做媒人？

⑯ 呾話：說話。呾，原作「唁」，依鄭國權校改。

⑰ 夭句：還又。見施炳華荔鏡記音樂與語言之研究，文史哲出版社二〇〇〇年版，第四六七頁。

⑱ 句袂：又不。見施炳華荔鏡記音樂與語言之研究，文史哲出版社二〇〇〇年版，第四六七頁。

⑲ 倆年：怎麼。（依曹小雲說）

（丑）我句袂白賊⑳。

（淨）永豐倉林大爹，誰人不識，使你騙人。

（丑）見是障說，我乞一生月㉑來乞你撿。

（淨）你去乞一生月來乞我檢，伊定准。

【四邊靜】

（淨唱）我今央你去求親，我拙年無厶受艱辛。姻緣都是天注定，媒姨捍㉒斗秤。（合）再三央你求卜㉓伊肯。若得姻緣就，大雙金釵答謝恁。

（丑）林郎聽我說來因，你今央我去求親。五娘伊是天仙女，不是頭對不相陣㉔。（合前）

（淨㉕）緊去緊來，我甲㉖人買一豬腳，群㉗得爛爛成屎，乞㉘你食。

---

⑳ 白賊：撒謊。見施炳華荔鏡記的用字分析與詞句拾穗。

㉑ 生月：生辰八字。

㉒ 捍：扶也。見施炳華荔鏡記的用字分析與詞句拾穗。

㉓ 卜：要；想要。

㉔ 相陣：鄭國權注：疑為相勝。指結為婚姻。

㉕ 淨：原無。酌補。

㉖ 甲：教；叫。（依曾憲通說）

㉗ 群：滾、熬之義。閩南語「群」與「滾」（音 kûn）同音。假借同音字。（依洪惟仁說）

㉘ 乞：給。

（丑）許是你受用个。

五娘生得是仙才㉙，姻緣不願心不諧。

十二巫山雲霧暗，楚王枉屈夢陽臺㉚。

㉙ 仙才：原作「中才」，依吳守禮校改。

㉚ 十二巫山雲霧暗二句：宋玉高唐賦序說，楚懷王嘗遊高唐觀，怠而晝寢，夢見一婦人曰：「妾，巫山之女也。為高唐之客。聞君遊高唐，願薦枕席。」楚懷王因與交歡。婦人去而辭曰：「妾在巫山之陽，高丘之阻，旦為朝雲，暮為行雨。朝朝暮暮，陽臺之下。」後遂以「巫山」、「陽臺」比喻男女情愛。

第十出　驛丞伺接

（末）正是：在家富貴，出路艱難。今旦大人到廣南城赴任。說都未了，大人來到。

（唱介）

【窣錦襠❶】

（外唱❷）今旦出路逢春天，花紅柳綠真可吝❸。猿啼鳥叫毛❹人心悲，去到廣南即歡喜。

（生上）跋涉崎嶇來到只，一路那是人迎接。見說廣南遠如天，一里過了又一里。

（丑扮驛丞）

【窣地錦襠❺】

❶ 窣錦襠：原作「卒錦富」，依吳守禮校改。
❷ 唱：原作「白」，依吳守禮校改。
❸ 可吝：可憐；可愛。
❹ 毛：惹；引。
❺ 窣地錦襠：原作「卒地當」，依吳守禮校改。

我做驛官甚艱難，點閘夫馬掃驛房。緊緊來去接大人，走得我辛苦氣都喘，氣都喘。

（見介）驛丞接老爹。

（外）你是那一驛？

（丑）小驛丞是塗山驛。

（外）塗山驛到這裡有幾多路？

（丑）到這裡有二十里路。

（外）怎麼近接我？

（丑）小的年老了，趕路不上，望老爹赦罪。

（外）見是老了，怎麼不回去，好打！

（丑）不敢。

（外）饒你罷，快討大馬，我明日清晨就要起身。

遠看山頭日漸傾❻，趕馬起步到遙亭。
金杯美酒消愁悶，管取明朝到廣城。

❻ 傾：原作「輕」，依吳守禮校改。

第十一出　李婆求親

【菊花新】

（外唱）光陰相催緊如箭，一年一度也易見。添得我老人白鬢邊，並無男嗣，卜❶怙❷誰人奉侍？金井梧桐葉落枝❸，返頭不覺又一年。幸遇新春好時節，玉樓人醉杏花天❹。老夫姓黃名中志，謝天安樂，另❺是可惜無男嗣，單養一孜娘仔，名叫五娘。性格溫柔，未曾對親❻。多少郎君卜求，我只心中都不願，那愛❼一仔婿❽有志氣，合我个❾心意。

❶ 卜：要；想要。
❷ 怙：依靠；仗恃。
❸ 金井梧桐葉落枝：出自唐王昌齡長信秋詞五首之一：「金井梧桐秋葉黃，珠帘不卷夜來霜。」意謂季節變換。金井，井欄雕飾華美之井。
❹ 玉樓人醉杏花天：五燈會元中竺中仁禪師：「金勒馬嘶芳草地，玉樓人醉杏花天。」意謂春天景色令人陶醉。
❺ 另：吳守禮注：俗字。
❻ 對親：訂親。
❼ 那愛：只要。
❽ 仔婿：女婿。（依林倫倫說）

（丑上）當初十七八歲，頭上縛二个鬟袋。多⑩少人問我乞生月⑪，我揀選卜着處。今老來無理會，人見我一面親像⑫西瓜皮。

（三合）（笑介）只處⑬正是九郎門前。

（相見介）九郎公萬福。

（外）李嫂來貴幹？

（丑）婆仔無事不上高門，那因西街林大爹，托婆仔來乞五娘仔親情⑭，不知九郎公你可准呵不？

（外）另是西街林大官厝，只人也是有名个人，未知是值枝頭？

（丑）另卜問枝頭，婆仔都不曉得。另是許富，富富个。

（外）古人說得好：當田買地是一時，現⑮么嫁婿是一世。也着合婚算命，另好便乞伊。

（丑）整事！算命合婚，死么改婿⑯。相叫相𤆬⑰，到老齊眉。許看命都白賊⑱。我許後生⑲時節，人

---

⑨ 个：的。（依曹小雲說）

⑩ 多：原作「都」，依吳守禮校改。

⑪ 生月：生辰八字。

⑫ 親像：好像。（依曾憲通說）

⑬ 只處：這裡。

⑭ 親情：提親。（依曹小雲說）

⑮ 現：娶。參吳守禮新刻增補全像鄉談荔枝記研究——校勘篇，一九六七年六月油印本，第二〇頁。

⑯ 改婿：吳守禮注：今說「改嫁」。

來乞生月，阮母叫卜看命合婚，我叫不使，好怯⑳是我命，隨我去。今阮二人今年食五六十歲，阮公夭句㉑可疼我。古人說：一斤金不如四兩鉛。九郎，許看命都白賊。

（外）李婆你聽說。

【賞宮花】

（外）男婚女嫁，古人有只例。也卜㉒門戶相當，郎君有志㉓氣。月老也憑結紅絲，算來注定無差移㉔。

（丑）九郎聽說起：我做媒人有拙時㉕。說合幾个郎君共子弟，不識花口共花舌，二邊相停合體例㉖。

⑰ 焄：娶。見施炳華荔鏡記音樂與語言之研究，文史哲出版社二〇〇〇年版，第四六九頁。

⑱ 白賊：痴呆；傻瓜。（依曾憲通說）

⑲ 後生：年輕。

⑳ 怯：原作「佉」，依吳守禮校改。

㉑ 夭句：還又。見施炳華荔鏡記音樂與語言之研究，文史哲出版社二〇〇〇年版，第四六七頁。

㉒ 也卜：也要。

㉓ 志：原作「心」，依吳守禮校改。

㉔ 月老也憑結紅絲二句：唐代韋固到宋城去旅行，住宿在南店裡。一天晚上，看到月下有一位老人靠著一個布袋，借著月色看書，韋固便上前好奇地詢問。老人告訴韋固，那書記載著天下男女的姻緣，布袋裡的紅繩，是用來繫住有緣男女的腳。老人還為韋固指明姻緣，後來果然實現。見唐李復言續幽怪錄定婚店。

㉕ 拙時：這些時候。

（外）來，李嫂，憑你障說，生月乞伊去看，看另好，揀一好日子，乞伊來擇㉗定。
（丑）正是乞伊去看。
自古嫁娶着媒人，男婚女嫁卜一同。
有緣千里終見面，無緣對面不相逢㉘。

㉖ 體例：規矩。
㉗ 擇：原作「捧」，依吳守禮校改。
㉘ 有緣千里終見面：戲曲、小說俗語。宋無名氏張協狀元第十四出：「有緣千里能相會，無緣對面不相逢。」

第十二出　辭兄歸省

【望吾鄉】

(生)花酒迷人不知醒，夢斷巫山雲路迷❶。韓壽偷香有情意❷，君瑞相見在琴邊❸。看古人，有只例，姻緣願乞早團圓。冥日厭厭醉如痴，恰是風前掛酒旗❹。但得相隨返去厝，未知姻緣是倆年❺？伯卿❻因送哥嫂到潮州，元宵燈下遇見黃五娘。看伊生得如花似錦，冥日着伊割吊❼。

---

❶ 夢斷巫山雲路迷句：宋玉高唐賦序說，楚懷王嘗遊高唐觀，怠而晝寢，夢見一婦人曰：「妾，巫山之女也。為高唐之客。聞君遊高唐，願薦枕席。」楚懷王因與交歡。婦人去而辭曰：「妾在巫山之陽，高丘之阻，旦為朝雲，暮為行雨。朝朝暮暮，陽臺之下。」後遂以「巫山」、「雲雨」比喻男女情愛。

❷ 韓壽偷香有情意句：晉韓壽美姿容，賈充辟為司空掾。賈充少女賈午見而悅之，使侍婢潛修音問，及期往宿，家中莫知，並盜西域異香贈韓壽。賈充僚屬聞韓壽有奇香，告於賈充。賈充乃考問女之左右，具以狀對。賈充祕其事，遂以女妻韓壽。見晉書賈謐傳、南朝宋劉義慶世說新語惑溺。

❸ 君瑞相見在琴邊：西廂記裡的張君瑞曾借琴聲向崔鶯鶯傳達情意。西廂記的第二本就題為崔鶯鶯夜聽琴。

❹ 酒旗：酒店的標幟，亦稱酒帘、酒望。

❺ 倆年：怎麼樣。(依曹小雲說)

❻ 伯卿：原作「必卿」，依前後文改。

❼ 割吊：難受。

今不免辭除哥嫂，返去潮州，看乜路會得入頭相見。哥哥嫂嫂請請。

【掛真兒】

（外）**廣南實是好景致，看得來稱人心意。**

（貼上）**莫是三叔思鄉里，眉頭相結，正是因乜❽？**

（相見介）

（外）來，伯卿。你今旦請阮二人出來，有乜話說？

（生）好說哥嫂得知，小弟自送哥嫂到任所，拙久❾無時不憶着家鄉。今愛卜❿辭哥嫂，返去伏事爹媽，未知哥嫂心中是如何？

（外）好啞，小弟，你卜返去伏事爹媽，准是我親去一般。

（貼）三叔再得桃⓫幾時即去。

（外）夫人，你不曉得，我今口食朝廷俸祿，身聽朝廷差使。古人說：盡忠不去盡孝，盡孝不去盡忠。見三叔有一點孝心，卜返去奉事爹媽，我再不敢留伊。

（生介）

---

❽ 因乜：為什麼。

❾ 拙久：這樣久。

❿ 愛卜：想要。

⓫ 得桃：遊玩；玩耍。（依曾憲通說）

（外白）來，伯卿。你卜去，我也無物通共⑫你送路，我另有白金十兩、錦襖一領、白馬一隻，送你返去。

（生拜介）

【催⑬拍】

（生）就拜辭哥嫂，因勢起理，未得知值日⑭相見？

（外⑮）爹媽年老，後頭望你，冥昏⑯早起。

（貼）你因乜拙⑰時心頭無意？

（外）心悲卜返去鄉里，路頭長，須着細二⑱。

【川撥掉⑲】

（外）我小弟，我小弟，你聽我說起理：爹媽老，爹媽老，怙⑳你相奉侍㉑。

---

⑫ 共：給。

⑬ 催：原作「推」，依吳守禮校改。

⑭ 值日：什麼時候。

⑮ 外：原無，依鄭國權校補。

⑯ 冥昏：本義是晚上，此處意謂每天。

⑰ 拙：原作「批」，依吳守禮校改。

⑱ 細二：即細膩；細緻、小心。（依曾憲通說）

⑲ 掉：疑應作「棹」。

（貼）路上去，路上去，須着辨細二。

（生）就拜辭，因勢便起里。

（合）今旦分開去，兄弟七心悲，目滓㉒滴。未得知，值日再相見。

（淨）夫馬便了，請三爹因勢起身。

兄弟分開折二邊，魚在深淵月在天㉓。
爹媽後頭老年紀，思量起來心越悲。

---

⑳ 怙：依靠；仗恃。

㉑ 侍：原作「待」，依鄭國權校改。

㉒ 目滓：眼淚。（依曹小雲說）

㉓ 魚在深淵月在天：才調集卷十錄唐無名氏雜詩十七首之十：「折釵破鏡兩無緣，魚在深淵月在天。」意謂分離。

第十三出　李婆送聘

（淨）小七小七，做人骨直。不愛上山討柴，另愛走馬下直❶。頭毛平坦去梳，鼻流不知去七❷。人又叫我無神，咀話❸人便着急。今旦好日好子，林厝卜❹來下定❺。阿公甲❻我掃廳。媒姨❼因七❽來障晏❾，不免行只門前去看。前頭一陣人來，親像送喪一般。（小七掃廳）

【風入松】

（潮腔）安排桌，掃併廳。停待阮啞公出來行。

❶ 下直：鄭國權注：泉州一種傳統玩耍樣式，如「下棋」。
❷ 七：拭。（依曾憲通說）
❸ 咀話：說話。咀，原作「呫」，依鄭國權校改。
❹ 卜：要；想要。
❺ 下定：下聘，訂婚時男方給女方聘禮。
❻ 甲：教；叫。（依曾憲通說）
❼ 媒姨：媒婆。（依曾憲通說）
❽ 因七：為什麼。（依曾憲通說）
❾ 障晏：這樣晚。（依曾憲通說）

（淨介）歡喜阮啞娘收人聘定，對着林厝，又是富家人仔。是乜整齊！金釵成對，白銀成錠。表裡❿盡成雙，都是親戚來相慶。都值處⓫鼓鳴，是搬戲，也是做功德⓬？鑼鼓聲響。都親像值處人吹乜非非年⓭。哨角又鳴。障好姻緣，都是前世注定。

（淨介）雜種，許遠處一陣人來，親像人送喪年。

（淨介）

（貼上）

【駐雲飛】

（潮腔）清晨早起，大人分付安排桌共椅。今旦好⓮日子，亦是好事志⓯。

（嗏）阮娘仔領人茶，我心即歡喜。

（淨）恨我一身在別人厝做奴婢。

（貼）苦桃共澀李，終有好食⓰時。

❿表裡：見面禮。參吳守禮新刻增補全像鄉談荔枝記研究——校勘篇，一九六七年六月油印本，第二〇頁。

⓫值處：什麼地方。

⓬做功德：請僧人誦經超度亡魂。

⓭年：一樣。

⓮好：原作「子」，依吳守禮校改。

⓯事志：事情。（依曾憲通說）

⓰好食：可以吃了，味道好。（依林倫倫說）

（淨）益春，你是病仔，卜食苦桃共澀李。

（貼）青冥頭⑰！人許處⑱譬論，你共我乞人飼⑲，亦親像許苦桃澀李一般，看值日會甜。

（淨）是只樣。雜種烏龜！阮父許時乞里長騙，甲我來賣乞人飼。

（淨啼）

（貼白）青冥頭！今旦是好事志，不通⑳啼，啞公知了打你。

（淨）不通啼。

（貼）你緊掃，掃辛苦，我⿱雨要久㉑討物乞你點心。

【光光乍㉒】

（丑）**我做媒人，歡喜心頭鬆㉓。有緣千里來相見，無緣對面不相逢。**

（丑三合介）

（貼白）媒姨，因乜來障晏？

---

⑰ 青冥頭：瞎了眼，罵人的話。（依曾憲通說）

⑱ 許處：那裡。（依曾憲通說）

⑲ 乞人飼：給人養；賣身。（依曾憲通說）

⑳ 不通：不可。

㉑ ⿱雨要久：不久；馬上。（依曹小雲說）

㉒ 光光乍：原作「公公乍」，依吳守禮校改。吳守禮注：光光乍，公、光閩南同音。

㉓ 鬆：原作「雙」，依吳守禮校改。

（丑）盤擔多，自然生受㉔。

（貼）媒姨，生月乞去，曾㉕撿不曾？下定障緊㉖！

（丑）都不動破紙，另是做暗婚㉗。

（淨）人說做暗婚，生仔無口唇。

（丑）人說做暗婚，生仔成大群。

（淨）益春，恁趁媒人便，也來合房㉘對一對。

（貼）青冥頭！合你心肝。

（丑）啞姉㉙，你入去共恁啞公咀㉚，媒姨來了。

（貼）媒姨，阮啞娘卜罵你。

（丑）做媒人是好事，罵我乜事。

㉔生受：困難；不容易。元金仁傑追韓信雜劇第二折：「則麼將謂韓信功名如此艱辛，元來這打魚的覓衣飯吃，更是生受。」

㉕曾：原作「情」。吳守禮注：借「情」表「曾」音，例多。

㉖障緊：這樣快。（依曾憲通說）

㉗暗婚：非明媒正娶。（依曾憲通說）

㉘合房：同房。婉詞，指夫婦過性生活。

㉙姉：原作「⿰女只」，依鄭國權校改。

㉚咀：說。原作「咕」，依鄭國權校改。

（貼）[雨/女]久你更知。

（貼下）

（淨白）媒姨，你向爻㉛做媒人，共㉜我做一个。

（丑）你有益春了。

（淨）益春，啞公占去攬腳尾了。

【掛真兒】

（外上）今旦好日子，且喜林厝送禮結親誼㉝。仔兒落當㉞，我心內歡喜。

（外見介）

（外白）起動㉟媒姨。

（丑）啞公且喜。

（外）起動林厝親姆㊱，送只禮可多。

㉛ 向爻：那麼能幹。（依曾憲通說）

㉜ 共：給。

㉝ 結親誼：原作「吉親議」，依吳守禮校改。

㉞ 落當：指因妥當處理而放心。今廈門話還使用。見周長楫編廈門方言詞典，江蘇教育出版社一九九八年版，第四一一頁。

㉟ 起動：敬詞。煩勞；勞駕。

㊱ 親姆：親家母。（依林倫倫說）

（丑）啞公，伊一場一仔，愛卜㊲好看。

（外）小七，力㊳佛㊴前香燭點起。

（小七介）

【風入松】

（外）燒香點燭神龕前，林厝今日送定禮，上告堂上高曾祖考。

（外拜介）

（丑唱）降來姻緣，湊合五百年前，都是月老相推排㊵。小七討酒來。

（把盞介）起動啞公。

（外）斟起盞酒把媒人，幾轉謔㊶你來行動，殷勤禮數好行放。

（丑唱）表裡㊷十對，金釵十雙，綵鳳書，紙金筒。

（外白）親姆仔細㊸，禮數障多。

㊲ 愛卜：想要。

㊳ 力：把。（依曹小雲說）

㊴ 佛：原作「拂」，依吳守禮校改。

㊵ 推排：安排。推，原作「催」，依吳守禮校改。

㊶ 謔：鄭國權注：作「勞」或「痲煩」解。

㊷ 表裡：即表禮；見面禮。參吳守禮新刻增補全像鄉談荔枝記研究——校勘篇，一九六七年六月油印本，第二〇頁。

(外介)小七，甲啞媽討一對金花來，乞媒姨做綵。金花一對插你紅。
(丑)九郎公，感謝。
(外)媒人莫得嫌少，親情㊹完了，句卜㊺大謝你。
(丑)啞公說一七話。多承可多，向說㊻，請啞媽出來食一口檳榔。
(外)小七，請啞媽出來食檳榔。
(內應)啞媽不得工㊼，卜安排物回榼㊽。
(外)見然無工也罷。
(丑)也着請啞娘出來食一口檳榔。
(外)啞娘伊是後生人㊾，只廳上不便，棒入後廳去食。
(丑)啞公說是。
(外)小七，你共媒姨入後廳，去請恁啞娘食檳榔。

㊸ 仔細：原作「子細」，依鄭國權校改。
㊹ 親情：親事。(依曹小雲說)
㊺ 句卜：還要。見施炳華荔鏡記音樂與語言之研究，文史哲出版社二〇〇〇年版，第四六七頁。
㊻ 向說：這樣說。(依曾憲通說)
㊼ 工：空。
㊽ 榼：方言。一種用木或竹製成的器具，舊時潮屬一帶多用以盛裝交情酬酢的禮物，有大榼、春榼等。
㊾ 後生人：年輕人。

（淨）雜種烏龜，仔細㊿，阮只後廳狗愛咬人腳後跟51。

男婚女嫁着媒人，銀臺蠟燭滿廳紅。
有緣千里終相見，無緣對面不相逢。

㊿ 仔細：原作「子細」，依鄭國權校改。
51 跟：原作「根」，依吳守禮校改。

第十四出　責媒退聘

（丑）手捧檳榔入後廳，聽見啞娘嘆氣聲。閑言野語相怪及，那卜❶有情也無情。請啞娘食檳榔。

（旦上介）

（丑）啞娘，萬福。

（旦）無人通❷提椅乞❸你坐。阮昨暮日❹使益春來共你說，你即故意力❺禮聘送來，是乜道理？

（丑）前日使益春來共婆仔說，婆仔袂記得除❻，今事志❼都成了，請啞娘食一口檳榔。

（旦切❽介）

❶那卜：要是。
❷通：可；值得。（依曹小雲說）
❸乞：給。（依曹小雲說）
❹昨暮日：昨天。（依曾憲通說）
❺力：把。（依曹小雲說）
❻袂記得除：不記得了。
❼事志：事情。（依曹小雲說）
❽切：吳守禮：恨。參吳守禮新刻增補全像鄉談荔枝記研究——校勘篇，一九六七年六月油印本，第一五六頁。

（丑白）請啞娘食檳榔，向切乜事❾？

【得❿勝令】

（旦）障般⓫虔婆⓬，可見無道理。

（丑）婆仔共⓭啞娘做媒人，也是好事，罵婆仔乜事？

（旦）罵乞你去共林大現⓮。

（丑）林大官伊⓯也是有錢个人。

（旦）任伊有錢，我不願嫁乞伊。

（丑）啞娘，嫁不嫁覓一邊⓰，力只⓱番羅⓲收起。

---

❾ 乜事：什麼事。（依曾憲通說）

❿ 得：原作「德」，據曲牌名改。

⓫ 障般：這般。（依曾憲通說）

⓬ 虔婆：舊指以好聽話取悅於人的不正經的老婆子。

⓭ 共：替；為；幫。

⓮ 現：娶。參吳守禮新刻增補全像鄉談荔枝記研究——校勘篇，一九六七年六月油印本，第二〇頁。

⓯ 伊：他。（依曾憲通說）

⓰ 覓一邊：放一邊。覓，放。見連金發荔鏡記趨向式探索。

⓱ 只：這。（依曾憲通說）

⓲ 番羅：羅紗的一種。宋陳亮與章德茂侍郎書之四：「番羅縠子又為門下費，下拜良劇愧感。」

（旦）番羅，緊緊⑲送去度⑳伊。

（丑）啞娘，見㉑不收伊人番羅，只樣好金釵，收一雙帶。

（旦）值人㉒收只金釵，發瘧病㉓。

（旦介）

（丑）我苦，天日㉔，障般好釵，甲㉕人去乇㉖除。

（丑）林厝官人生得乜親淺㉗。

（旦）你目青冥㉘。

（丑）我目真真。我今勸你嫁乞伊。

---

⑲ 緊緊：趕緊。

⑳ 度：予。見施炳華荔鏡記音樂與語言之研究，文史哲出版社二〇〇〇年版，第四六八頁。

㉑ 見：既。

㉒ 值人：什麼人。（依曾憲通說）

㉓ 瘧病：瘧疾。唐杜甫哭台州鄭司戶蘇少監：「瘧病餐巴水，瘡痍老蜀都。」

㉔ 天日：老天。

㉕ 甲：教；叫。（依曾憲通說）

㉖ 乇：鄭國權注：借音，義為「踩踏」。

㉗ 親淺：伶俐。（依曾憲通說）

㉘ 目青冥：眼睛瞎了。（依曾憲通說）

（旦）你向愛，力恁孜娘仔㉙嫁乞伊。
（丑）啞娘，伊句㉚嫌阮村人。
（旦）村人不通做人，都不通賣乞伊做奴。
（丑）閑言野語莫來相欺。
（旦）你做只親情，罪過㉛平天。
（丑）伊人富貴，誰人踏伊？
（旦）富貴由天。
（丑）富貴由天，姻緣由天。
（旦）姻緣由己。
（丑）姻緣，都是五百年前注定。
（旦）句敢來我面前說三四。
（丑）我今勸你莫罵卜平宜㉜。
（旦）那罵你歡喜，打你只敢也。

㉙孜娘仔：女兒。（依曾憲通說）
㉚句：還。見施炳華荔鏡記音樂與語言之研究，文史哲出版社二〇〇〇年版，第四六七頁。
㉛過：原作「告」，依吳守禮校改。
㉜平宜：便宜。

（丑）許也未成，冥旦共林大爹許銷金帳㉝內，即憶着婆仔。

（旦打介）

（丑白）我父，口血打流了。**誰人知你障狗詐㉞，障好親情不中你，了無人敢現㉟。**

（旦）待我無人敢現，整使㊱你討飯飼我。

（丑）那畏你了。老人說：孜娘仔㊲十八客，不嫁放石壓。

（旦）**叵耐㊳只虔婆，可見無道理。**

（丑）婆仔共啞娘做媒人，無乜㊴無道理。

（旦）**急得我心頭火發起。**

（丑）火發起，莫得燒着婆仔。

（旦）**你障般怯口㊵，𩅰久㊶定討死。**

㉝ 銷金帳：嵌金色線的精美帷幔、床帳。宋汪元量湖州歌：「銷金帳下忽天明，夢裡無情亦有情。」

㉞ 狗詐：吳守禮注：狡怪、狡獪。

㉟ 現：娶。參吳守禮新刻增補全像鄉談荔枝記研究——校勘篇，一九六七年六月油印本，第二〇頁。

㊱ 整使：鄭國權注：不使。

㊲ 孜娘仔：即諸娘仔，女孩。（依曾憲通說）

㊳ 叵耐：不可忍耐；可恨。

㊴ 無乜：沒有什麼。

㊵ 怯口：壞話。

（丑）啞娘，我今旦也是好意，准不准何故打罵婆仔。

（旦）只說也是。李婆，今即是我罵你幾句不着。也准是阮後生人㊷吃飯句未㊸，莫得着切㊹我和你。

（丑笑介）風台㊺過了，今即會南㊻。

（旦）將只聘禮就送轉去。

（丑）許啞娘許處坐，待婆仔就送轉去。

（旦）你送去，我惜惜你。

（丑介）小七啞！

（旦）你叫小七七事，我甲你送林厝去。

（丑）七啞，甲婆仔送林厝去，許婆仔不敢送去，婆仔食伊人若物了，做七㊼好送轉去！

（旦）你那送轉去，我畏無物通㊽乞你食？

㊶ 霎久：不久；馬上。（依曹小雲說）

㊷ 後生人：年輕人。

㊸ 句未：鄭國權注：疑為「句未多」，意為「還不多」。

㊹ 着切：急切。（依曾憲通說）

㊺ 風台：颱風。（依林倫倫說）

㊻ 會南：回南；吹南風。（依曾憲通說）

㊼ 做七：幹什麼。（依曾憲通說）

㊽ 通：可。（依曾憲通說）

（丑）許食物都是無打緊[49]，又收伊一雙赤赤金釵了。

（旦）你力只禮聘送轉去還伊人，我打一雙金釵句[50]可重[51]伊人个，乞你。

（丑）啞娘，人叫禮聘不通送來送去，頭上仔愛不飼得。

（旦打介）

（丑介白）我死！人那不送去，井[52]打人送轉去？

（旦）人那不嫁乞伊，井硬甲人[53]嫁乞伊？

【四邊靜】

（丑上）**勸你莫得障拗性[54]，忤逆父母無孝義。**

（旦打介）**死虔婆！你怯口毒舌，霎久定討死。**

（丑）金珠成大斗，都[55]無媒人也袂走。

（旦）**任你口說蓮花[56]，我也不聽些兒。我心那[57]不願，話說你卜記。**

---

[49] 打緊：要緊。（依曹小雲說）

[50] 句：更。見施炳華荔鏡記音樂與語言之研究，文史哲出版社二〇〇〇年版，第四六七頁。

[51] 可重：比較重。見施炳華荔鏡記音樂與語言之研究，文史哲出版社二〇〇〇年版，第四六七頁。

[52] 井：怎樣。

[53] 井硬甲人：鄭國權注：怎樣硬叫人。

[54] 障拗性：這樣執拗。

[55] 都：吳守禮注：疑應作「那」，即若。

（丑）你厝爹媽收了人聘定。

（旦）聘定值時不在只處58。

（丑）任你千推萬托也着59成。

（旦）死虔婆！你口說卜贏60，每日早早阮厝來行。

（丑）三日即行一返。

（旦）三日即行一返？

動得我厝犬吠無聲。金釵不送轉，打死你是定。小七啞！

（丑）啞公啞！

（旦）你叫啞公乜事？

（丑）你叫小七打我，我叫啞公來同我。

（旦）乞你叫啞公同你。

---

56 口說蓮花：即「舌燦蓮花」。高僧傳和晉書藝術傳佛圖澄記載：後趙國主石勒在襄國（今河北邢臺）召見佛圖澄，想試驗他的道行。佛圖澄取來缽盂，盛滿水，燒香持咒，不多久，缽中竟生出青蓮花，光色曜日，令人欣喜。後人以「舌燦蓮花」來形容人口才好，能說善道。

57 那：吳守禮注：若。

58 只處：這裡。

59 着：要。（依林倫倫說）

60 贏：原作「營」，依吳守禮校改。

（丑）未成打死人。

（旦）小七啞，死虔婆無理，共❻❶我打一頓。

（淨上）啞娘，伊共啞娘做媒人，也是好事，打伊做乜？

（旦打丑介）打一頓乞伊。

（淨）呵，甲伊共我做媒人，伊卜做❻❷一个九十三歲个度❻❸我。

（丑）青冥頭，你試打我看。

（旦）打你，你告我不孝。

（旦介）

（淨白）啞娘力❻❹倒，還我打。

（旦丑打介）

（外喝）

（旦下）

（丑）啞公，喝甲我打。

---

❻❶ 共：替；為；幫。原作「在」，依鄭國權校改。

❻❷ 做：做媒。

❻❸ 度：予。見施炳華荔鏡記音樂與語言之研究，文史哲出版社二〇〇〇年版，第四六八頁。

❻❹ 力：捉。

（外）啞，小七禽獸仔無理。

（淨下）

（外）媒姨請起。

（丑哭介）

【漿水令】

五娘仔力65我打得障損66，將只禮聘甲我送轉。力我頭髻採落就土下頓。採得我老人頭都眩暔。有乜事都是九郎。

（外）媒姨，你聽我再三相勸，只是我仔所見未長。媒姨，且力頭髻梳67理待光。

（丑）將只禮聘送轉還伊。

（外）只禮聘收卜落當68。

（丑）只檳榔都送去還伊。

（外）只檳榔倆通69送返？

65 力：把。（依曾憲通說）

66 障損：傷成這樣。（依曾憲通說）

67 梳：原作「收」，依順治本改。

68 落當：指因妥當處理而放心。今廈門話還使用。見周長楫編廈門方言詞典，江蘇教育出版社一九九八年版，第四一一頁。

69 倆通：怎可。

（丑）乞⑰五娘打，我不切⑪，乞許小七青冥頭打一頓。

（外）**打你罪過都是我當。不肖仔，不肖仔，將無可瞈⑫。**

（丑）伊人有仔現畏無媳婦。只金釵送去還伊也罷。

（外）小七過來！

（淨上捧介）

（外唱）**將只金釵收入去藏。**

（丑白）青冥頭！

（淨捧介）啞娘，許內大塊柴對目睭⑬一擉⑭都出火。啞公喝乞伊入去。

（外）誰在許處？

（淨）誰在許處？（介）我射入⑮去想，見送來不通⑯送轉。

（丑）害⑰婆仔乞伊打一頓，那障殺除，也着叫出來教導⑱一頓，和婆仔。

⑰乞：被。（依曹小雲說）

⑪切：恨。參吳守禮新刻增補全像鄉談荔枝記研究——校勘篇，一九六七年六月油印本，第一五六頁。

⑫瞈：看。

⑬目睭：方言。眼珠；眼睛。

⑭擉：戳；刺。

⑮射入：鄭國權注：疑為「閃入」。

⑯不通：不可。

（外）我自然叫出來教導伊。媒姨，請入內食些兒茶飯。

（丑）婆仔乞人打了，七面[79]通[80]入去食飯。婆仔那障去。男女婚姻愛落場[81]，惡言惡語來相傷。關門莫管窗外月，分付梅花自主張[82]。

（外）媒姨返去，親姆面前，怯話[83]千萬莫得說。

（丑）啞公不須叮囑，婆仔曉得。

（下）

（外）益春，力小七疋耳仔錢出來[84]。

（貼）小七，啞公叫。

（淨）哀哀啞，共啞公說叫我屎肚[85]痛。

---

77 害：原缺，依鄭國權校補。

78 教導：原作「交道」，依鄭國權校改。

79 七面：什麼面子。

80 通：可。

81 落場：下場。（依曾憲通說）

82 關門莫管窗外月二句：清袁枚隨園詩話卷九：「『閉門不管窗前月，分付梅花自主張。』南宋陳隨隱自述其先人詩也。」意謂不管閑事。

83 怯話：壞話。（依曾憲通說）

84 力小七疋耳仔句：鄭國權注：疑為「把小七的耳朵揪出來」。以下多處「錢」字，皆借音字，作動詞。

（貼）青冥頭，啞公叫乜屎肚痛？
（淨）啞公叫，屎肚越即卜痛。
（笑介）雜種烏龜，我知了，啞娘今即甲我打媒姨，叫去是卜打我定了。
（貼）好定是。甲我疋耳仔錢出去。
（淨）雜種！你錢我痛，我卜共啞娘說，打你。
（貼）你乞我輕輕錢做樣，不，啞公了[86]打我。
（淨）乖乖。
（貼錢淨介）雜種，你錢我痛，我赦你。
（貼）你赦我乜事？
（淨）叫人竈口睏，來拖人。
（貼）青冥頭！乜咀[87]！
（貼下）
（外白）小七桌踦起。
（淨白）踦桌是卜點心？

---

[85] 屎肚：腹部。（依曾憲通說）
[86] 了：會。（依曹小雲說）
[87] 乜咀：原作「也咕」，依鄭國權校改。

（外）益春，竹杯⑧⑧擲過來。
（貼介）
（外白）小七，跪只處！
（淨）呵，啞公莫急，愛⑧⑨易老。
（外⑨⓪）小七畜生，跪許處⑨①！
（淨）那立。
（外吼，淨跪）畜生，今旦林厝送聘是好日子，你力媒姨打，是乜道理？
（淨）啞公，小七不曾打伊，那是啞娘甲我力頭毛落，踢伊幾下，無打。
（外）畜生，踢伊倒許處，夭句⑨②無打！
（淨）啞公，莫打，打人痛痛。
（外）禽獸，你後句敢⑨③不？
（淨）我後夭敢！

⑧⑧竹杯：非竹製杯子，而是打人的竹批。杯，鄭國權注：借音字。
⑧⑨愛：要。（依曹小雲說）
⑨⓪外：原作「淨」，依吳守禮校改。
⑨①許處：那裡。
⑨②夭句：還又。見施炳華荔鏡記音樂與語言之研究，文史哲出版社二〇〇〇年版，第四六七頁。
⑨③句敢：還敢。

（外打）畜生，起去，打恁打柴頭[94]一般。

（淨下）

（外白）叫啞媽出來。

（丑）**忤逆仔兒添煩惱，急得我心頭火着**[95]。來啞，老个。今旦日好事好志，你只外頭打簡[96]打兒。

（外）你生得好仔，今旦林厝來下定，你仔使小七力媒姨打一頓，也不存着大人面皮，是乜道理？後去做俑[97]共人說話？

（丑）老个，好怯[98]都是你做个，共我說乜事？

（外）都是你只死虔婆乘[99]除仔兒，即會逞性。

（丑）你做人父教訓仔兒，干我乜事？

（外）死虔婆，你夭咀。**論仔兒須識禮義，治家法各愛**[100]**尊卑。為人母合當教示，無家法都**

---

[94] 打柴頭：打木頭人，罵人的話。（依曾憲通說）

[95] 火着：生氣。（依林倫倫說）

[96] 簡：佣人。

[97] 做俑：幹啥；怎麼。（依曾憲通說）

[98] 好怯：好壞。（依曾憲通說）

[99] 乘：寵。

[100] 愛：要。（依曹小雲說）

是老虎。

（丑）五娘切[101]必有蹺蹊[102]，嫌仔婿[103]生得怯世。

（外）伊門不出，戶不入，做乜[104]識伊？

（丑）因看燈，親目看見，你做事不中仔意。

（外）我做其[105]事，倆年[106]都不中仔意？隨恁母仔[107]去做。

（丑）老个，我共你食七老八大[108]，即有[109]一仔。古人說得好：嫁女必勝吾家，娶婦必弱吾家[110]。也着仔婿出人前。

---

[101] 切：恨。參吳守禮新刻增補全像鄉談荔枝記研究——校勘篇，一九六七年六月油印本，第一五六頁。

[102] 蹺蹊：原作「嶢崎」，依鄭國權校改。奇怪；可疑。明羅貫中三遂平妖傳第九回：「不曾見這般蹺蹊作怪的事，方才一個裏破頭巾，身穿破布衫，手裡拿著法環……」

[103] 仔婿：女婿。（依曾憲通說）

[104] 做乜：幹什麼。（依曾憲通說）

[105] 其：的。（依曹小雲說）

[106] 倆年：怎麼。（依曹小雲說）

[107] 母仔：母女。

[108] 七老八大：老大。

[109] 即有：只有。

[110] 嫁女必勝吾家二句：宋胡瑗云：「嫁女必須勝吾家者。勝吾家，則女之事人，必欽必戒。娶婦必須不若吾家者。不若吾家，則婦之事舅姑，必執婦道。」小學外篇嘉言四十三徵引。弱，原作辱，依吳守禮校改。

（外）伊厝世代富家，有錢。

（丑）你向[111]愛錢，甲恁查厶仔[112]去賣乞人。我那卜仔婿聰俊讀書，不愛不肖有錢。不肖个賭錢浪蕩，富貴豈可常保？仔是我生的，卜嫁着隨我。

（外）今親情[113]以自成了。

（丑[114]）老个，親情是你做个，隨你去討一查厶仔還人。

（外）恁母子爻[115]，隨你去做。

（外下）為人不知禮義，譬如牛馬襟裾[116]。

（丑[117]）譬老倒抬，仔婿不中我意，林大杠屈尋思。

（叫介）益春，叫恁啞娘出來。

【紅衲[118]襖】

---

[111] 向：那樣。（依曾憲通說）

[112] 查厶仔：女孩。（依曾憲通說）

[113] 親情：婚姻。（依曾憲通說）

[114] 丑：原作「淨」，據文義改。

[115] 爻：能幹；賢惠。（依曾憲通說）

[116] 牛馬襟裾：猶言衣冠禽獸。元石君寶秋胡戲妻第三折：「我罵你個沐猴冠冕，牛馬襟裾。」

[117] 丑：原作「淨」，據文義改。

[118] 衲：原作「納」，依鄭國權校改。

（旦上）卜梳妝又無意，卜帶花粉畏八死⑲，因着媒人撥挑說三四。

（丑）乜向八死，有話只外來說。

（旦）無狀林大，枉你費心機。

（丑）賊婢仔，你不見古人說：男大當婚，女大當嫁⑳。

（旦）媽媽寬心性，親情㉑覓一邊㉒，是仔命怯㉓通說乜㉔？

（丑）林厝伊人門戶共恁相當，有乜不好處？賊婢仔命怯，伊人赤个是金，白个是銀，大堈㉕白，小堈赤，那畏了無福至。

（旦）女嫁男婚，莫論高低。媽媽都不見小學㉖上說？

（丑）小學上做倆說？

---

⑲ 畏八死：害羞之義。「八死」（音 pueh-sí）義同。（依洪惟仁說）

⑳ 男大當婚二句：宋釋普濟五燈會元卷十六天衣懷禪師法嗣侍郎楊傑居士：「忽大悟，乃別有男不婚、有女不嫁之偈曰：『男大須婚，女長須嫁。討甚閑工夫，更說無生話。』」

㉑ 親情：婚姻。

㉒ 覓一邊：放一邊。覓，放。見連金發荔鏡記趨向式探索。

㉓ 命怯：命苦。

㉔ 通說乜：可以說什麼。

㉕ 堈：同「缸」。

㉖ 小學：舊時封建時代的小學教材。舊題宋代朱熹撰，實為朱熹與其弟子劉清之合編。

（旦）「婿苟賢矣，今雖貧賤，安知異日不富貴乎？苟為不肖，今雖富貴，安知異日不貧賤乎？」127況兼流薄128之子，倆通力仔嫁乞伊，枉害除仔身129。

（丑）只斯文130莫共我講，你去共你父講。

（旦）媽媽不見俗人說：擇婿嫁女，擇師教子131。

（丑）伊人乜樣家緣132世界？

（旦）**向般形狀，說乜家緣共世界？**值見貧君餓殺厶，值見富君造錢龍。

（丑）賊婢133仔，造錢龍艱難个，餓你頭着眩。你門不出，戶不入，做乜曉得伊人怯134？

（旦）**因看燈，着伊人相攔截。**

---

127 婿苟賢矣六句：意謂擇婿不可只看眼前。宋司馬光書儀卷三婚儀上：「凡議婚姻，當先察其婿與婦之性行及家法何如，勿苟慕其富貴。婿苟賢矣，今雖貧賤，安知異時不富貴乎？苟為不肖，今雖富盛，安知異時不貧賤乎？」小學外篇嘉言四十二徵引。

128 流薄：輕薄。

129 倆通二句：怎麼可以把女兒嫁給他，白白地害了女兒。

130 斯文：指文縐縐的話。

131 擇婿嫁女二句：意謂對於女婿要有嚴格選擇。明范立本輯明心寶鑒：「擇師教子，擇婿嫁女。」

132 緣：原作「筵」，依吳守禮校改。下同。

133 婢：原作「脾」，依鄭國權校改。

134 怯：壞。（依曾憲通說）

（丑）生得可做俩樣？

（旦）夭[135]通[136]說？

（丑）說不畏。

（旦）許人生不親像龜，也不親像鱉。

（丑）不，親像乜？

（旦）**恰親像猴猻一般體。**

（丑）乜啞，親像猴？許不那親像障返牽來弄个年[137]？

（旦）正是向生[138]。

（丑）夭向親像？賊婢仔，我不信。

（旦）伊即不信，親像都無二。

（丑）只是你父貪人富，收人聘禮，好怯[139]是你命討着。

（旦）**仔今棄死句可易。**

---

[135] 夭：作連接詞用。見施炳華荔鏡記音樂與語言之研究，文史哲出版社二〇〇〇年版，第四六五頁。

[136] 通：可。

[137] 年：相當於「呢」，語氣詞。（依曹小雲說）

[138] 向生：那樣。（依曾憲通說）

[139] 好怯：好壞。

（丑）你卜死！我卜打乞你死。

（打介）

（旦）**枉屈割吊[140]，我心橫提。**媽你那愛金釵，仔句有一思量。

（丑）你有乜思量，說。

（旦）媽你莫怪仔，仔便說。

（丑）你共恁母平輩，你卜說，你母夭卜[141]怪。

（旦）**不如力仔去買金釵句可多。**

（丑打介）

（旦）井井年[142]亂打乜事？

（丑）好也，力一箠[143]奪去除。

（丑咬介）

（旦白）乞[144]你打死。

---

140 割吊：難受。（依曾憲通說）

141 夭卜：還要。見施炳華荔鏡記音樂與語言之研究，文史哲出版社二〇〇〇年版，第四六五頁。

142 井井年：急急的樣子。

143 箠：短木棍。

144 乞：被。（依曹小雲說）

【大迓鼓】

賊婢仔你障性硬145，忤逆146父母，合該淩遲147。不識人體例148，男無重婚，女無再嫁。任你口說出蓮花149，也着嫁乞伊。

【前腔】

（旦）窮富是仔命，任伊富貴，仔心不歡。郎君句無乜何。卜力仔嫁乞你林大？媽媽果卜力仔嫁乞伊，情願出掃院觀150。

（丑）掃院觀磨人，不如嫁較好。

（旦）剃落頭髮，去做尼姑甘受磨。

（旦）我落得一身清淨好名。

（丑）烈女無你分。你只賊婢，我飼151你拙大152，生共死便都由我。

---

145 障性硬：這樣固執。

146 忤逆：不順從。不服從和孝敬父母。

147 淩遲：淩虐。見連金發荔鏡記趨向式探索。

148 體例：規矩。

149 口說出蓮花：即「舌燦蓮花」。形容人口才好，能說善道。

150 掃院觀：指出家。

151 飼：養。

152 拙大：這麼大。

（旦）林大賊冤家。若愛[153]我共你做厶婿，等待海水會乾，石𥑮爛[154]。

（丑）定着嫁乞伊。

（旦）叫未情。

（丑）甲人扛去。

（旦）我夭[155]信。

（丑）你不信，就卜甲你嫁乞伊。小七啞，去甲林厝人放轎來扛去除。

（旦）媽媽，迫要成親死不從。

（丑）定教桃李向春風。

（旦）若愛奴身配林大，情願將身投井中。

（丑）啞，只賊婢，起無好直。益春，你着關防[156]伊。古人說：乘仔不孝，乘豬乘狗上竈[157]。（並下）

---

[153] 愛：要。（依曹小雲說）

[154] 等待海水會乾二句：即「海枯石爛」之意。石𥑮，石頭。

[155] 夭：不。

[156] 關防：防備。

[157] 乘仔不孝二句：下句原有缺字，據吳守禮校改。即臺灣諺語：「乘仔不孝，乘猪攑竈」。意謂過於放縱、溺愛子女，將會有不良的後果，父母對子女應該嚴加管教。

第十五出　五娘投井

(旦) 暗靜❶開門輕聲啼，苦在心頭誰知機❷。五娘若還嫁林大，死去陰司再出世。阮爹媽無所見，力阮割林大親，爹媽生死不准，阮今不如將身投落古井中去死除❸，也得一身清氣❹。不知門樓上，鼓打幾更了？

【四朝元】

三更起來，憶着那好啼。(介) **見許井水悠悠，毛❺我心悲，無奈何，來到只。**阮卜❻落井去死。(介) 誰人得知，今不免將只弓鞋脫覓❼井邊，乞阮爹媽、益春見鞋，即知落井去死了。**脫落弓鞋下❽覓井邊，也准為記。懊恨阮爹媽不從人意，姑得即來投井死。**天啞！**對天重發願，**

---

❶ 暗靜：偷偷地；靜悄悄地。(依林倫倫說)

❷ 知機：知道。

❸ 死除：死了。

❹ 清氣：清潔。(依曾憲通說)

❺ 毛：惹；引。

❻ 卜：要；想要。

❼ 覓：在。見連金發荔鏡記趨向式探索。

黃⑨氏五娘若嫁林厝，死去再出世。無狀林大，枉屈費心機。苦苦痛痛，但得拚去可平宜⑩。

【玉交枝】

（貼上）聽勸，聽勸，無奈何。驚得我神魂都散。叵耐⑪丁古⑫賊林大，枉屈打破你心肝。娘仔你心頭且放寬，天地報應賊林大。

（旦）枉我，枉我出世，逆父逆母是乜道理？但得投水身死，不願共林大結親誼⑬。是我命怯⑭通⑮說乜？去到黃泉地下可平宜。

（旦投介，貼抱）益春放手。

（貼）啞娘死了，甲⑯簡⑰卜看誰得是？

⑧ 下：放置。見連金發荔鏡記動詞分類和動相、格式。

⑨ 黃：原作「王」，據文義改。

⑩ 平宜：便宜。

⑪ 叵耐：不可忍耐；可恨。

⑫ 丁古：即癥鼓。癥、鼓皆中醫惡病名，罵人的話。（依曾憲通說）

⑬ 誼：原作「議」，依吳守禮校改。

⑭ 命怯：命苦。

⑮ 通：可；值得。（依曹小雲說）

⑯ 甲：教；叫。（依曾憲通說）

（旦）我死了，自有啞公啞媽在。

【五更子】

我爹媽無所見，李婆搬挑說三四。我自拙日⑱頭擧不起，做侢⑲解⑳得冤家身離。我看伊，我看伊一形狀，恰是猴精。說着起來，炁我心悲。成就只姻緣，着再出世。

（貼）啞娘不願林大个親，豈畏無計，肯送了千金身己。

（旦）益春你有乜計？

（貼）簡自有一个道理，古人也有只體例㉑。

（旦）古人有乜體例？

（貼）盧少春錦桃李情，力青梅做表記㉒。恁今不免來學伊。

（旦）伊是古人，恁侢學得伊？

（貼）古今雖不同，世事都一般。

⑰簡：佣人。此處為益春自稱。

⑱拙日：這些日子。（依曾憲通說）

⑲做侢：幹啥；怎麼。（依曾憲通說）

⑳解：原作「改」，依吳守禮校改。

㉑體例：榜樣。

㉒盧少春錦桃李情二句：出自青梅記，講述盧少春與錦桃以青梅為媒介的愛情故事。盧少春，原作「奴惜春」，第十九出打破寶鏡作「蘆少春」，荔枝記作「盧少春」，據改。

（旦）六月值處㉓討青梅？

（貼）六月無青梅，都無荔枝？不也是一般道理？

（旦）益春只話說是。古時有陳平、相如，只二人棄楚歸漢，後來位至丞相㉔。人盡稱說賢臣擇主而事㉕，正是只年㉖。

（貼）啞娘，今冥正是十五冥，月光風靜。待益春討一香案出來，啞娘當天拜告月內嫦娥，早乞燈下郎君來相見。想月老注定，推排㉗定會成就。

（旦）向說㉘，益春你去討香案來。

㉓ 值處：什麼地方。（依曾憲通說）

㉔ 古時有陳平相如三句：陳平（？—西元前一七八年），陽武（今河南原陽東南）人。陳勝、吳廣起義後，六國貴族也紛紛起兵，陳平往事魏王咎。不久受讒亡歸項羽，隨從入關破秦。劉邦還定三秦時，又降漢，成為劉邦的重要謀士。劉邦困守滎陽時，陳平獻離間計，使項羽的重要謀士范增憂憤病死。高帝六年（西元前二〇一年）又建議劉邦偽遊雲夢，逮捕韓信。次年，劉邦為匈奴困於平城（今山西大同北部）七天七夜，後採納陳平計策，重賄冒頓單于閼氏，得以解圍。陳平因功先後受封為戶牖侯和曲逆侯。漢惠帝朝先後任左丞相、右丞相。但因呂后大封諸呂為王，被削奪實權。呂后死，陳平與太尉周勃合謀平定諸呂之亂，迎立代王劉恆為漢文帝，先與周勃並為丞相，後專為丞相。相如，未知指誰，疑有誤。

㉕ 人盡稱說句：意謂女子擇婿正如賢臣擇主。三國演義第三回：「（呂）布曰：恨不逢其主耳。（李）肅笑曰：良禽擇木而棲，賢臣擇主而事。見機不早，悔之晚矣。」

㉖ 只年：這樣呢。年，相當於「呢」，語氣詞。（依曹小雲說）

㉗ 推排：安排。

（貼）（香介）

【望吾鄉】

（旦）開向花陰，深拜祝太陰㉙，盡將心事含哀告稟：乞賜好人來結姻親。免得冤家來相陣㉚。燈下郎君，早來見面。愛結姻親，必須投告恁。卜脫㉛林大姻親，必須着投告恁。暗靜花前祝太陰，更深什靜㉜夜沉沉。

（貼）心事不須重祝訴，嫦娥與我是知心。

【水車歌】

（旦）只姻緣都是天時註定，阮爹媽曚昧，做只親情㉝。

（貼）勸娘仔把定心情，不信月老推排無定。但願天地推遷㉞靈聖，乞許林大促命㉟，姻緣不成。

㉘ 向說：這樣說。（依曾憲通說）

㉙ 太陰：月亮。

㉚ 相陣：鄭國權注：疑為相勝。指結為婚姻。

㉛ 卜脫：要擺脫。

㉜ 什靜：寂靜。

㉝ 做只親情：訂這婚事。

㉞ 推遷：即催遷。催促；保佑。見施炳華荔鏡記音樂與語言之研究，文史哲出版社二〇〇〇年版，第四五九頁。

㉟ 促命：鄭國權注：短命。

（旦）自燈下見有情，惹我思想，腸肝寸痛㊱。伊去在值？不見形影，枉割吊㊲，費我心情。

【尾聲】

簡勸娘仔心把定。終久對着好人情，同床同枕即相慶。

（貼）啞娘，事志做未成，不通㊳乞㊴啞公、啞媽知。

爹媽惜仔如惜金，那因不從仔兒心。

緣分終久有日到，莫得見短送金身㊵。

㊱ 腸肝寸痛：即「肝腸寸斷」。肝和腸斷成一寸一寸，比喻傷心到極點。戰國策燕策三：「吾要且死，子腸亦且寸絕。」

㊲ 割吊：難受。（依曾憲通說）

㊳ 不通：不可。

㊴ 乞：被。（依曹小雲說）

㊵ 金身：此處指寶貴的身體。

第十六出　伯卿遊馬

（生）（淨外）雞啼頭聲便起程，雞啼頭聲便起程。

（淨）（馬來）猿啼鳥叫得人驚，猿啼鳥叫得人驚。做緊❶打馬過前程，相隨伴，莫拆散，到驛遞❷心即安。

（又）溪水流過只西橋，溪水流過只西橋。

（馬來）杜鵑鳥枝頭連聲叫，杜鵑鳥枝頭連聲叫，早風送我過山腰。杏花店，賣酒漿，前頭去，也着各相量。

（生白）只處❸正是值處❹？

（淨外白）只處正是潮州城。

（生）且喜得到潮州城，且喜得到潮州城，城內軍馬得人驚，城內軍馬得人驚，彈瑟吹

---

❶做緊：趕緊。

❷驛遞：驛站。舊時供傳遞公文的人中途休息、換馬的地方。

❸只處：這裡。

❹值處：什麼地方。

簫實好聽。馬牽起放腳行，別處好不如潮州城，別處好不如潮州城。

（生淨外下）（生）

【望吾鄉】

恁今三人轉來潮城，因勢❺收拾便起程。只去過山共過嶺，三人心腹卜❻相痛。但願只去托天靈聖，保庇❼三人來到潮州城。

【金錢花】

日落西山是冥昏❽，前村犬吠人關門。幾番思量心去遠，路頭長。行來腳手軟，挨倚行，行來到冥昏。（並下）

❺ 勢：原作「世」，依鄭國權校改。
❻ 卜：要；想要。
❼ 保庇：保佑。
❽ 冥昏：晚上。

第十七出　登樓抛荔

【駿❶甲馬】

（旦貼上樓）高樓托起碧紗窗，風送蓮花雲外香。牽開樓門倚窗望，不見燈下賞燈人。

【大河蟹】

高樓上南風❷冷微微。不用撥紗扇，手倚琅玕❸無熱氣，風送百花，自有清香味。到晚來，新月上，掛在許天邊。真个趁人心，炁❹人心歡喜。

（貼）簡勸娘仔莫心悲，且來消遣食荔枝。對景傷情卜做乜❺？夫唱婦隨將有時。荔枝清香甜如蜜，荔枝清香甜如蜜，娘仔輕輕折一枝，壓❻一枝。真箇炁人心歡喜。

（內唱）嗹柳喥，喥柳嗹，嗹啞柳嗹，喥柳嗹啞，柳喥嗹。

❶ 駿：原作「後」，依吳守禮校改。
❷ 風：原無，依鄭國權校補。
❸ 琅玕：此處即欄杆。
❹ 炁：惹；引。
❺ 做乜：幹什麼。（依曾憲通說）
❻ 壓：吃。

（貼）啞娘，益春記得，古時千金小姐同梅香在綵樓上，力繡毬挨着呂蒙正，後去夫妻成雙❼。啞娘，今不免將手帕包荔枝，祝告天地，待許燈下郎君只處過，挨落乞伊拾去。後去姻緣決會成就。

（旦）益春，你只話說，正合我意，恐畏挨着別人。

（貼）有緣千里來相見，無緣對面不相逢。

（旦）**記得元宵時，燈下郎君七❽標致。古人一話真通記。我邀伊，若卜有緣，若卜有緣。**

（貼）**不問千里將相見。**

（旦）**阮邀伊若卜無緣，**

（貼）**無緣對面拆二邊。**

（內唱）嗹柳哴，哴柳嗹，嗹啞柳嗹，哴柳嗹啞，柳柳哴嗹。

---

❼古時千金小姐三句：元王實甫雜劇破窯記寫劉員外之女月娥在彩樓上抛繡球擇婿，看中窮書生呂蒙正，堅持要嫁給他，劉員外勸說無效，將她趕至呂蒙正破窯居住。呂蒙正在白馬寺中趕齋，劉員外讓長老不必接濟他，又想帶月娥回家，月娥不肯。呂蒙正自覺羞辱，進京應舉，中狀元回鄉任縣令。他先讓媒婆謊稱自己已死，後又假裝不曾得官，以此試探月娥，月娥始終不改初衷，他這才講出實情。夫婦前往白馬寺燒香，劉員外說明當初羞辱呂蒙正是為激其上進，前嫌盡釋，合家團圓。呂蒙正在北宋實有其人，但故事情節多屬虛構。明王錂傳奇彩樓記同一題材。梅香，舊時多以「梅香」為婢女的名字，因以為婢女的代稱。宋華岳呈古洲老人詩：「朱帘更倩梅香挂，要放銀蟾入座來。」力，把。（依曾憲通說）挨，擲；抛。（依曾憲通說）

❽七：多麼。見施炳華荔鏡記音樂與語言之研究，文史哲出版社二〇〇〇年版，第四七〇頁。

（貼）前頭官人乜貴氣，身騎寶馬綠羅衣，少年郎君少年時。

（生外淨上唱）（潮腔）今旦日出遊街，人物十分多。馬來！好馬又含衰❾，正是風流世界。高樓上似觀音人物，都在珠簾底。也有珠冠鳳髻連金釵，年當正十七八。

（旦貼）日照紗窗花影移，見一官人遊過只樓邊。身騎寶馬穿羅衣，堂堂相貌，眉分八字。許人物生得甚伶俐，來來去去遊賞街市，恁乜路即來對着伊？

（生淨外上）馬來！只處正是後溝鄉里，高樓起在路邊。二个娘仔閃在樓邊，生得十分爽利，擦❿我心內暗歡喜。

（淨介）馬來。馬牽來去，人看都佃⓫。許人生得甚伶俐，來來去去，遊賞花枝。且趁風流，莫負少年時⓬。

（生下）

（旦唱）幸逢六月時光，荔枝樹尾正紅，荔枝樹尾正紅。可惜親淺⓭手內捧，願你做月下人⓮，莫負只姻緣。

❾ 衰：疑為「綏」的借音字。綏，纓也。（依吳守禮說）
❿ 擦：即焉。惹；引。
⓫ 佃：吳守禮注：「俗字，『滿』也。」
⓬ 遊賞花枝三句：意謂珍惜青春，及時行樂。即唐杜秋娘金縷衣「勸君莫惜金縷衣，勸君惜取少年時。花開堪折直須折，莫待無花空折枝」詩意。
⓭ 親淺：漂亮。

（生外淨馬上唱）

【金錢花】

高樓起在大路墘⑮，二个娘仔避覓⑯窗邊。生得親淺十分爽利，目看我笑微微。畫觀音，不搭伊，請官人，遊街市。

（又唱）且喜來到潮州城，且喜來到潮州城，人物打扮乜齊整。樓上娘仔擧目看，馬牽帶，慢腳行，實是好錦妝成。

（旦貼）恰即得桃⑰憶着伊，忽然樓上看見，忽然樓上看見，春心惹動先有意。益春啞！馬上一位官人停馬看恁，不免將荔枝掞落乞伊。（旦掞介下）

（生）安童，看許樓上娘仔掞乜落來？

（淨）都無乜。

（生）禽獸，拾起來我看。

（淨介）

⑭ 月下人：即月下老人。唐代韋固到宋城去旅行，住宿在南店裡。一天晚上，看到月下有一位老人靠著一個布袋，借著月色看書，韋固便上前好奇地詢問。老人告訴韋固，那書記載著天下男女的姻緣，布袋裡的紅繩，是用來繫住有緣男女的腳。老人還為韋固指明姻緣，後來果然實現。見唐李復言續幽怪錄定婚店。

⑮ 大路墘：大路邊。（依曾憲通說）

⑯ 覓：在。見連金發荔鏡記趨向式探索。

⑰ 得桃：遊玩；玩耍。（依曾憲通說）

（生）原來⑱是一條手帕，包一个荔枝。安童，看樓上娘仔落去未？

（淨）落去了。

（生）樓上娘仔有真意，樓上娘仔有真意。

（淨唱）見阮官人生得中，見阮官人生得中，心內發興⑲掞荔枝。

（生⑳）未知伊人是倆年㉑，將只荔枝收做表記㉒，恁且來去設一計智㉓。恁且來去設一計智。

（又唱）今旦騎馬過只樓西，伊力荔枝備掞落來。不是鳥啄枝折，風打落來。伊今關門落樓去，惹得我悶如江海，恨不生翼飛入伊房內，結托恩愛。許時節，即趁我心懷。

【耍孩兒】

嫦娥伊在廣寒宮，心思想，步難進。着伊割吊㉔悶悶心，憂心悄悄㉕。袂說得天催冤家

---

⑱ 原來：原作「元來」，依鄭國權校改。

⑲ 發興：激發意興。南朝宋鮑照園中秋散：「臨歌不知調，發興誰與歡。」

⑳ 生：原本漏脫，依吳守禮校補。

㉑ 倆年：怎麼樣。（依曾憲通說）

㉒ 表記：信物。

㉓ 計智：計策。

㉔ 割吊：難受。（依曾憲通說）

㉕ 憂心悄悄：憂慮不安貌。詩經邶風柏舟：「憂心悄悄，慍于群小。」

來相陣㉖，無媒人袂得見伊面，共伊結託海誓山盟。安童，只潮州有㑨泉州人只處無？

（淨）安童記得句㉗有一李公，在只潮州磨鏡。

（生）向說，不免來去借問伊端的。

今旦騎馬過樓西，不料佳人古記㉘來。
但願荔枝成配合，早結鸞鳳㉙下瑤臺㉚。

㉖ 相陣：鄭國權注：疑為相勝。指結為婚姻。

㉗ 句：還。見施炳華荔鏡記音樂與語言之研究，文史哲出版社二〇〇〇年版，第四六七頁。

㉘ 古記：疑為「表記」，信物。

㉙ 鸞鳳：鸞和鳳的合稱，比喻夫妻。鸞，鳳凰一類的鳥。

㉚ 瑤臺：傳說中的神仙居處。晉王嘉拾遺記昆侖山：「傍有瑤臺十二，各廣千步，皆五色玉為臺基。」

第十八出　陳三學磨鏡

【風入松】

（生）來到潮州看景致，樓上娘仔挨荔枝。擲❶我心內暗歡喜，願姻緣共伊相見。投告天地相保庇，願姻緣早早團圓。着伊割吊暗沉吟，樂器❷未得逢知音。恰是人破燈心草，力伊有心做無心❸。

【北上小樓】

（唱）私情事志掛人心，眠邊夢內思想。記得當初張珙共鶯鶯有情，張珙袂得入頭時，假意借書房西廂下讀書❹。假意西廂下讀書，伊冥日費盡心神。記得少春袂得錦桃娘仔着，假意賣菓子入頭，力玉盞打破除，姻緣即得成雙❺。看伊萬般計較，力玉盞打破賣身。伯卿着伊割吊，若卜❻

❶擲：即炁。惹；引。

❷樂器：原作「樂毅」，依文義改。

❸恰是人破燈心草二句：俗語。燈心草為多年生草本水生植物，莖圓細而長直，名為「燈心草」，實際上無心，故云。

❹記得當初張珙三句：出自西廂記，講述張珙與崔鶯鶯的愛情故事。袂得，不得。

❺記得少春四句：出自青梅記，講述盧少春與錦桃以青梅為媒介的愛情故事。力玉盞打破除，把玉盞打破了。

學只二人个所行，也無乜下賤。**若得共伊姻緣就，阮情願甘心學恁。**恐畏伊一時作笑❼，忽然揬落荔枝，枉我只處❽冥日割吊。那卜是❾作稍，也無手帕揬落來。**坐來思量暗沉吟，也恐畏一時作笑，一時作笑有乜憑？**今不免請得李老公出來，共伊思量。

（淨）入門莫問心頭事，看人顏容便得知❿。

（見介）

（生白）李公，我昨暮日去到西門外西邊，有一大樓，正是乜人厝个？

（淨）許正是後溝黃九郎个。

（生）伊厝有乜人？

（淨）伊厝有一孜娘仔，名叫五娘，生得十分姿色。

（生）曾⓫對親⓬未？

（淨）老个見說：定永豐倉林長者厝。

❻ 若卜：若要。

❼ 作笑：開玩笑。

❽ 只處：這裡。

❾ 那卜是：要是。

❿ 入門莫問心頭事二句：增廣賢文：「入門休問榮枯事，觀看顏容便得知。」意謂善於察言觀色。

⓫ 曾：原作「情」，依吳守禮校改。

⓬ 對親：訂婚。

（生）可曾娶過門未？

（生）來，李公。你是我鄉里，我不敢瞞你，我昨暮日騎馬在伊樓下過，伊力手帕包荔枝掞落來，乞我拾來。

（淨）恐是錯手⑬。

（生）手帕上句繡有四个大字：「宿世姻緣⑭」。只也不是錯手。

【望吾鄉】

李公聽我說起理，那因騎馬遊街市，樓上娘仔掞落荔枝。思量無路得見伊，行徑是真意，全望公公乜計智。

（淨）官人聽我說因依⑮，伊人是長者人仔兒。親情對在林厝了，有銀也不得共伊爭。須着學古人例，到尾了終會團圓。

（貼上）

【駿甲馬】

寶鏡拙時上塵埃，阮娘仔畏去傍妝臺⑯。迢遞⑰專意使我來請，請卜李公到厝來，請卜

---

⑬ 錯手：原作「操手」，依吳守禮校改。

⑭ 宿世姻緣：源於佛教的「宿世因緣」。佛教指前世的生死為前生，即宿世；因而將前世的因緣，統稱宿世因緣。法華經授記品：「宿世因緣，吾今當說。」

⑮ 因依：原因；原委。水滸傳第二十二回：「唐牛兒告道：『小人不知前後因依。』」

李公到厝來。

（見介）李公，阮啞娘叫：寶鏡拙時上塵埃，因何不見李公來？

（淨）你不知我拙時腰痛，都袂出來，明日甲⑱我師仔⑲來磨。

（貼）向說，明旦甲恁師仔放早來磨。

（淨）要請你食檳榔，有客在內，不便。

（貼）寶鏡拙時暗不光，照人顏色面青黃。諸般藥料都齊到，撥開雲霧貌十全。

（貼下）

（生白）李公，今即是誰厝簡仔⑳來？

（淨）只正是後溝黃九郎公五娘仔飼个簡，名叫益春。伊娘有一个照身寶鏡，一月磨一遭。我今有一月不去了，啞娘使益春來請我明旦伊厝去磨。

（生）李公，古人說：踏破草鞋無處討，算來全不費工夫。見是五娘使益春請你磨鏡，李公教小人，待小人去伊厝磨，娘仔一定出來相見。

---

⑯ 寶鏡拙時上塵埃二句：宋李清照鳳凰臺上憶吹簫：「香冷金猊，被翻紅浪，起來慵自梳頭。任寶奩塵滿，日上簾鉤。」意謂鏡子不亮，妨礙梳妝。

⑰ 迢遞：鄭國權注：特地。

⑱ 甲：教；叫。（依曾憲通說）

⑲ 師仔：徒弟。

⑳ 簡仔：佣人。

（淨）磨鏡是賤藝，三爹你做乜肯學伊？

（生）古人說：好者不痛。你那教得我會，我將這錦襖共白馬盡送謝你。

（淨）許也不敢收，等待姻緣成就，送三爹回去。

（生）多謝李公好意。

（淨）只處也不好教，三爹必須着只內去。

（生）李公說是。

磨鏡須要心專，勸你寬心耐煩。
人說道路各別，果然養家一般㉑。

㉑ 人說道路各別二句：「道路各別，養家一般」為俗語，見增廣賢文。意謂各行各業，均可養家活口。

第十九出　打破寶鏡

【駿甲馬】

(生上) 脫落衣裳挑鏡擔，肩頭不識掛擔也着挑。我是官員有蔭仔❶。㖭磨鏡乞人叫陳三。只處正是黃厝。來到黃厝日斜西。磨鏡，磨鏡！不知內頭知不知？我是泉州磨鏡客，娘仔❷那卜❸磨鏡，請出來。

(貼上介，唱) 聽見外頭鐵板聲，娘仔使簡❹出來聽。

(生) 磨鏡，磨鏡！

(貼走介，唱) 因乜有一位磨鏡客，生得人物乜齊整。

(生) 小妹拜揖。

(貼) 人客，恁會磨鏡？

---

❶ 官員有蔭仔：官宦子弟。蔭，蔭庇，因祖先有勛勞或官職而循例受封、得官。

❷ 娘仔：對女子的尊稱。(依曾憲通說)

❸ 那卜：要是。

❹ 簡：佣人。此處為益春自稱。

（生）小客見說恁府上有一鏡卜磨，望小姐抬舉。
（貼）阮厝是有一鏡卜磨，那是阮鏡有主客❺。
（生）主客正是誰？
（貼）正是泉州李公。
（生）李公正是阮師父。
（貼）乜啞，李公是恁師父？
（介）好添一師仔。
（笑介）
（生白）小姐笑小人做乜？
（貼）我見你親像❻一人。
（生）親像乜人？
（貼）不知便罷，向問❼乜事❽？
（生）小姐，你問看恁娘仔卜磨鏡不？

❺ 主客：這裡指專門磨鏡的人。
❻ 親像：像。（依曾憲通說）
❼ 向問：那樣打聽。（依曾憲通說）
❽ 乜事：什麼事。（依曾憲通說）

（貼介）啞娘，一儕仔❾只外❿卜磨鏡。

（旦）是生分人，熟⓫事人？

（貼）是生分人。

（旦）待我來。

【皂羅袍】

（旦）早起日上花弄影⓬，卜做針線無心情。聽見七人叫磨鏡。

（生）磨鏡，磨鏡。

（旦）聲聲叫得是好聽。

（生見旦介）娘仔，拜揖。

（旦）好一風流人物，生得各樣齊整。益春，恁前日樓前見許⓭馬上一位官人，好親像這人。

（貼）簡也見面熟。

（旦）疑是許馬上官人，想伊不來磨鏡。

---

❾ 儕仔：崽仔。儕，原作「臍」，依吳守禮校改。

❿ 只外：在外面。

⓫ 熟：原作「色」，依吳守禮校改。

⓬ 花弄影：宋張先天仙子詞：「雲破月來花弄影。」意謂花枝在月光下擺動。

⓭ 許：那。（依曾憲通說）

（貼）那卜是⑭，通⑮認伊。

（旦）不是。**人有相似，恐畏認掞⑯。**

（旦下）益春，只人生分，未知手段倆樣，甲⑰伊去，無乞⑱伊磨。

（貼）人客⑲，叫：你障生分，未知手段倆樣，甲恁去，無乞你磨。

（生）小妹，你去共恁娘仔說，熟人也是生人做。阮工夫那⑳不好，也不敢恁府上來。

（貼）啞娘，這一人客即是㉑會咀話㉒。

（旦）做倆說？

（貼）叫：熟人也是生人做，叫：伊工夫那不好，也不敢你府上來。

（旦）只說也是，問看：伊厝住在值處㉓？

---

⑭ 那卜是：要是。

⑮ 通：可。

⑯ 認掞：認錯。（依曾憲通說）

⑰ 甲：教，叫。（依曾憲通說）

⑱ 無乞：不要給。

⑲ 人客：客人。（依曾憲通說）

⑳ 那：如果。（依曹小雲說）

㉑ 即是：真是。（依曾憲通說）

㉒ 咀話：說話。

（貼）人客，叫：恁厝住在値處？

（生）小姐聽說：

【好姐姐】

小姐聽我說起，我也是好人仔兒。厝住泉州，陳三是小人名字。學磨鏡，泉州磨落潮州城㉔。幸然小妹相顧倩㉕。

（旦內白㉖）益春，抱乞伊磨。

（貼介）手捧寶鏡出外廳。小心磨卜待分明。啞娘，看伊未是磨鏡客，工錢共伊斷卜定。

（旦）只說也是，問看伊，只一鏡卜若㉗工錢？

（貼）叫：恁磨只一鏡，卜若工錢？

（生）小妹，你去共恁娘仔說，叫：工夫那中恁娘仔，想恁娘仔二三分銀也不論。

（貼）那卜不中阮娘仔是年㉘？

（生）那卜不中恁娘仔，小客一厘銀也不敢收。

㉓ 値處：什麼地方。

㉔ 泉州磨落潮州城：從泉州到潮州來磨鏡。

㉕ 顧倩：關照。顧，原作「雇」，依文義改。

㉖ 白：原缺，依鄭國權校改。

㉗ 若：若干；多少。

㉘ 年：相當於「呢」，語氣詞。（依曹小雲說）

（貼）啞娘，許一人即是會咀話，叫伊工夫那中娘仔，想娘仔二三分銀也不論。

（旦）向說，抱乞伊磨。

（貼）鏡乞恁磨。

（生）討水來。

（貼）（討水上介）人客，恁師父磨鏡，都會唱歌。恁會唱歌袂㉙年？

（生）歌，阮也會唱。

（貼）見那會唱，起動㉚恁唱。

（生）（唱介）**磨鏡工夫未是低，後生人愛學這工藝。**

（貼）只歌莫唱。

（生）做乜莫唱？

（貼）許个㉛阮識。

（生）夭恁都識？

（貼）許个你師父常唱。

（生）只是阮師父親傳乞阮个。

㉙ 袂：不會。（依曾憲通說）

㉚ 起動：敬詞。煩勞；勞駕。

㉛ 許个：那個。（依曾憲通說）

（貼）今看有乜新歌，唱一段來聽聽。

（生）新歌阮也會唱。

（貼）見那會唱，唱一段來聽。

（生）**壯節丈夫誰得知，願學溫嶠下玉鏡臺**32。

（貼介）

（生介）啞娘，一儕仔即會唱歌，出來去聽。

（旦內白）不得做聲，待伊罔33唱。

（貼）人客，恁歌唱便34唱，又宿除35做乜？

（生）都無人來聽。

（貼）你罔唱，阮有人來聽。

（生）**壯節丈夫誰得知，願學溫嶠下玉鏡臺。**

（貼介）

---

32 溫嶠下玉鏡臺：意謂主動追求婚姻。世說新語假譎篇載，東晉名將溫嶠詐稱為從姑劉氏之女作媒，自己用玉鏡臺做聘禮，把她娶了回來，「既交婚禮，女以手披紗扇，撫掌大笑，曰：『我固疑是老奴，果如所卜。』」

33 罔：姑且。見施炳華荔鏡記音樂與語言之研究，文史哲出版社二〇〇〇年版，第四六六頁。

34 便：原作「被」，依文義改。

35 宿除：歇了。宿，吳守禮注：即歇，潮州方言中，今猶音同義通。

（旦聽介）

（生唱）劉晨、阮肇誤入天台㊱，神女嫦娥照㊲見在目前。

（生看介）

（旦閃介）

（生）誰料今旦到只蓬萊㊳，楚襄王朝雲暮雨，夢到陽臺㊴。

（旦下）

（貼白）人客，拙好聽，不未各㊵唱一段？

（生）小妹，見那愛聽，小人各唱。翰徽㊶埋名，假作張生。

（貼介）（旦上）輕身下賤，拜託紅娘。即會合崔府鶯鶯，有緣千里，終結姻親。

㊱ 劉晨阮肇句：傳說東漢人劉晨、阮肇入天台山採藥，因迷路得遇仙女，結為夫婦。半年之後還家，已歷七世。見南朝宋劉義慶幽明錄。

㊲ 照：原作「召」，依鄭國權校改。

㊳ 蓬萊：傳說中海上三座仙山之一，另外兩座是方丈、瀛洲。

㊴ 楚襄王朝雲暮雨二句：宋玉高唐賦序說，楚懷王嘗遊高唐觀，怠而晝寢，夢見一婦人曰：「妾，巫山之女也。為高唐之客。聞君遊高唐，願薦枕席。」楚懷王因與交歡。婦人去而辭曰：「妾在巫山之陽，高丘之阻，旦為朝雲，暮為行雨。朝朝暮暮，陽臺之下。」後遂以「巫山」、「雲雨」、「陽臺」比喻男女情愛。

㊵ 各：吳守禮注：更。

㊶ 翰徽：吳守禮注：曲師口述為「隱諱」。

（生看）

（旦走下）

（貼白）一人教怯目神。

（生）月老紅絲，也要冰人42。天邊有路，也卜同枕共眠。

（貼）人客，恁那辛苦，歇困43，慢慢磨。

（貼下）

（生白）伯卿今旦落盡面皮44，幸然得見娘仔。今只鏡卜抱還伊去，想日後無路得入頭。我今得當初盧少春打破玉盞，後來夫妻成就45。不免將這鏡來打破。

（貼）人客，茶請你。

（生）只茶，是乜人使你捧來？

（貼）一人客教好笑，恁見有茶罔食，向問46乜事？

（生）人情有所歸。

---

42 冰人：媒人。

43 歇困：即歇睏，歇一會。（依曾憲通說）

44 落盡面皮：丟盡面子或顏面盡失。面皮，面子。見連金發荔鏡記趨向式探索。

45 我今得當初二句：出自青梅記，講述盧少春與錦桃以青梅為媒介的愛情故事。

46 向問：這樣問。

（貼）是我啞娘使阮討來請你。

（生）再三感謝。

（貼）食啞，莫延場(47)，人叫恁會唱歌，即請恁，不恁愛食不？

（生）不疑來，都無物通(48)壓鍾(49)。

（貼）恁泉州人，那口咀(50)便是。

（貼下）

（生白）不免力(51)只鏡來打破。

【剔銀燈】

心迷亂、憂憂着驚，只事志思量都未情(52)。將錯力鏡來打破，細思量獨自着驚。投告天地有靈聖，保庇(53)我姻緣早早完成。

---

(47) 延場：拖延。

(48) 通：可以。

(49) 壓鍾：對送禮者的回敬，多用於錢財。鍾，杯子。益春端茶給陳三喝，故陳三必須以禮物「壓鍾」，益春回說：用口說便可。見施炳華荔鏡記的用字分析與詞句拾穗。

(50) 口咀：口說。

(51) 力：把。

(52) 情：吳守禮注：疑為成。

(53) 保庇：保佑。

（生介，鏡破）

（貼）人客，鏡磨光未？

（生）只鏡磨光了，請你啞娘出來接鏡。

（貼）一人客教好笑，想見阮啞娘肯出來共恁接鏡。

（生）了不[54]，好算工錢還小人。

（貼）好，井[55]肯賒你个？

（生）見是障說，交付小妹。

（貼）度[56]阮。

（生）今年先生共我看命[57]，說我造化[58]十分下，你莫打破來賴我。

（貼惱介，白）不使你向閑煩惱，度我。

（貼接[59]介）

（生白）你乜鏡接過打破除？

---

[54] 了不：絕不；全不。

[55] 井：井應該是諍之誤。諍（音tsìnn），狡辯之義。（依洪惟仁說）

[56] 度：予。見施炳華荔鏡記音樂與語言之研究，文史哲出版社二〇〇〇年版，第四六八頁。

[57] 看命：算命。

[58] 造化：福分；運氣。

[59] 接：原作「度」，依鄭國權校改。

（貼）鏡未曾過我手，故意放落也打破除，帶累[60]我做乜事？

（生）鏡是小妹你打破。

（貼）斬頭[61]，你卜死緊！

【剔銀燈】

你力寶鏡那做戲耍，故意力鏡打破。想你不是磨鏡腳手[62]是定，專打口鼓弄牙[63]說通聽。

（生執貼）

（貼唱）鏡未分明，你且立定。不帶着你好頭好面，打死你是定。

（生唱）打死我是恁罪過[64]，馬有四腳也會着跋[65]。二邊也都准落蝕[66]，一人着蝕一半。陳三工夫錢不討，也准在娘仔恁空磨。

（貼介）啞娘，泉州儕仔力你鏡打破除。

---

[60] 帶累：連累。（依曾憲通說）

[61] 斬頭：砍頭。

[62] 腳手：老手。

[63] 打口鼓弄牙：油嘴滑舌。

[64] 罪過：原作「坐告」，依吳守禮校改。

[65] 着跋：跌倒。（依曾憲通說）

[66] 落蝕：損失。

（旦上介）我苦了，一鏡障好去打破除，做倆說？

（生）鏡是你簡仔㊅打破。

（旦）斬頭，你卜死緊！益春，你許內叫啞公出來。

（旦下）

（生）不免收拾來去。

（貼）你卜值去㊆？覅久，衫仔了也剝你个。

（外上）**障吵鬧，正是為乜？磨一鏡值一乜錢？三錢二錢算還伊，何卜㊇討小輩人平宜㊈。**

（貼）泉州儕仔力恁鏡打破除。

（外）做倆說？力恁鏡打破除，今在值？

（貼）在許廳前。

（外見生介）

（外白）來啞，漢子，你因乜力我鏡打破除，是乜道理？

---

67 簡仔：佣人。

68 卜值去：要去什麼地方。

69 何卜：何必；為何要。見施炳華荔鏡記音樂與語言之研究，文史哲出版社二〇〇〇年版，第四七二頁。

70 平宜：便宜。

（生）好說九郎得知，只鏡是小人磨光了，交過恁簡仔手，是恁簡仔打破，共小人無干。

（外）那卜是阮簡仔打破，共你無干？

（生）正是。

（外）益春，磨鏡人說叫：只鏡都是你打破，共伊無干71……。

（外）**賊畜生，好生無理，打破了做倆72得變？**益春，你是孜娘簡仔73，無奈伊何，叫得小七出來。

（淨74上介）

（外白）小七，泉州儕仔磨鏡，力恁啞娘鏡打破除。

（淨）泉州儕仔力恁啞娘鏡打破，叫：烏龜雜種！打破除好。許鏡會做怪，早起小七行許處過，公然許內有一人親像小七。

（外）畜生！許正是鏡光照見人形影。

（淨）今泉州儕仔值處去了？

（外）在許廳邊。

---

71 益春三句：以下疑有闕文。
72 做倆：幹啥；怎麼。（依曾憲通說）
73 孜娘簡仔：婢女。
74 淨：原作「丑」，據文義改。

（淨）烏龜，你倆年75卜打破阮鏡？

（生）只鏡我磨光了，交付恁益春，失手打破除，共我無干。

（淨）我想：也那是只查厶仔76打破。

（外）那卜是77益春打破，叫益春出來。

（淨）益春，你只查厶仔，那是你打破，你便認去，不得虧人；存你明旦生仔，莫藏許尿蟹78內飼。

（貼）青冥頭！鏡是伊打破。

（淨）啞公，叫：不是伊打破，叫：是泉州人打破。

【歌蛾】

（外）看你乜大膽，敢力我鏡打破。我鏡惜未識飽，算來乜般樣造化。小乜。搜伊籠內，看伊乜通79賠我。算起莫得做寬，看你一場乜合殺。

（淨）烏龜雜種夭相箭80，二目恰是相拿雹。只籠內空無一乜，一个布袋帕有二三升米。

---

75 倆年：怎麼樣。（依曾憲通說）

76 查厶仔：女孩。（依曾憲通說）

77 那卜是：要是。

78 尿蟹：鄭國權注：疑為尿鱉，即尿壺。

79 通：可；值得。（依曹小雲說）

80 夭相箭：即「夭諍」（音 iáu tsinn），還狡辯之意。「箭」（音 tsìnn）是「諍」（音 tsìnn）的借音字，辯解之義。（依洪惟仁說）

椅仔四腳，十籠四耳值乜錢？有乜通賠得[81]懶[82]鏡起？

（淨）啞公，泉州儕仔十九伊有銀不賠倸，着打一頓乞伊。

（外）你去打一頓乞伊。

（淨）**大槌打，打到伊着死。**泉州儕仔八步[83]，介[84]我畏打死了，啞公着還命。

（外）前年教你个步，你都記不得？

（淨）是啞，我都袂[85]記得。上路教師句教我一步訣，地方打死了，啞公着還命。**大槌打，打你着死。**

（生外介）

（淨白）泉州儕仔八步是活腳，啞公你是死腳，打不知走。

（生）**九郎且寬心，無物通賠倸。是我一時誤，到今旦話說無盡，擧目又無親，無計較，情願着賣身。到只處[86]但得着認，將身賠你去使用。**來，小七兄，我有一錢銀只處，乞你買物食。你去共啞公說叫：我今無銀通賠倸，情願將身寫賠倸啞公。

---

[81] 得：原作「身」，依吳守禮校改。

[82] 懶：吳守禮注：即咱。

[83] 八步：識拳法套路。八，吳守禮注：識也。

[84] 介：疑此字為科介用字。（依吳守禮說）

[85] 袂：不。

[86] 只處：這裡。

(淨)你卜共阮啞公食，阮啞公愛打人獅。(介)啞公，泉州儕仔說，伊艱難無路，即學磨鏡。一時失措[87]，甲[88]你鏡打破除。今無物通賠恁，托小七共啞公咀[89]，卜共啞公食。

(外)飼伊卜做乜用？

(淨)啞公，你老了，通替啞公你做種也好。

(外)畜生莫茹咀[90]，來啞，漢子，你三年除食外，趁[91]有若銀？

(生)小人一年除食使用外，趁有五兩銀。

(外)我只鏡本當值三十兩銀，今着你打破，一人蝕一半，你賠我十五兩，三年三五十五兩，你立三年工雇文字。日子滿了，便乞你返去。

(生)從啞公算。

(淨)啞公，啞媽許內不准。叫：許泉州人雕悍[92]，明旦放一厝泉州仔還恁。

(外)莫茹咀，我看粗重工程你袂去，那權且共[93]我掃厝看花。

---

[87] 失措：失手。

[88] 甲：教；叫。(依曾憲通說)

[89] 咀：原作「咕」，依鄭國權校改，下同。

[90] 茹咀：亂說。(依曾憲通說)

[91] 趁：剩。

[92] 雕悍：原作「兆旱」，依吳守禮校改。

[93] 共：替；為；幫。

（外）小七，你引陳三只書院內去寫文字。

打破寶鏡受94虧傷，等看尾稍95做倆樣96。

一柄掃帚交付與，𠳐那不淨你身上。

94 受：原作「愛」，依鄭國權校改。

95 尾稍：即尾梢。結局。

96 倆樣：怎樣。

第二十出　祝告嫦娥

【七娘子】

（旦）六月天時❶困迍❷，春卜❸返去越自心悶。

（貼）好花因着風雨滾，月光風靜，天色無雲。

（旦）豆蔻梢頭春意闌，風滿前山，雨滿前山。杜鵑啼血五更殘。花不禁寒，人不禁寒。

（貼）離合悲歡事幾般，離有悲歡，合有悲歡。別時容易見時難，怕唱陽關，莫唱陽關❹。

【傍粧臺】

---

❶ 天時：天氣。

❷ 困迍：困頓。

❸ 卜：要。

❹ 豆蔻梢頭春意闌十二句：元虞集一剪梅詞，見花草粹編卷七。或作宋代蜀人王通判女瑩卿一翦梅詞，見清丁紹儀聽秋聲館詞話卷八。意謂春光流逝，觸動悲歡離合之情。幾，原作已，依吳守禮校改。別時容易見時難，出自南唐李煜浪淘沙令（簾外雨潺潺）詞句。陽關，出自唐王維送元二使安西：「渭城朝雨浥輕塵，客舍青青柳色新。勸君更盡一杯酒，西出陽關無故人。」這首詩在唐代就曾以歌曲形式廣為流傳，時人常於送別之際歌之，稱為「陽關三疊」。

（旦）思量起，恨阮命薄通說七❺。又恨月老不公平，好姻緣值去，不來相見。怯❻緣分來相纏，阮甘孤單守獨自。

（貼）啞娘，拙久❼顏色青空，抹些兒粉，掞❽些胭脂。

（旦）我畏去抹粉襯胭脂，紅顏薄命❾只正是。

（貼）娘仔且聽簡❿勸諭，恨無好話說幾⓫句，張珙鶯鶯曾⓬相遇。姻緣都是天注定，想姻緣定不相負，枉割吊⓭萬金身軀。無狀林大，莫枉尋思，好緣分須着待久。

（旦）益春，你句⓮記得正月十五冥袂？

（貼）簡句略記得。

---

❺ 通說七：可以說什麼。

❻ 怯：壞。（依曾憲通說）

❼ 拙久：這麼久。（依曾憲通說）

❽ 掞：點。見施炳華荔鏡記音樂與語言之研究，文史哲出版社二〇〇〇年版，第四六六頁。

❾ 紅顏薄命：指女子容貌美麗但遭遇不幸。元無名氏鴛鴦被雜劇第三折：「總則我紅顏薄命。」

❿ 簡：佣人。此處為益春自稱。

⓫ 幾：原作「已」，依吳守禮校改。

⓬ 曾：原作「情」，依吳守禮校改。

⓭ 割吊：難受。（依曾憲通說）

⓮ 句：還。見施炳華荔鏡記音樂與語言之研究，文史哲出版社二〇〇〇年版，第四六七頁。

【望吾鄉】

（旦）記得正月十五日冥，燈光月團圓。

（貼）簡記得燈下有一位官人，生得十分親淺。娘仔若卜⑮對着許一位官人，天生一對夫妻。

（旦）燈下郎君早來相見，好姻緣願百年。（介）我眠夢內憶着伊。冤家，冤家，心神着你障牽纏。

（貼）啞娘，既然憶着許燈下官人，今冥月光風靜，待簡共啞娘對月娘⑯拜告，催遷⑰早來相見。

（旦）益春啞，知得伊人會來相見啞不？

（貼）娘仔啞，姻緣都是天注定，月老定會推排。

【漿水令】

（旦）告嫦娥乞聽說起，恨阮命運行來不是。對怯緣分心頭悲，算來都是前生前世。

（合）但願得，但願得林大早脫身離，許時節蓮花再生⑱。

（貼）元宵燈下，見一位郎君標致。又來樓前，掞落⑲手帕荔枝。

---

⑮ 若卜：若要。

⑯ 月娘：月亮。下文「月姊」亦指月亮。

⑰ 催遷：催促；保佑。一作「推遷」。見施炳華荔鏡記音樂與語言之研究，文史哲出版社二〇〇〇年版，第四五九頁。

⑱ 蓮花再生：蓮花被佛家視為吉祥之物，蓮花再生即時來運轉。

⑲ 掞落：擲落。

（合）但願得，但願得早來相見，許時節，許時節拜謝月姊。

【尾聲】

二人專心又專意，但願月娘相保庇[20]，枯樹逢春再發枝。

相共得桃[21]更深，返去無通可眠。

心事不須祝訴，嫦娥與我知心。

[20] 保庇：保佑。

[21] 得桃：遊玩；玩耍。（依曾憲通說）

第二十一出　陳三掃廳

(生) 深潭若卜無金鯉，誰肯只處下鉤鉤。伯卿當初錦襖換鏡擔，誰知今旦鏡擔換掃箒。只是自作自當，通說七❶？

【一封書】

秋風起，雁南飛。手擧掃箒珠淚垂。到今旦乜受虧，致惹一身乜受累。我是官員有蔭仔❷，今到只處卜看誰？娘仔你在繡房內，我在只廳邊身無歸。死到陰司共伊相隨。

【駐雲飛】

(潮腔) 繡廳清趣，四邊粉白無塵埃。好畫掛二畔❸，花香𤆬❹人愛。

(唻) 珠簾五色彩，錦屏在繡廳前，阮處門風更強伝所在。我那不實說，娘仔總不知。

(又唱) 費盡心機，恨我一身做奴婢。受盡人輕棄，不得近伊邊。

---

❶ 通說七：可以說什麼。

❷ 官員有蔭仔：官宦子弟。蔭，蔭庇。因祖先有勛勞或官職而循例受封、得官。

❸ 二畔：兩邊。

❹ 𤆬：惹；引。

（嗏）看見娘仔在繡廳邊，伊許處❺抹粉挼❻胭脂。不記得樓前時，今旦返面，力阮做障棄。

（唱）伊今做呆，是乜心意？許處傍妝臺，我只處心悶如江海，未知娘仔你知不知？嗏，你今目高不瞅睬❼，誤我做只事。我厝威儀，我兄做運使。今旦不說，娘仔總不知。

【誤❽佳期】

（旦）賊奴你閑做聲，攬得我無心對菱花鏡❾。叵耐❿賊陳三，敢來我只繡房口閑行。

（生）小人初來，做乜得知娘仔只繡房口無乞人行？

（旦）你目看值去？

（生）小人目那看地下去。

（旦）你做緊⓫行開⓬，誰人親像⓭你大膽？

---

❺ 許處：那裡。

❻ 挼：點。見施炳華荔鏡記音樂與語言之研究，文史哲出版社二〇〇〇年版。

❼ 目高不瞅睬：即目中無人之意。瞅睬，原作「秋采」，依鄭國權校改。

❽ 誤：原作「悟」，依吳守禮校改。

❾ 菱花鏡：古代銅鏡名。鏡多為六角形或背面刻有菱花者名菱花鏡。趙飛燕外傳：「飛燕始加大號婕妤，奏上三十六物以賀，有七尺菱花鏡一奩。」

❿ 叵耐：不可忍耐；可恨。

⓫ 做緊：趕緊。（依曹小雲說）

（生）小人在厝也是富貴人仔，那是⓮今旦暫時落薄⓯。

（旦）**說你富貴，因乜卜來磨鏡？**

（生）娘仔可曾⓰見小人磨鏡也不？

（旦）你現磨鏡，夭句相箭⓱。我曉得了，原磨鏡，今陞上掃厝，是陞高了。

（生）好一位娘仔，可惜無慧眼⓲，看小人障行來，親像磨鏡人也不？都不記得許掞荔枝時。

（旦）你都現磨鏡，夭句相箭。**你做障行來，夭說⓳你是官蔭人仔。嗏，你那是泉州白賊⓴仔。**

（生）娘仔，好人乞怯人帶利㉑。

⓬ 行開：走開。

⓭ 親像：像。（依曾憲通說）

⓮ 那是：只是。

⓯ 落薄：落魄。

⓰ 曾：原作「情」，依吳守禮校改。

⓱ 夭句相箭：還要爭辯。夭句，還要。箭，「諍」的借音字。見施炳華荔鏡記的用字分析與詞句拾穗。

⓲ 慧眼：原作「橫眼」，據文義改。

⓳ 夭說：還說。

⓴ 白賊：撒謊。見施炳華荔鏡記的用字分析與詞句拾穗。

㉑ 帶利：帶累。

（旦）你句敢我面前說哄乞我聽。陳三，你再後掃厝，不許掃我只繡房口來。益春啞，陳三掃厝，掃我只繡房口來。你去罵一頓乞伊，甲㉒伊行開去。

（貼）叵耐㉓腌臢㉔三哥。人前背後，說盡零落。厝夭㉕不掃，腌臢滿處。又牽連乜荔枝，說盡零落。將身賠阮，有乜財寶？白賊咀哄兄有官做。益春見你模樣，曉得有共無。

（生）小妹我說乞你聽，我也是官蔭人仔。那因恁娘仔掞落荔枝，打破你鏡，即來恁厝來行。煩動㉖小妹，可憐我人情。

（貼）小妹只話，侢敢說乞伊聽？阮娘仔伊是乜？

（生）伊是人。

（貼）伊不是人。

（生）是乜？

（貼）阮娘仔伊是月內桂花樹，任那風擺伊不斜。那從㉗今旦分付定，再後不許後廳行。

㉒ 甲：教；叫。（依曾憲通說）

㉓ 叵耐：不可忍耐；可恨。

㉔ 腌臢：骯髒。原作「淹潛」，依吳守禮校改。

㉕ 夭：還。

㉖ 煩動：煩勞。

㉗ 從：原作「全」，依吳守禮校改。

（貼下）

（生唱）

【縷縷金】

我為你受盡氣，黃五娘你可無行止㉘。袂㉙記得，袂記得高樓上，是你親手掞落荔枝。

今旦反面不提起，我死到陰司，冤魂卜共尔相纏。（並下）

我本是官家子弟，因為風流做奴婢。

今日虧心不認我，當初何必拋荔枝。

㉘ 無行止：沒有善行；品行不端。增廣賢文：「寧可無錢使，不可無行止。」

㉙ 袂：不。

第二十二出　梳妝意懶

【黃鶯兒】

（潮腔）（貼唱）早起落床❶，盡日那在內頭轉，安排掃厝點茶湯。終日聽候不敢去遠，聽見叫簡❷心都眠忙。捧檢妝，安排待便，請阮娘仔梳妝。菱花鏡抱來，乞娘照面眉。世間人怨配，一鏡備都知。請娘梳妝。

（旦）樓前人去隔仙洲❸，鳳去臺空淚自流❹。雲鬢❺攲斜❻無心整，一日不見如三秋❼。

【傍粧臺】

（旦）鏡在臺中，頭髻攲斜懶梳妝。照見我雙目晱❽，照見我顏色瘦青黃。憶着馬上郎，

❶落床：下床。
❷簡：佣人。此處為益春自稱。
❸洲：原作「舟」，依吳守禮校改。
❹鳳去臺空淚自流：從唐李白登金陵鳳凰臺「鳳去臺空江自流」來。意謂心中人不見，徒增傷感。
❺雲鬢：形容婦女濃黑而柔美的鬢髮，泛指頭髮。木蘭詩：「當窗理雲鬢，對鏡貼花黃。」
❻斜：原作「射」，依吳守禮校改。
❼一日不見如三秋：詩經王風采葛：「彼采蕭兮，一日不見，如三秋兮。」意謂心中人不見，度日如年。

未知伊今值一方?我只處❾,長目瞈,拙時❿為伊割吊⓫,菱花鏡無心去瞈。(貼)檢妝⓬待簡移⓭卜⓮正,娘仔強企⓯捍⓰身命。看起來,有十成,句⓱少一人共娘仔你畫眉額。簡勸娘心把定,緣分終久有日成。請啞娘梳妝。

【望吾鄉】

(旦)困屯⓲無意點胭脂,仔細思量那好啼。

(貼)爹媽生恁如花似錦,苦切⓳乜事?

(旦)恨爹媽力⓴阮主對㉑林大鼻。

---

❽ 瞈:看。

❾ 只處:這裡。

❿ 拙時:這些時候。

⓫ 割吊:難受。(依曾憲通說)

⓬ 檢妝:梳妝盒。

⓭ 移:原作「毯」,吳守禮注:音ㄔㄡˊ,義為「移」。

⓮ 卜:要。

⓯ 強企:勉強。(依曾憲通說)

⓰ 捍:支持;把持。見施炳華荔鏡記音樂與語言之研究,文史哲出版社二〇〇〇年版,第四五八頁。

⓱ 句:還。見施炳華荔鏡記音樂與語言之研究,文史哲出版社二〇〇〇年版,第四六七頁。

⓲ 困屯:困頓。

⓳ 苦切:苦恨。

（貼）林官人伊人句㉒有錢。

（旦）任伊錢銀平半天。

（貼㉓）林大官伊人句有田地。

（旦）卜許田地卜做乜㉔？你明知我心悶，即來說話弄我。

（貼）啞娘，人那卜㉕生得怯世，卜許田也無用。比簡看起來，林官人也不答恁厝飼个。

（旦）鬼仔，恁厝飼个，值个句㉖爽利㉗？

（貼）林大卜比陳三，林大不值一文錢。

（旦）賊婢，都不見書上說。

（貼）書上可做倆說？

（旦）鸚鵡能言爭似鳳，蜘蛛雖巧不如蠶㉘。力檢妝收去，去捧水來乞㉙我洗面㉚。

---

⑳ 力：把。

㉑ 主對：許配。參吳守禮新刻增補全像鄉談荔枝記研究——校勘篇，一九六七年六月油印本，第二一頁。

㉒ 句：又。見施炳華荔鏡記音樂與語言之研究，文史哲出版社二〇〇〇年版，第四六七頁。

㉓ 貼：原闕，據文義補。

㉔ 做乜：幹什麼。（依曾憲通說）

㉕ 那卜：要是。

㉖ 句：更。見施炳華荔鏡記音樂與語言之研究，文史哲出版社二〇〇〇年版，第四六七頁。

㉗ 爽利：直率；乾脆。

（貼下）

（生白）盆圓則水圓，盆方則水方。

（生）小妹，你捧水卜做乜？

（貼）只水，捧卜乞阮啞娘洗面。

（生）待阮替小妹你捧去。

（生接水下）

（貼白）你向愛㉛伏事人，尔卜捧去，不畏阮啞娘仔罵你？

（貼下）

（生介）

【縷縷金】

㉘ 鸚鵡能言爭似鳳二句：宋王禹偁（字元之）詩句。宋邵博聞見後錄：「王元之，濟州人，年七八歲已能文。畢文簡公（畢士安）為郡從事始知之。問其家，以磨面為生，因令作磨面詩。元之不思以對：『但存心裡正，無愁眼下遲。若人輕著力，便是轉身時。』文簡大奇之，留于子弟中講學。一日，太守席上出詩句『鸚鵡能言爭似鳳』，坐客皆未有對。文簡寫之屏間，元之書其下：『蜘蛛雖巧不如蠶』。文簡嘆息曰：『經綸之才也。』遂加以衣冠，呼為小友。至文簡為相，元之已掌書命也。」鸚鵡，原作「鶧鵡」，依文義改。

㉙ 乞：給。（依曹小雲說）

㉚ 洗面：洗臉。

㉛ 向愛：那樣喜歡。（依曾憲通說）

（生）捧盆水，上繡廳。心內半歡喜，一半着驚。辛苦在心內，都不敢呾。人情有千般，伊都不念半聲，伊都不念半聲。

（旦叫貼介）

（貼上）

（貼）是陳三……。

（旦）你只鬼仔，我甲㉜你捧湯㉝來度㉞我洗面，你度陳三捧來七事？

（貼）啞娘使簡去捧湯，遇着啞媽使簡除。

（旦）啞媽使你七事？

（貼）使簡去看茶。簡畏啞娘卜水緊，是簡使陳三捧來。

（旦）你只鬼仔卜死，緊㉟將湯接過來還我洗面。

（生）那待阮捧。

（貼）阮愛笑人。

（生）着乞你笑。

㉜ 甲：教；叫。（依曾憲通說）

㉝ 湯：熱水。

㉞ 度：予。見施炳華荔鏡記音樂與語言之研究，文史哲出版社二〇〇〇年版，第四六八頁。

㉟ 緊：趕緊。

（貼）好衰㊱。

（生）七通衰？

（旦洗面介）（生看）益春，我只處洗面，陳三許處㊲立七事㊳？

（貼）阮啞娘卜洗面，甲你行開去。

（生）恁啞娘卜洗面，都是獨自，簡兒㊴只處聽候。

（旦）賊奴，人卜洗面，誰卜你聽候？走。

（生下介，又上看介）

（旦白）益春，我只處洗面，誰許處看？

（貼）是陳三。

（旦）賊奴，我只處洗面，伊敢許處看。益春，將只水假意不知對面潑乞伊走。

（貼）啞娘，只盆水拙滿㊵，潑伊人都不畏了㊶冷伊人。

（旦）隨你去禮約。

㊱ 衰：（音 sue）倒霉之義。（依洪惟仁說）

㊲ 許處：那裡。（依曾憲通說）

㊳ 七事：什麼事。（依曾憲通說）

㊴ 簡兒：佣人。此處為陳三自稱。

㊵ 拙滿：這樣滿。

㊶ 了：會。（依曹小雲說）

（貼）簡不敢潑，伊了罵簡。

（旦）賊婢，不彼減到二个。

（貼）啞娘拙痛伊，莫得潑伊。

（旦貼同潑）

（生）是誰是誰，力我一身潑得障濕㊷？

（貼）誰人知你在許處坐？

（生）小妹好無分曉。

（貼）誰人甲你許處看人。

【紅衲襖】

（生）**仔細思量只一事。**陳三曉得了。**都是恁二人做出來。**

（貼）水彼是阮錯手㊸潑着，恁帶利㊹阮啞娘乜事？啞娘卜知，剃你鬢水㊺。

（生）恁啞娘未是待詔㊻。

㊷ 障濕：這樣濕。（依曾憲通說）

㊸ 錯手：失手。

㊹ 帶利：帶累。

㊺ 鬢水：鬢毛之義。（依洪惟仁說）

㊻ 待詔：舊時農村稱理髮師。待詔原是官名。漢代以才技徵召士人，使隨時聽候皇帝的詔令，謂之待詔，其特別優異者待詔金馬門，以備顧問。唐初置翰林院，凡文辭經學之士及醫卜等有專長者，均待詔值日於翰林院，

（貼）你夭句[47]咀[48]。

（生）心頭暗切[49]有誰知，誰料陳三做奴乞人使。

（貼）使你也是輕工課[50]，未是重工程。

（生）雖是輕工課，小妹你肯乞人使？

（貼）做簡都着乞人使。

（生）受盡人磨抬[51]，好怯[52]我也知。

（貼）見然[53]知阮心意，阮卜入去[54]。

（生）小妹啞，阮共你話說都未了理，便卜入去？

（貼）阮只心內意，恁都知了，阮卜入去。

給以糧米，使待詔命，有晝待詔、醫待詔等。宋、元時期尊稱手藝工人為待詔，即源於此。

[47] 夭句：還又。見施炳華荔鏡記音樂與語言之研究，文史哲出版社二〇〇〇年版，第四六七頁。

[48] 咀：說。（依曾憲通說）原作「唂」，依鄭國權校改。

[49] 暗切：暗恨。

[50] 工課：工作。見施炳華荔鏡記的用字分析與詞句拾穗。

[51] 磨抬：折磨。

[52] 好怯：好壞。（依曾憲通說）

[53] 見然：既然。

[54] 入去：進去。（依林倫倫說）

（生）潑今潑了，我也不敢怪你。

（貼）你那怪阮，便是呆。

（生）**雖然水潑我身，陳三終會出人前。**

（旦內叫介）益春啞，我只內卜使你，你在許外乜事？

（貼）是簡一盆水錯手潑着陳三，陳三只外力簡乜都罵除。

（旦）我想陳三也未敢罵你。

（貼）夭[55]敢連啞娘乜都罵除。

（旦）夭都連我乜都罵，待我來。陳三，水便是益春錯手潑着你，罵阮乜事？

（生）小人做乜敢罵娘仔？

【紅衲襖】

（旦）**死賊奴乜大膽，我只處洗面夭敢看。**（介）**看伊模樣，在我心內不敢呾**[56]。

（生）小人只模樣，做乜不敢呾？

（旦）陳三，我只處呾話，共你乜干？走！

（生介）

（貼白）簡見陳三都親像有一人年[57]。

---

[55] 夭：作連接詞用。見施炳華荔鏡記音樂與語言之研究，文史哲出版社二〇〇〇年版，第四六五頁。

[56] 呾：說。原作「咕」，依鄭國權校改。

（旦）**親像馬上官人都一般。**（介）**卜認又不敢。**

（貼）見然障說，恁備58來去認伊。

（旦）**認來又畏差59。**

（生）經過娘仔目60認，小人也不差。

（旦介）

（貼白）阮娘仔乞你說得無意思61。夭不走，許處立！

（生）恁啞娘都不咀，你罔來共阮做外頭乜事？

（貼）陳三，你青青狂狂62，誰人卜認63你？

（旦）**陳三你夭句勞營，莫怪益春捧水潑。**

（生）**恨益春捧水潑三哥。**

（貼）啞娘，陳三自稱伊叫三哥。

---

57 年：相當於「呢」，語氣詞。（依曹小雲說）

58 備：吳守禮注疑為便。

59 差：原作「叉」，依鄭國權校改，下同。

60 目：原作「且」，依鄭國權校改。

61 意思：原作「意恖」，依吳守禮校改，下同。

62 青青狂狂：輕輕狂狂。

63 卜認：原作「莫說」，依吳守禮校改。

（旦）伊是老鼠上天平。

（貼）簡有一包繡帗⑥④袂⑥⑤記收，待簡去收即來。

（旦介）

（生唱）**衣裳潑濕添煩惱。**

（旦）衣裳潑濕會乾，煩惱乜事？

（生）水潑人不痛，那是意思不好。

（旦）賊奴，你八⑥⑥一乜意思？

（生）**一身為娘辛苦不敢說。**

（旦）你向辛苦便轉去，誰人卜留你？

（生）只一娘仔即是無人情。

（生）**我來你厝，不成去倒。水珠滿身落，思量倆得好？**

（生坐介）

（旦罵介）啞，陳三，我共你無乜⑥⑦搭帶⑥⑧，敢來共我只處坐。

---

⑥④ 帗：原作「紱」，依鄭國權校改。

⑥⑤ 袂：不。

⑥⑥ 八：吳守禮注：即識。

⑥⑦ 無乜：沒有什麼。

（生）四邊無人，正好入頭。**牽娘裙……。**

（旦）咀七69？

（生）小人不曾咀七。

（旦70）再後那咀，剃你鬢毛。

（生）娘仔，你未是待詔師父71。

（旦）再咀便知。

（生）**牽娘裙來七72面，想也未有大罪過73。**

（旦唱）**死賊奴，無道理。**

（生）娘仔你莫罵人，罵人愛無意思。

（旦）**急得我心頭火起。**

（生）火起莫得燒着小人。

（旦）**見我是誰，敢來無尊卑。**

---

68 搭帶：關係。

69 咀七：說什麼。

70 旦：原缺，依吳守禮校補。

71 待詔師父：剃頭師傅。

72 七：拭。（依曾憲通說）

73 過：原作「告」，依吳守禮校改。

（生）小人做七敢共娘仔無尊卑。

（旦）賊奴，你識一七尊卑？

（生）**賊奴是官人，馬上官人我正是。**

（小七上白）天光白日罩[74]，老鼠偷食豆。

（旦）小七，你卜值去[75]？

（淨）啞公甲[76]我叫小八去拾柴。

（旦）青冥頭[77]！尋小八，來我只繡房口尋七事？

（生[78]下）

（淨白）我今即聽見小八做聲。

（旦）死狗，善善[79]尋度[80]我，尋那無，你着死了。

（淨）倆年樣[81]死？

---

[74] 罩：「晝」的借音字。見施炳華荔鏡記的用字分析與詞句拾穗。

[75] 卜值去：要去什麼地方。

[76] 甲：教；叫。（依曾憲通說）

[77] 青冥頭：瞎了眼，罵人的話。（依曾憲通說）

[78] 生：原作「旦」，據文義改。

[79] 善善：鄭國權注：借音字，義為老老實實地順從。本字疑為蔫蔫。

[80] 度：予。見施炳華荔鏡記音樂與語言之研究，文史哲出版社二〇〇〇年版，第四六八頁。

（旦）咬舌死。

（淨）咬舌死，痛。

（旦介）

（淨走）來，小七，我卜使你。

（淨）卜屎待我去放。

（旦）我一錢三分銀在只處，一錢共❽❷我買絹線，三分乞你買物食了。

（淨）卜買乜色？

（旦）買紅綠。

（淨）那是泥蜸❽❸。

（旦）青冥頭！紅綠是絹線顏色，乜泥堅，做倆說？

（淨）買紅綠絹線，待我叫是泥堅了。

（淨行）

（旦白）行卜值去？

（淨）打按後門去。

❽❶ 倆年樣：怎麼樣。

❽❷ 共：替；為；幫。

❽❸ 泥蜸：蟲。蜸，古書上說的一種蟲。下文「泥堅」同。

（旦）那按前門去。

（淨）今人專愛打後門。

（淨下）

（生白）娘仔，因乜[84]向無意許處立？

（旦）走！

（生）夭走乜事？

（旦）我叫你走若遠了，夭句許處立，人知了去。

（生）值人[85]知了？

（旦）小七知了。

（生）小七伊顛顛狂狂，目青冥[86]，曉得一乜？

（淨）烏龜雜種！那你曉事？

（旦）緊走！

（生走）

（旦）買來未曾[87]？

[84] 因乜：為什麼。（依曾憲通說）

[85] 值人：什麼人。（依曾憲通說）

[86] 目青冥：眼睛瞎了。（依曾憲通說）

（淨）人嫌銀不好。

（旦）做侢[88]說銀不好？

（淨）伊叫是朴稍[89]，我叫是三傾共伊箭[90]。

（旦）我銀是朴稍？

（淨）伊叫朴稍夭[91]呑除。

（旦）乜呑了，都不共伊討。

（淨）我共伊討，叫待伊放屎還恁去。

（旦）斬頭！快去共伊討，討來乞你去罷了。

（淨下）

（生白）娘仔向[92]驚惶，乜事了？

（旦）賊奴，緊走！

（生）**見然你罵我賊奴。**

---

[87] 曾：原作「情」，依吳守禮校改。

[88] 做侢：幹啥；怎麼。（依曾憲通說）

[89] 朴稍：鄭國權注：疑為「朴硝」，磬除金銀雜質的礦物質。

[90] 箭：「諍」（音 tsìnn）的借音字，辯解之義。（依洪惟仁說）

[91] 夭：原字不清，依鄭國權校補。

[92] 向：那樣。（依曾憲通說）

（旦）我不叫尔奴，甲阮叫尔做官人？

（生）尔既不叫小人做官人，前日因乜有一物在小人邊？

（旦）我有乜在恁邊？我知[93]了，莫畏是掃笤好定。

（生）見然不信，小人提出來乞娘仔尔看。你力荔枝掞我做乜？

（貼）啞娘，啞媽叫。

（旦）啞媽叫，尔都笑。

（貼）是啞媽叫，簡敢騙啞娘！

（旦）待我入去。

（旦下）

（生白）小妹，你好無行止[94]，恁娘仔只處，我共伊[95]說話都未了，你力伊叫入去除！

（貼）啞娘便是阮啞媽叫伊，非是阮叫伊入去。

（淨）雜種烏龜小八！共益春二个只處相弄，幹乜事？我拖來去見啞媽。

（生拖介下[96]）小七放手，來去，我買物乞你食。

[93] 我知：原作「爾知」，依吳守禮校改。

[94] 無行止：沒有善行；品行不端。增廣賢文：「寧可無錢使，不可無行止。」

[95] 伊：原作「我」，依吳守禮校改。

[96] 下：疑當刪。

（生⑰下）

（貼白）斬頭！你只外罵阮乜事？

（淨）我罵陳三。

（貼）你罵陳三，牽連阮乜事？

（淨）陳三伊不作穡⑱，共你只處乜事？

（貼）伊作伊穡，你作你穡，共你無干預。

（淨）不，便共你乜干預？你共小八只外相惜，亦共我相惜一下，莫得大小心⑲。

（貼）斬頭！你大小心不死除，卜乜用？

（淨）我罵你賊。

（貼）你敢罵！

（淨）賊賤婢，你……。

（貼）青冥頭！賊賤婢是啞公、啞媽罵个，不是⑳你罵个，我去共啞媽說打你。

---

⑰ 生：原作「淨」，據文義改。

⑱ 作穡：穡，原文作「息」，是借音字。穀可收曰穡，指農事，泛指工作。見施炳華荔鏡記的用字分析與詞句拾穗。

⑲ 大小心：偏袒。（依曾憲通說）

⑳ 不是：原無此二字，依吳守禮校增。

（淨）你共啞媽說打我，我共啞公說，幹101你痛痛。

（貼）小七丁古102無道理，人前背後胡說話刺。我是啞娘身邊簡兒103，你是啞公粗使奴婢。衣裳又破碎，脚跛目青冥。你卜現ㄙ104，將無人遲105。

（淨）我那無ㄙ，無人卜現你。

（貼）斬頭！你向愛106不？

（淨）益春死鬼，你莫相欺。阮厝祖公做皇帝。

（貼）恁厝祖公做皇帝，你都乞人飼107。

（淨）天地變亂，尋我不見。益春你叫：皇帝是乜生个？

（貼）皇帝也是人生个，是乜生个？

（淨）句是卵孵108个。

101 幹：性侵擾之意。見連金發荔鏡記動詞分類和動相、格式。

102 丁古：即癥鼓。癥、鼓皆中醫惡病名，罵人的話。（依曾憲通說）

103 簡兒：佣人。

104 現ㄙ：娶妻。

105 遲：吳守禮注：「值」之語音？要也，接受也。

106 向愛：那樣喜歡。（依曾憲通說）

107 乞人飼：給人養；賣身。（依曾憲通說）

108 孵：原作「毢」，依鄭國權校改。

（貼）莫白賊[109]，皇帝有卵，我不信。

（淨）你向不信，元初[110]懶[111]啞公去巡田，拾[112]一个卵到來，啞媽叫：去煮請人客[113]，我許內頭聽見故，頭噓一空，射出來，啞公說我定是好物，就討乳母飼我。**即乞啞公拾來飼，飼做親生仔兒。**

（貼）青冥頭！一只白賊。

（淨）**你是啞娘粗使奴婢。你莫相笑，恁今平平乞人飼。**

（貼）也句可強你青冥頭，千口也不共你鬥得贏[114]。我那去力飯碇捧藏了，都無飯通[115]食。

（淨）益春啞姊[116]，快莫，我早起都未食，我回你。

（淨拖介）

（丑上打）

【剔銀燈】

---

[109] 白賊：痴呆；傻瓜。（依曾憲通說）

[110] 元初：起初。

[111] 懶：吳守禮注：表音字，即咱。

[112] 拾：原作「卻」，依吳守禮校改。

[113] 人客：客人。

[114] 贏：原作「榮」，依吳守禮校改。

[115] 通：可。

[116] 姊：原作「姒」，依鄭國權校改。

叵耐[117]恁做可不是，敢障做[118]不合人較議。辱薄我門風乜體例[119]，都是恁一火奴婢。

（合）從[120]今改了心性，再後若卜障做，定是討死。

（貼）告啞婆聽簡說起，小七做人未貴氣。

（淨）烏賊莫得笑猴染，你也自細[121]乞人飼。

（合前）（入）

一夥火奴婢無思量，着打着罵受虧傷。

關門莫管窗前月，分付梅花再主張[122]。（並下）

---

[117] 叵耐：不可忍耐；可恨。

[118] 障做：這樣做。

[119] 體例：規矩。

[120] 從：原作「全」，依鄭國權校改。

[121] 自細：從小。

[122] 關門莫管窗前月二句：清袁枚隨園詩話卷九：「『閉門不管窗前月，分付梅花自主張。』南宋陳隨隱自述其先人詩也。」意謂莫管閑事。

第二十三出　求計達情

【風入松】

（生）一段姻緣不到頭，有話莫說共誰愁。侢得❶紅葉到御溝❷，無媒人不得入頭。千般萬樣計較，不知到底乜尾梢❸？悶如長江水，江水不斷流。一點相思怨，長掛在心頭。伯卿今旦落盡頭面❹，望卜見五娘。誰知到只其段❺，不得入頭，今卜做侢❻得好？

（生）算見只一場乜蹺蹊❼，因貪邪色嬌媚，分明真个是陷人坑。

❶ 侢得：怎得。

❷ 紅葉到御溝：唐僖宗時書生于祐晚步禁衢間，在御溝中得一紅葉，上有題詩，于祐得後日夜思念，亦題詩於紅葉，置上流中，流入禁苑。後宮中放宮人，于祐得娶宮女韓氏，不想正是題詩之宮女，而于祐和詩之紅葉也恰為韓氏所得。見宋劉斧青瑣高議卷五。「紅葉題詩」有多種版本，本事詩記當事人為顧況，雲溪友議題紅怨為盧渥，北夢瑣言為李茵，人名不同，情節大同小異。

❸ 尾梢：下場。

❹ 落盡頭面：即落盡面皮，丟盡面子或顏面盡失。見連金發荔鏡記趨向式探索。

❺ 其段：階段。段，原作「長」，依吳守禮校改。

❻ 做侢：幹啥；怎麼。（依曾憲通說）

（貼）阮娘仔使阮來到只，說只繡廳掃不伶俐。不肯沃花❽，看你真故意。

（貼介）阮娘仔使阮來叫：你不沃花、不掃厝。

（生）厝是我掃，花是我成治❾。恁娘仔可見無行止，當初因乜起只意，到今旦辜恩負義❿。

（貼）你倆見得阮娘仔無行止？

（生）我將實話說乞你知。

【蠻牌令】

我為伊，來到只，受盡人苦氣。誰知恁娘仔，障無行止。暗苦切，腸肝如刀刺。煩小妹，你去說就裡。

（貼）阮娘仔心性硬，你有話使我不敢說些兒。

（生）我看恁娘仔也是賢會⓫个人，因乜⓬今旦辜恩負義？

（貼）阮娘仔賢可過。

---

❼ 蹺蹊：原作「嶢崎」，依鄭國權校改。奇怪；可疑。

❽ 沃花：澆花。（依曾憲通說）

❾ 成治：整治。治，原作「遲」。吳守禮注：用「遲」表音。

❿ 辜恩負義：忘恩負義。元柯丹邱荊釵記覓真：「畜生反面目，太心毒；辜恩負義難容恕，真堪惡。」

⓫ 賢會：賢惠。

⓬ 因乜：為什麼。（依曾憲通說）

（生）我來恁厝年久月深，佣得好？

（貼）既⑬為人情，莫論年月，姻緣事結托在尾。

（生）煩小妹早晚為阮勸回。

（貼）勸阮娘仔共恁成就了，那畏後去袂⑭記得小妹。

（生）伯卿佣通學人虧心行短。小妹有七計，得共恁娘仔成就？

（貼）尊兄，今冥月光風靜，待阮引阮娘仔去花園內看花。恁寫一封書挨⑮過牆去，乞伊拾去看，惹動伊心情，定是成就。

（生）你只計賽過孫吳⑯，許時有七記號？

（貼）阮有磚頭挨過牆來為記。

（入白）

無計通情意，憑你說因依。

惹得伊心動，是你運通時。

---

⑬既：原作「記」，依吳守禮校改。

⑭袂：不。

⑮挨：擲。

⑯孫吳：春秋戰國時期著名軍事家孫武、吳起的並稱。

第二十四出　園內花開

【夜行船】

（旦）行出屏前，四邊唘❶花味。聽許鳥叫哀怨，毛❷人心悲，□針線❸無心整理。

（貼唱）日頭長，毛人無意，不免輕步慢慢移。

（旦）宅院清幽日頭長，毛人平坦❹倚繡床。

（貼）聽見柳上鶯聲叫，又見鴛鴦在池中。

（旦）益春，我拙日❺心頭悶寞❻，針線停歇幾時，實是傷情畏見。

（貼）亞娘❼，見然❽無心，同去後花園內賞花解悶一番。

❶ 唘：吳守禮注：俗字，即芳。

❷ 毛：惹；引。

❸ 針線：底本此二字上有一字難辨。吳守禮疑為「㖼」或「又」。

❹ 平坦：平躺，臉朝上曰坦。（依洪惟仁說）

❺ 拙日：這些日子。（依曾憲通說）

❻ 悶寞：苦悶寂寞。

❼ 亞娘：即啞娘。

（旦）見是障說⑨，相共你去。

【駐雲飛】

悶寞心情，恨我命乖運未行。畏看雙飛燕，畏看孤鸞影。嗏，鳥鵲相叫聲，悶來無意聽。

（貼）鸚鵡⑩雖乖，佣曉得阮娘仔心情？

（旦⑪）手倚琅玕⑫，獨自無意聽。倚偏琅玕，獨自無意行。海棠花開滿樹兜，紅杏綠柳總堪眸。

（貼）諸禽無計留春住，恨殺東風寫樣頭。

（旦）看許花開，是實巧各⑬。

（貼）是亦巧各。

【梁州序】

（潮腔）春天景早，花開成朵，園內富貴實是好。

---

⑧ 見然：既然。

⑨ 見是障說：既是這樣說。（依曾憲通說）

⑩ 鸚鵡：原作「鵝鵡」，依鄭國權校改。

⑪ 旦：原缺，依吳守禮校補。

⑫ 琅玕：此處即欄杆。

⑬ 巧各：可愛。

（貼）啞公創只的景是好。

（旦）**障般⑭景致惡⑮討。**益春，看許一枝花向好⑯，折來與我看。

（貼）啞娘，請坐，待簡⑰去折來。**攀折一枝好花，乞阮娘呵惱⑱，將花比娘面一般好。**

（旦）鬼仔，花做乜⑲通比人面？

（貼）這一枝花障香，卜挼除⑳可惜，待簡共㉑啞娘你插。**插放覓㉒只鬢邊香如腦。**

（旦）**鶯啼鳥叫，秏我心憔怍。**

（貼）**移步抽身懶㉓且到。**

（貼）啞娘，月上了。

---

⑭障般：這般。（依曾憲通說）

⑮惡：難；難以。（依曹小雲說）

⑯向好：那樣好。

⑰簡：傭人。此處為益春自稱。

⑱呵惱：鄭國權注：借音字，亦作「阿諛」，即稱賞。惱，原作「⿰口囟」，依鄭國權校改。

⑲做乜：幹什麼。（依曾憲通說）

⑳挼除：揶了。

㉑共：替；為；幫。

㉒覓：在。見連金發荔鏡記趨向式探索。

㉓懶：即咱。

（旦）擲目看，擲目看，不覺見月上如梭。

（旦）我昨暮甲㉔你去叫陳三來沃花，可曾去㉕？因乜花都不沃，乞伊謝落障多？

（貼）許一簡仔㉖平坦㉗都七年，卜㉘來共恁沃花？

（旦）你去提二个水來沃。

（貼介）

（生上）春色惱人眠不得，月移花影上琅玕㉙。

（生介）原來是娘仔共益春在園內賞花，不免將心腹話說乞伊曉得。

【望吾鄉】

（生）園內花開香蘭麝，想我在只牆外，碍手惡㉚去拆。一陣風送一陣香，着許花香來割吊㉛。人不見，花形影。我強企㉜起來，在只月下行。待許賞花人聽見，即知阮貪花

㉔ 甲：教；叫。（依曾憲通說）

㉕ 可曾去：此處原缺三字，依吳守禮校補。

㉖ 簡仔：傭人。

㉗ 平坦：平躺，臉朝上曰坦。（依洪惟仁說）

㉘ 卜：要；想要。

㉙ 春色惱人眠不得二句：宋王安石夜直詩句。意謂春色撩人，難以入眠。琅玕，此處即欄杆。

㉚ 惡：難。

㉛ 割吊：難受。（依曾憲通說）

人有心情。寃家，好悶殺人。

(貼)只牆外都親像㉝七人做聲，啞娘來去聽。

(旦貼行介)益春，是都親像人做聲。

(貼)月皎星稀，正是杜鵑叫月。

(旦)叫月杜鵑啼苦切，聲聲叫是春歸時節。鳥雀悲春，共恁人心一齊㉞。

(貼)啞娘今有乜計，力㉟只春來留滯㊱？

(旦)愛㊲卜共伊人留春，想都無計。

(貼)許春卜返去了。

(旦)春今卜轉㊳。

(貼)看只花開花謝，真个⿱禾灬㊴人易老。

㉜ 強企：勉強。(依曾憲通說)

㉝ 親像：好像。(依曾憲通說)

㉞ 一齊：一樣。

㉟ 力：把。

㊱ 滯：原作「帶」，依吳守禮校改。

㊲ 愛：要。(依曹小雲說)

㊳ 轉：返。

㊴ ⿱禾灬：惹；引。

（旦）花謝障多，一年不見人賞春，那見人為春啼切。

（旦介）

（生白）娘仔你耳倆年㊵障重，人聲都無認，鳥聲都無認。人聲鳥叫，因乜聽無定。我曉得了。伊都是假意叫做鳥聲。陳三因何只處㊶行？陳三總是為人情，無因不來只月下行。將我心腹話，暗呾㊷幾聲。我只話卜不說，娘仔因乜得知？我叔西川做太守，廣南運使是我親兄。今來恁厝差使着行，天若可怜陳三，借請一陣好風，吹送乞啞娘聽。

（旦）益春，我初頭叫是鳥聲，今聽都是人聲。

（貼）待簡耳去聽。

（貼行）

（旦介）簡今聽分明是人聲。

（旦）懶今在只園內賞花，伊在許牆外賞月。

（旦介）不知是值家人？

（旦）值處㊸人得桃㊹障更深？

㊵ 倆年：怎麼。

㊶ 只處：這裡。

㊷ 暗呾：暗說。

㊸ 值處：什麼地方。

（貼）伊許處牽連着懶。

（旦）**伊人共恁一般愛月心，伊許對月思雲鬟**㊺**。**

（貼）啞娘，你只處賞花，可曾憶㊻着許馬上官人啞不？

（旦）**我只處賞花，憶着伊人面。**

（貼）**都是關情有意，可惜線無針引。**

（貼）啞娘，人說姻緣都是月老注定，近前去祝告月娘㊼，豈不可憐啞娘尔！

（旦）**正是心事不須重祝訴，嫦娥與我是知心。**

（余文）**更深月落靜沉沉，燈殘燭盡爐香冷。風送聽見人聲音，窗外恐畏人說恁。**

（生）我寫有一封書，卜丟過牆去，未知娘仔意中如何？我今不免跳過牆去。正是：惜花愛卜㊽花香味，好色移步近花邊。

（生跳）千仞之山，尚不足畏；數仞之牆，何足道哉！

（旦介）益春，看是七人？

㊹ 得桃：遊玩；玩耍。（依曾憲通說）

㊺ 雲鬟：形容婦女濃黑而柔美的鬟髮，泛指頭髮。木蘭詩：「當窗理雲鬟，對鏡貼花黃。」

㊻ 憶：原作「意」，依吳守禮校改。

㊼ 月娘：月亮。

㊽ 愛卜：順治本作「愛得」。

(貼)啞娘莫驚，待簡去看。

(生)是誰人？

(貼)是阮。

(生)是小妹，待我叫是人偷拆花。

(貼)是誰？力來去[49]。

(生)恁娘仔在值？

(貼)我共阮娘仔只園內賞花，你跳過來乜事？

(旦)是誰？

(貼)是陳三。

(旦)陳三，我只園內賞花，你青青狂狂[50]跳過來乜事？乞我驚一頓。

(生)小人聞見鶯聲，忽覺月光成鏡，又兼杜鵑叫月，引動心情。小人不甘去睏，近前巡視花廳。聽見只牆內都有人做聲，陳三疑是外人偷拆娘仔恁花，以此小人即跳過牆來看，固不知是娘仔，恕罪。

(旦)陳三，你倒爻咀話[51]，你來正好，我正卜[52]問你。

---

[49] 力來去：捉起來。

[50] 青青狂狂：輕輕狂狂。

[51] 爻咀話：善於言辭。(依曾憲通說)

[52] 正卜：正要。

（生）問小人做乜？

（旦）我昨暮日使益春來甲你沃花，你因乜花都不沃，乞伊謝落地障多？

（生）許花便有開有謝，倆得53時常滯枝？娘仔愛花時常滯枝，比如惜人不甘放離。

（旦）陳三，我咀花，你咀值去？走！

【駐雲飛】

（生）嗏，娘仔是乜意，說着那好啼。當初那是為娘，即來恁厝做奴婢。誰料今旦，暗切是乜道理？不來沃花，是故意。花謝滿地是，枉你做奴婢。那好啼。

（貼）啞娘，你看陳三大諂漢54，許處55啼。

（旦）益春，你將許謝个花，拾56一枝來我看。（介）

（貼）啞娘，只一枝花障好，可惜謝除。

（旦）只花雖謝了，還亦句57好。

53 倆得：怎得。

54 大諂漢：鄭國權注：指陳三個子大，不是孩子了。今說大母漢，即大漢，母作語助詞。

55 許處：那裡。

56 拾：原作「卻」，依吳守禮校改。

57 句：還。見施炳華荔鏡記音樂與語言之研究，文史哲出版社二〇〇〇年版，第四六七頁。

（生）許謝个58花有乜好處？

（旦）陳三你倒薄倖59。你袂記得花嬌姿潤色之時；今旦那謝了，便提覓除。你厝後60那卜61有厶仔62，枉屈許處看你。

（生）必卿63今年即十八歲，家後那有厶仔，天譴責必卿促命。

（旦）誰人力甲恁咒誓64？好衰65！

（生）娘仔你叫：小人家後有厶仔……。

（貼）伊許尾句，咒一重重誓。

（旦）伊泉州人那怙66咒誓討食。

（生）許花嬌姿潤色之時都不惜，等到謝了即來惜。只是空有愛花之名，而無愛花之實。

---

58 个：的。

59 薄倖：薄情。

60 厝後：同「家後」。家屬。（依林倫倫說）

61 那卜：要是。

62 厶仔：妻兒。（依曾憲通說）

63 必卿：應作「伯卿」。下同。

64 咒誓：發誓。（依林倫倫說）

65 衰：倒霉之義。（依洪惟仁說）

66 怙：依靠；仗恃。原作「估」，依吳守禮校改。

（旦）陳三，都值處拾二句書來呾[67]？

（生）小人在厝專讀書。

（旦）叫：伊在厝專讀書。

（貼）伊讀書，今是讀成書癲[68]了，即來乞恁做奴。

（旦）好是定。

（生）譬如娘仔共人相愛，許人來時，全不管睬，到伊去了[69]，娘仔你即念伊。

（旦）陳三，阮呾花，你呾值去？

（生）小人見四邊無人，共娘仔譬論。

（旦）譬你狗頭論，走！

（生下）

（旦）陳三今即乞我阻一頓，都無意思。

（貼）啞娘，你專卜阻乞伊，無意思。

（旦）恁再來去看花。

（介）益春，看許一枝花向好，拆來我看。

---

[67] 都值處句：什麼地方拾兩句書面語來說。（依曾憲通說）

[68] 書癲：書呆子。（依曾憲通說）

[69] 了：原作「子」，依吳守禮校改。

（貼折花）

（旦）益春，我一陣[70]口乾，你入去捧一鍾茶來我食。

（貼下）

（旦）才自[71]陳三慌忙走，失落一塊紙。

（介）我看一看，元來[72]是一封書[73]。

【醉扶歸】

（旦讀[74]）人說，人說有緣千里終相見，設計，設計，設計即來到只，誰料僥心無倖止[75]。我自怨一場無依倚，冥日[76]怨切頭擧不起。（介）冤家，冤家，因乜[77]障苦[78]？**死到陰司，冤魂卜來共你相纏。**

---

[70] 陣：原作「愺」，依鄭國權校改。

[71] 才自：剛才。

[72] 元來：即原來。

[73] 書：信。

[74] 讀：原缺，依吳守禮校補。

[75] 無倖止：即無行止。沒有善行；品行不端。增廣賢文：「寧可無錢使，不可無行止。」

[76] 冥日：日夜。

[77] 因乜：為什麼。（依曾憲通說）

[78] 障苦：這樣苦。

（貼）一碗建溪⑲茶，解了娘仔悶。
（旦）賊婢，你茶都冷了，收入去，不食。
（貼）簡茶捧來燒燒⑳，那是只處聽啞娘讀書即冷除。
（旦）鬼仔，我讀乜？
（貼）簡捧茶來，聽見乜陰司冤魂卜共誰相纏？
（旦）是都聽見了，聽你井㉑不知？
（貼）簡那是不知。
（旦）陳三慌忙走，失落一封書，乞㉒我拾來。
（貼）書寫度㉓誰？
（旦）卜還阿公。
（貼）伊寫書還阿公乜事？
（旦）叫：伊來俖厝年久月深了，伊卜返去。

---

⑲ 建溪：閩江的北源，由南浦溪、崇陽溪、松溪合流而成，流經武夷山茶區，多險灘。在南平與富屯溪、沙溪匯合後稱閩江。
⑳ 燒燒：滾燙。
㉑ 井：應該是諍之誤。諍（音 tsìnn），狡辯之義。（依洪惟仁說）
㉒ 乞：被。（依曹小雲說）
㉓ 度：予。見施炳華荔鏡記音樂與語言之研究，文史哲出版社二〇〇〇年版，第四六八頁。

（貼）簡句聽見一句，叫乜冤魂卜共誰相纏？
（旦）鬼仔，是聽見，你整不知。許陳三是好笑，說伊來恁厝年久月深，長冥84夢見伊家後親人冤魂都共伊相纏，甲阿公乞伊返去。
（貼）許是簡聽掞85了。更深了，返來去86。
（旦）筆盡精神細二87，看來端的意味。
（貼）橋上望東京，地隔有千里。
（生內叫介）益春小妹。
（旦）是誰叫？
（貼）正是許冤魂个。
（旦）鬼仔，你去共伊說，叫：伊為奴才，日則侍奉箕箒，夜則安身寢席。奴不亂主，律有明條。阮暗靜在只花園賞花，伊不合跋扈88跳牆，不安為奴本分。那卜89共阮爹媽說，叫伊着死。叫：我共伊無乜人情，甲伊轉去。

84 長冥：長夜。
85 聽掞：聽錯。見曾憲通明本潮州戲文所見潮州方言述略，方言一九九一年第一期。
86 返來去：回去吧。見連金發荔鏡記趨向式探索。
87 細二：即細膩。
88 跋扈：原作「拔戶」，依吳守禮校改。
89 那卜：要是。

（生）小妹，恁娘仔書拾去，有乜話說無？
（貼）阮娘仔書拾去，連阮都瞞除，不乞我知。
（生）恁娘仔做㑚瞞你？
（貼）叫：你書卜度啞公。
（生）那卜障說，說也有些仔意思⑩。
（貼）阮啞娘句有話說得怯⑪。
（生）做㑚說？
（貼）（云前介白）
（生）恁娘仔好識律。
（貼）叫：伊共恁無乜干預，甲恁轉去。
（生）恁啞娘即是無人情。

【剔銀燈】

（生）陳伯卿專心拜托，望小妹做一月下老。
（貼）做媒人着老人，小妹做乜⑫都會做媒人？

⑩ 思：原作「恕」，依鄭國權校改。
⑪ 怯：壞。
⑫ 做乜：幹什麼。（依曾憲通說）

（生）蛇那無頭值處會梭[93]。勸恁娘仔共我匹配不錯。我到只不成去倒，思想起來，惹得相思病倒。

（貼）告尊兄聽阮說起，阮娘仔共恁全無半點情意。

【雙鸂鶒[94]】

（生）我只望卜共恁娘仔結做夫妻。

（貼）說伊是千金身己，侢肯匹配恁奴婢？

（生）恁娘仔都袂[95]記得樓上掞荔枝時。

（貼）高樓上掞荔枝是錯手[96]，有乜情意？

（生）好大錯手，都不掞着別人？

（貼）伊許心內句[97]疑你，恐畏不是。

（生）我是官員人仔兒，恁娘仔那卜無荔枝掞乞我，我肯來恁厝做障般勾當？

（貼）阮啞娘正不信尔只話。

---

[93] 蛇那句：即「蛇無頭不行」之意。梭，作之字爬行。見施炳華荔鏡記音樂與語言之研究，文史哲出版社二〇〇〇年版，第三九五頁。

[94] 鶒：原作「鶇」，依鄭國權校改。

[95] 袂：不。

[96] 錯手：失手。

[97] 句：又。見施炳華荔鏡記音樂與語言之研究，文史哲出版社二〇〇〇年版，第四六七頁。

（生）伊做乜不信？
（貼）說你富貴讀書詩，不去求官，來伊家做乜？
（生）愛求官，都容易，一心貪共恁娘仔結連理[98]。
（貼）伊正說是，富貴人求親，肯做人厝奴婢？
（生）我前日托尔言語，可曾共恁娘仔說未？
（貼）阮共阮娘仔說了。
（生）恁娘仔可做倆說？
（貼）伊罵阮閑言語總不聽，說伊有一點主意。
（生[99]）伊有乜主意？
（貼）說伊爹媽收了人聘錢。
（生）恁娘仔向愛[100]共林厝做夫妻？
（貼）大人言語惡[101]推辭，伊每日暗切費盡心機，「一匏無許三瓠[102]」个道理。我勸你，

[98] 結連理：異根草木的枝幹連生。比喻結為夫婦或男女歡愛。
[99] 生：原缺，依吳守禮校補。
[100] 向愛：那樣喜歡。（依曾憲通說）
[101] 惡：難；難以。（依曹小雲說）
[102] 一匏無許三瓠：匏瓜，一年生草本植物。果實比葫蘆大，對半剖開可做水瓢。瓠，原作「瓠」，吳守禮注：表音。

我勸你早抽身，枉屈你只處共伊相纏。

（生）伊掞落荔枝，全怙恁娘仔卜學許當初青梅記[103]，即學磨鏡做奴婢。我是官蔭人仔兒，捧盆掃厝望結連理。誰知障般無行止，我不謀伊親醒[104]，肯受障般惡氣？

（貼）尊兄莫得着切[105]，好事在後來。請出，乞小妹關宅門。

（白）金鶯出谷上喬林[106]，獨自飛來獨自吟。

空守枕席冰肌[107]冷，反側不眠[108]淚滿衾。

---

103 青梅記：講述盧少春與錦桃以青梅為媒介的愛情故事。

104 親醒：即親淺，漂亮。參吳守禮新刻增補全像鄉談荔枝記研究——校勘篇，一九六七年六月油印本，第二〇頁。

105 着切：急切。（依曾憲通說）

106 金鶯出谷上喬林：意謂追求知音。出自詩經小雅伐木：「伐木丁丁，鳥鳴嚶嚶。出自幽谷，遷于喬木。嚶其鳴矣，求其友聲。相彼鳥矣，猶求友聲。」

107 冰肌：形容女子純淨潔白的肌膚。莊子逍遙遊：「藐姑射之山，有神人居焉，肌膚若冰雪，綽約若處子。」宋蘇軾洞仙歌詞：「冰肌玉骨，自清涼無汗。」肌，原作「機」，據文義改。

108 反側不眠：因為追求不得，翻來覆去不能入睡。出自詩經周南關雎：「求之不得，寤寐思服。悠哉悠哉，輾轉反側。」

第二十五出　陳三得病

【掛真兒】

（生）冥日思量上天台，得見神仙空返來❶。昨暮❷去到花園內，致惹一病有誰知。為伊割吊❸成相思，一病懨懨藥難醫。茶飯❹也袂❺食一口，風流債❻滿等值時❼？昨冥去到花園內，着娘仔弃❽返來，惹得一病上身，做㑳❾得好？

❶ 冥日思量上天台二句：用劉晨、阮肇典故。傳說東漢人劉晨、阮肇入天台山採藥，因迷路得遇仙女，結為夫婦。半年之後還家，已歷七世。見南朝宋劉義慶幽明錄。

❷ 昨暮：昨晚。下文「昨冥」同。

❸ 割吊：難受。

❹ 茶飯：原作「粿飯」，依下文改。

❺ 袂：不。

❻ 風流債：即「鴛鴦債」。比喻情侶間未了卻的夙願。

❼ 值時：什麼時候。（依曾憲通說）

❽ 弃：氣。

❾ 做㑳：幹啥；怎麼。（依曾憲通說）

【鏵鍬兒⑩】

着伊割吊，相思病損，頭今又眩，做侢當？夢內共伊同枕床，歡喜。醒來是夢中。割得我腸肝做寸斷⑪，想我性命⑫無久長。

（貼上）西風冷微微，引惹人心悲。拙晏⑬三哥因乜⑭都不開門，不免叫一聲。

（貼叫）

（生白）是誰？

（貼）是小妹。

（生）我病，袂起來共⑮你開。

（貼）共我開，小妹共你說一句好話，尓病卜⑯好那。

（生）小妹，門掩上在許處⑰，你卜入來便速開入來。

⑩ 鏵鍬兒：原作「華秋兒」，依吳守禮校改。

⑪ 腸肝做寸斷：即「肝腸寸斷」。肝和腸斷成一寸一寸，比喻傷心到極點。

⑫ 性命：原作「世命」，依吳守禮校改。

⑬ 拙晏：這麼晚。（依曾憲通說）

⑭ 因乜：為什麼。（依曾憲通說）

⑮ 共：替；為；幫。

⑯ 卜：要；想要。

⑰ 許處：那裡。

（貼見）三哥因乜得病，卜做侢得好？

（生）全望小妹解圍⓲。

（貼）甲⓳小妹做侢解圍？

【皂羅袍】

暗切，心頭萬千般，致惹一病誰人顧看？

（貼）小妹那是不知，卜知亦來。

（生）恁娘仔好無行止。**力我一身做障磨⓴，辛苦誰人得知我？**

（貼）阮啞媽甲阮來叫你掃厝。

（生）**厝無心掃，着伊暗割。**

（貼）正是着誰暗割？

（生）着恁娘仔割。

（貼）尊兄只話再莫說，乞阮啞媽知了不好。莫得着切㉑，你起來，待小妹討些兒茶飯來乞你食。

（生）**飯今袂食，澀過吞沙㉒。**恁娘仔障無行止。

⓲ 解圍：原作「改為」，依吳守禮校改。

⓳ 甲：教；叫。（依曾憲通說）

⓴ 障磨：折磨成這樣。（依曾憲通說）

㉑ 着切：急切。（依曾憲通說）

（貼）是乜㉓無行止？

（生）伊騙得我來恁厝，即來辜負我。你做乜不勸恁娘仔？

（貼）說起⿱毛灬㉔人心痛，全不信你來學磨鏡，盡叫玉石無真正㉕。誰知正是崑山玉㉖，含糊不說害你性命。得病沉重，做侢解拆㉗？保你姻緣有日成。

【水車歌】

（生）你障說，解㉘得我病輕。煩小妹，你說拙來因。勸恁娘仔記念前情，到只處話說無盡。

（貼）勸你寬心莫得性緊㉙，莫枉屈割吊你只相思病深。

（生）煩你只去話說卜盡，姻緣成就，結草含環㉚卜報答恁。

㉒ 飯今袂食二句：元王實甫西廂記長亭送別崔鶯鶯唱【快活三】：「將來的酒共食，嘗著似土和泥。假若便是土和泥，也有些土氣息，泥滋味。」意謂茶飯不思。

㉓ 是乜：是什麼。（依曾憲通說）

㉔ ⿱毛灬：惹；引。

㉕ 真正：真偽。

㉖ 崑山玉：昆侖山出產的玉。秦李斯諫逐客書：「今陛下致昆山之玉，有隨、和之寶（指隨侯珠與和氏璧）。」

㉗ 解拆：原作「改拆」，據文義改。

㉘ 解：原作「改」，據文義改。

㉙ 性緊：性急。

【尾聲】

（貼㉛）我見你乜傷情，倆㉜恁成就只姻親，即會解得你病輕。

（生㉝）你做乜不勸恁娘仔？

【醉扶歸】

（貼）三哥，三哥你聽我說，誰敢力頭毛去試火㉞？

（生）我前日拜託你言語，你做乜不共恁娘仔說？

㉚ 結草含環：即「結草銜環」，意謂感恩圖報。「結草」的典故見於左傳宣公十五年。秦晉交戰，晉將魏顆與秦國大力士杜回廝殺，正在難分難解之際，魏顆突然見一老人用草繩套住杜回，使杜回摔倒，當場被魏顆所俘。原來魏顆之父魏武子有一愛妾祖姬，他生病時曾囑咐魏顆，自己死後一定要選良配把祖姬嫁出去。後來魏武子病重，又要魏顆讓祖姬為自己殉葬。魏武子死後，魏顆仍然把祖姬嫁給了別人。其弟責問為何不遵父臨終之願，魏顆說自己執行的是父親神智清醒時的吩咐。晉軍獲勝的當天夜裡，魏顆夢見了結繩絆倒杜回的老人，老人說自己是祖姬的父親，結草是為了報答魏顆。「銜環」典故見後漢書楊震傳注引續齊諧記。楊震父親楊寶九歲時，在華陰山北，見一黃雀為鷹所傷，墜落樹下。楊寶憐之，將其帶回家餵飼，百日後黃雀復原飛去。當夜，有一黃衣童子向楊寶拜謝，自稱西王母使者，並贈白環四枚，稱可保佑楊寶子孫位列三公，為政清廉。後果如黃衣童子所言，楊寶之子楊震、孫楊秉、曾孫楊賜、玄孫楊彪均官至太尉，且都以清廉著稱。

㉛ 貼：原缺，據文義補。

㉜ 倆：替。見施炳華荔鏡記音樂與語言之研究，文史哲出版社二〇〇〇年版，第四七一頁。

㉝ 生：原缺，據文義補。

㉞ 力頭毛去試火：用頭髮去試試看火是真是假，比喻太危險。（依林倫倫說）

（貼）你只話使我都不敢去說。

（生）說畏做乜？

（貼）伊了㉟反面㊱，阮惡㊲收退。

（生）今卜做倆思量？

（貼）尊兄你可會畫袂㊳？

（生）琴棋書畫我都會。

（貼）那會是年，不如你親手巧畫，放覓㊴伊花様冊底。待伊刺繡看見，必有話。

（生）見是障說㊵，待我畫一个鶯柳，煩小妹共我送去。

（介）都無紙筆。

（貼）見是無紙筆，待小妹去討來。

（生介貼上）紙筆在只。

【望吾鄉】

㉟伊了：鄭國權注：伊若，意謂「他如果」。

㊱反面：翻臉。

㊲惡：難。

㊳袂：不會。

㊴覓：在。見連金發荔鏡記趨向式探索。

㊵見是障說：既是這樣說。

（生）**拋心畫柳共題詩，又畫鶯柳比論伊。鶯你飛來宿柳枝，恨東風吹擺無定期。畫鶯比阮，畫柳比伊。**

（貼）只一个鶯，因何不宿只柳枝上？

（生）小妹，也親像41我袂得共恁娘仔成就一樣。

（貼）**值時會得鶯織柳絲？**

（生42）不免來題一首詩。

（生介）鶯柳飛來無所依，盡日思春獨自啼。可惜章臺43柳色好，何時借得一枝棲？

（貼）畫了，借44小妹看一看。

（生介貼白）只鶯柳畫得是好，尊兄，**那畏45花採入手，不識花枝。**

（生）我亦不是辜恩負義46个人。小妹，我一陣47口乾，你入內去討一鍾茶我食。

---

41 親像：好像。

42 生：原缺，據文義補。

43 章臺：原為戰國時所建宮殿，以宮內有章臺而得名，故址在今陝西長安故城西南隅。秦王曾在此宮接見藺相如獻和氏璧。臺下有街名章臺街。常借指長安。

44 借：給。

45 那畏：只怕。

46 辜恩負義：忘恩負義。元柯丹邱荊釵記覓真：「畜生反面目，太心毒；辜恩負義難容恕，真堪惡。」

47 陣：原作「悿」，依鄭國權校改。

（貼）逕路被雲收㊽拾去，只憑流水認仙花。

（貼下）

【鎖南枝】

（丑）來到黃厝㊾尋三爹，虧伊捨身為人情。因乜㊿不見人出來？

（生）是乜人做聲？

（丑）開門，開門。

（生）是誰？

（丑）阮是泉州人，卜來探鄉里。

（生）都親像安童聲說。

（生見丑）那從分開去，毛㊿¹箭心肝痛。恁厝富貴得人驚，思量好啼，不敢做聲。

（生介）我見你，乜心悲，做緊㊿²起來莫得啼。恐畏內頭㊿³人，得知心帶疑。

（丑）虧得官人。

㊽ 收：原作「敢」，依吳守禮校改。

㊾ 黃厝：黃家。

㊿ 因乜：為什麼。（依曾憲通說）

51 毛：惹；引。

52 做緊：趕緊。（依曹小雲說）

53 內頭：裡面。

（生）是我甘心，恨誰得是。你今言語莫提起。安童，你值處來？

（丑）簡在廣南來。

（生）大人做官，拙時54倆樣55？

（丑）大人做官清正，使簡轉去泉州，問安太老爹56、太夫人。

（生）大人有書無？

（丑）有書在只處。

（生）提來我看，恐有乜牽連我處。

（生看書介）安童，我寫一封書同封轉去探太老爹。

（丑）三爹，只處姻緣可成就未？

（生）那看只早晚成就。

（丑）三爹啞，既是未成就，何必苦求？不免共安童返去厝。

（貼上聽介）

（生白）你袂曉得57，我姻緣成就，早晚就返去。

54 拙時：這些時候。（依曾憲通說）

55 倆樣：怎樣。（依曾憲通說）

56 太老爹：太老爺。

57 袂曉得：不曉得。

（丑）三爹返來去[58]，恁厝乜樣富貴，豈無千金閨女共你匹配？求伊乜用？

（生）你返去，說我在任上讀書，莫說我在只潮州，急惱老大人。

（丑）見是三爹未返去去[59]，安童帶有銀三十兩在只，放只處，度[60]三爹你使。

（生）我只處正卜[61]銀使。

（丑）安童就起身去。

（生）我只處也不好留你。

（丑）一封書信報平安，未知值日得相逢。

（生）莫說我身在只處，恐畏急惱老大人。

（貼）三哥請茶。

（生）起動小妹。

（貼）三哥，才自[62]只外都是恁乜鄉親？

（生）正是鄉里。

---

[58] 返來去：回去吧。見連金發荔鏡記趨向式探索。

[59] 返去去：吳守禮校改為「返來去」。連金發荔鏡記趨向式探索云：「此句不帶祈使語氣，『來』似應削掉為宜。」此處依原文。

[60] 度：予。見施炳華荔鏡記音樂與語言之研究，文史哲出版社二〇〇〇年版，第四六八頁。

[61] 正卜：正要。

[62] 才自：剛才。（依曾憲通說）

（貼）莫白賊63，那卜是64恁鄉里，你送伊出去，乇都目滓65流？
（生）才自是送人客出去，風吹目漢66流。
（貼）那卜67不是你親，伊都跪你，又叫你做三爹，也有銀度你？我都看見。
（生）小妹，你見都看見，袂瞞得你，許正是我家人來探我。
（貼）伊值來？
（生）我兄見任廣南運使，伊在任上來。
（貼）向說，你兄都乇做運使。
（生）正是。
（貼）尊兄，你都是好人仔兒，那是為阮啞娘，即會受阮啞娘障般苦痛。
（生）才自我家人提有銀還我，只一塊可小，乞小妹買鍼線。
（貼）小妹做乜68通收尊兄你銀？
（生）收去，勿卻我意。

63 白賊：撒謊。見施炳華荔鏡記的用字分析與詞句拾穗。
64 那卜是：要是。
65 目滓：眼淚。（依曾憲通說）
66 目漢：即目滓，眼淚。
67 那卜：要是。
68 做乜：幹什麼。（依曾憲通說）

（貼）向說㉙，待小妹為尊兄你收，卜使來提⑩。

（生）今只書⑪託小妹共阮送還啞娘。

（貼）待小妹將實情共阮啞娘說，叫恁也是好人仔兒，不畏姻緣不就。

（生）小妹，正是障生⑫，共恁啞娘說，叫阮也是好人。

（貼）

【駐雲飛】

人物風流，不使思量便下手。筆下又清秀，真个有思量。嗏。

（生）**煩你力⑬書收，怙⑭你相將就。**

（貼）那畏功德完了，和尚無人管睬⑮。

（生）**有意栽花，等閑去插柳⑯。**

㉙向說：那樣說。（依曾憲通說）

⑩卜使來提：要用來拿。

⑪只書：這封信。

⑫障生：這樣。（依曾憲通說）

⑬力：把。

⑭怙：依靠；仗恃。

⑮管睬：理睬。

⑯有意栽花二句：即「有意栽花花不發，無心插柳柳成蔭」之意。

（貼）三哥，你說只話，只書小妹不送去。

（生）是阮一時言語，小妹莫怪。

（貼）願乞姻緣，早早得成就。

未知娘仔意，那憑一首詩。

得伊心意動，是你命行時。

第二十六出　五娘刺繡

（貼上）捧卜❶繡篋❷出繡房，金刀金剪盡成雙。畫花粉筆盡都有，五色絨線綠間紅。

【鎖金帳】

安排繡床閨房東，掛起羅帳腦麝香。針線箱、繡篋，益春常捧。內有五色絨線綠間紅，銅箱交剪對金針。伊人琴棋書畫盡都曉通。那是阮娘仔無心去弄。盡日懨懨，不知憶着乜人？別人私情，益春倆❸伊人苦痛，勞堪。逢着一好清秀郎君，共伊人合歡，恰親像❹十五冥月光光降。陳三有一紙字，甲❺阮倆伊送。今卜下❻只繡篋內，阮娘仔來看見，那歡喜便好；一卜着急，倆得好？便做着急乜事❼。不免下只繡篋內，請啞娘刺繡。

❶ 捧卜：捧著。

❷ 繡篋：放置刺繡用品的箱子。

❸ 倆：替。見施炳華荔鏡記音樂與語言之研究，文史哲出版社二〇〇〇年版，第四七一頁。

❹ 親像：好像。（依曾憲通說）

❺ 甲：教；叫。

❻ 下：放置。見連金發荔鏡記動詞分類和動相、格式。

❼ 乜事：什麼事。（依曾憲通說）

（貼下）

（旦上）

【長生道引】

早起梳妝正了時，抹粉畫眉點胭脂。行出珠簾看寶鏡，怨殺孤單空過冥。獨坐繡房日漸昏，停針無語欲銷魂❽。山風故意度庭竹，欹耳頻疑人扣門❾。拙時❿針線停歇，不免繡一光景解悶。

（潮腔）

【望吾鄉】

（旦）盡日無事整針線，逍遙閑悶心無掛。針穿五色絨共線，繡出鱗毛⓫千萬般。線共針穿，步步相𤆬⓬。引動人心情，切⓭我守孤單。

❽ 獨坐繡房日漸昏二句：唐朱絳春女怨：「獨坐紗窗刺繡遲，紫荊花下囀黃鸝。可憐無限傷春意，盡在停針不語時。」意謂無心刺繡。

❾ 山風故意度庭竹二句：唐李益竹窗聞風早發寄司空曙：「開門風動竹，疑是故人來。」意謂風吹竹動，疑有人來。頻，原作「類」，依吳守禮校改。

❿ 拙時：這些時候。（依曾憲通說）

⓫ 鱗毛：指動物。古人把動物分為五類，即羽蟲（禽類）、毛蟲（獸類）、甲蟲（後多稱介蟲，指有甲殼的蟲類及水族如貝類、螃蟹、龜等）、鱗蟲（魚類及蜥蜴、蛇等具鱗的動物，還包括有翅的昆蟲）、倮蟲（也作蠃蟲，倮通裸，即無毛覆蓋的意思，指人類及蛙、蚯蚓等），合稱「五蟲」。見大戴禮記易本命。

⓬ 𤆬：惹；引。

（內調）一更鼓打北風颸，裏打燈，另打燈，打丁。娘仔思君心不安。裏打燈，另打丁，裏打丁，打丁。值時共君加成火伴？裏打丁，另打丁，裏打丁，打丁。即便得，被燒枕不單。裏打丁，另打丁，裏打丁，打丁，裏打丁，打丁。

【望吾鄉】

（旦）繡成孤鸞戲牡丹，又繡鸚鵡枝上宿。孤鸞共鸚鵡不是伴，親像我對着許。丁古⑭林大。無好頭對，實無奈何。（內調）⑮

（旦）不免再繡一叢綠竹。再繡一叢綠竹，須等鳳凰來宿。

（內唱）哴嗹哴柳嗹，嗹呵柳嗹；哴嗹柳嗹，柳嗹哴嗹，柳嗹柳嗹。

（旦）繡成犀牛望月⑯圓，又繡烏雲閒月墘⑰。雲遮月暗，犀牛無意，也親像我，對着丁古林大鼻。雲會消散，月會團圓。不免再繡一輪光月。再繡一輪光月，須待唐明皇來遊戲⑱。

---

⑬ 切：恨。參吳守禮新刻增補全像鄉談荔枝記研究——校勘篇，一九六七年六月油印本，第一五六頁。

⑭ 丁古：即癥鼓。癥、鼓皆中醫惡病名，罵人的話。（依曾憲通說）

⑮ （內調）：鄭國權注：原刊如此，疑為前標（內調）的終止。

⑯ 犀牛望月：關尹子五鑒：「譬如犀牛望月，月形入角，特因識生，始有月形，而彼真月，初不在角。」後用以形容長久盼望。

⑰ 月墘：月邊。原作「月乾」，依吳守禮校改。

⑱ 唐明皇句：用唐明皇遊月宮的故事。據唐逸史記載，唐朝開元年間，中秋之夜，方士羅公遠邀唐明皇遊月宮，擲手杖於空中化為銀橋。過橋行數十里，到達一大城闕，上有「廣寒清虛之府」之匾，羅公遠對唐明皇說：

（旦）想起人情，切我魂魄散。心頭憔悴如刀割。想許三哥，伊百般苦痛，都是為我。着伊割吊⑲，冥日⑳心不安。莫是無緣，便做無緣隔遠，死去冤魂相𤆬。我想來想去，無一人親像伊。障好清秀郎君，甲人心頭倆年㉑肯花。

（又唱）且力㉒針線放一邊，心頭怨切愁無意。若會隔斷林大鼻，一座清醮㉓答謝天。但願逢着好兒婿，恰像蓮花開遍滿地㉔。花紅共柳綠，且趁我青春少年時。再尋二个豔色繡絨，來繡一般光景。（介）因何我只繡篋內，有一紙字在只內？（介）元來㉕句是㉖一封書，不免開看。元來畫有一鶯柳，只尾有一首詩。

「此乃月宮也。」見仙女數百，素衣飄然，隨音樂翩翩起舞於廣庭中。唐明皇默記仙女舞曲，回到人間後，命令伶官依其聲調，整理出聞名後世的霓裳羽衣曲。

⑲ 割吊：難受。（依曾憲通說）

⑳ 冥日：日夜。

㉑ 倆年：怎麼樣。（依曾憲通說）

㉒ 力：把。

㉓ 清醮：「醮」的原意是祭，為古代禮儀。說文曰其一為冠娶，二為祭祀。道教繼承並發展了醮的祭祀一面，借此法與神靈相交感。醮有清醮與幽醮之分。清醮有祈福謝恩、卻病延壽、祝國迎祥、祈晴禱雨、解厄禳災、祝壽慶賀等，屬於太平醮之類的法事。

㉔ 蓮花句：蓮花被佛家視為吉祥之物，蓮花開遍即如願之意。

㉕ 元來：即原來。

㉖ 句是：又是。見施炳華荔鏡記音樂與語言之研究，文史哲出版社二〇〇〇年版，第四六七頁。

【詩曰】

鶯柳飛來無所依，盡日思春獨自啼。可惜章臺柳色好，何時借得一枝棲？

（旦介）只鶯柳畫得是好，只必想是陳三畫个，甲益春送來。鬼仔㉗即是成精，不免叫出來罵一頓乞伊。

（旦叫）益春，過來。

（貼上）

（旦）尔值去㉘？

（貼）簡㉙在只處。

【剔銀燈】

死賊婢，你走去值？

（貼）簡在只聽候啞娘。

（旦）早使你力繡篋整理。

（貼）簡都整理便了。

（旦）我只處有乜人來到只？

（貼）只繡房內也無人敢來，那是簡來去。

㉗ 鬼仔：鬼丫頭。

㉘ 值去：什麼地方去。

㉙ 簡：佣人。此處為益春自稱。

（旦）飼㉚你拙大㉛，因乜㉜不同人心意？
（貼）簡自細㉝是啞娘飼，因乜不同心意？
（旦）你知。
（貼）簡都不知。
（旦）只繡篋內，因乜有一紙字？
（貼）簡都不知。
（旦）你不實說，定着討死。
（旦怒）
（貼跪）
（貼）告啞娘，聽簡說起，許陳三一身受氣。
（旦）你說不知，又知陳三一身受氣。
（貼）再三分付，甲簡共娘仔說出即情意。
（旦）鬼仔，起來，陳三有乜話㉞說無？

㉚ 飼：養育。（依林倫倫說）
㉛ 拙大：這麼大。
㉜ 因乜：為什麼。
㉝ 自細：從小。

（貼）說娘仔袂㉟記得當元初㊱時。

（旦）我當元初有乜事？

（貼）啞娘井㊲都無事？

（旦）我都無乜事。

（貼）高樓上食荔枝，掞乞伊㊳，引惹伊人做乜？

（旦）掞着伊不？

（貼）啞娘現掞着伊。

（旦）不愛人白賊㊴。

（貼）深懊恨無所見，叫：恁姿娘人話說無定期。

（旦）無定期整㊵騙伊乜？

（貼）現騙伊人。空騙伊人張盡計，費盡機，做恁厝㊶奴婢。

㉞ 乜話：什麼話。

㉟ 袂：不。

㊱ 元初：起初。

㊲ 井：難道之義。（依洪惟仁說）

㊳ 掞乞伊：擲給他。

㊴ 白賊：撒謊。見施炳華荔鏡記的用字分析與詞句拾穗。

㊵ 整：還。

（旦）只便是伊甘心情願，整誰人力伊來？

（貼）**罵娘仔！**

（旦）想陳三未敢罵我。

（貼）現罵啞娘。

（旦）罵我乜？

（貼）許簡不敢咀㊷。

（旦）罵便是陳三罵我，整是㊸你罵我？罔㊹說。

（貼）**罵娘仔怯㊺心肝，僫行止㊻，全無半點可憐伊。**

（旦）只賊奴，乜大膽都敢罵我。

（貼）伊人句乜樣着切㊼。

（旦）做倆㊽切？

㊶ 恁厝：你們家。

㊷ 咀：說。（依林倫倫說）

㊸ 整是：還是。

㊹ 罔：姑且。見施炳華荔鏡記音樂與語言之研究，文史哲出版社二〇〇〇年版，第四六六頁。

㊺ 怯：壞。

㊻ 僫行止：即無行止。沒有善行；品行不端。

㊼ 着切：急切。（依曾憲通說）

（貼）**說：伊讀書，有好文章無志氣。**

（旦）鬼仔你即呆，乞伊人罵你，因乜㊾不應伊：你好文章不去求官應舉，卜來阮厝為奴？

（貼）簡也障去問伊。

（旦）伊做侢應你？

（貼）叫伊那卜肯求官，官那在荷包內㊿。

（旦）我夭信。

（貼）**說伊卜求官都容易，那貪共娘仔愛結成連理。**

（旦）好空思想伊。

（貼）**伊即甘心捧盆水，掃廳邊。忍除志氣，受恁一口苦氣。**

（旦）我想起來，即是怨陳三。

（貼）**勸娘仔你莫怨伊。伊怨恁辜51負伊人青春年紀。**

（旦）鬼仔，尔罔咀，我不聽。

（貼）**也耽擱恁獨自。**

㊽ 做侢：幹啥；怎麼。（依曾憲通說）

㊾ 因乜：為什麼。

㊿ 官那句：形容求官容易。

51 辜：原作「孤」，依吳守禮校改。

（旦）我袂曉得。飼你即大，不同我心，專倆❺❷別人送書。手伸來，我搥除。

（貼）啞娘莫搥簡手，留卜❺❸捧湯❺❹乞啞娘你洗面。

（旦）不用你捧，伸來我搥除。

（貼）今是不用簡，今有人了，見是卜搥簡手，待簡去叫陳三來，一齊乞啞娘搥。

（旦）我搥陳三手乜事？

（貼）送書人手都着搥，寫書人手句❺❺着搥。

（旦）你只賊婢成精了，讓你也罷。

（貼）簡今即知陳三是好人。

（旦）你因乜知？

（貼）昨暮日有一家人來焉❺❻伊。

（旦）伊家人值來？

（貼）說跟伊兄廣南做運使來。

---

❺❷ 倆：替。見施炳華荔鏡記音樂與語言之研究，文史哲出版社二〇〇〇年版，第四七一頁。

❺❸ 留卜：留著。

❺❹ 湯：熱水。

❺❺ 句：更。見施炳華荔鏡記音樂與語言之研究，文史哲出版社二〇〇〇年版，第四六七頁。

❺❻ 焉：尋。見施炳華荔鏡記音樂與語言之研究，文史哲出版社二〇〇〇年版，第四六九頁。

（旦）見伊便做倆樣？

（貼）見伊乜樣啼切，再三勸甲伊返去，說伊厝乜樣富貴，豈無玉顏之女共伊匹配，何卜做障般勾當？

（旦）陳三乜話應伊？

（貼）陳三都無話應，那目滓57流。

（旦）我句未信。

（貼）啞娘不信，夭跪伊，夭叫伊三爹，夭討銀乞伊使。

（旦）我夭信乜。

（貼）不信，夭句一塊即大58乞簡，在只59。

（旦）你共伊人送書，亦值一塊銀喝大60。

（介）我明知陳三是好人仔兒，今有乜思量？

（貼）啞娘都無思量，甲簡卜乜思量？

（旦）鬼仔，起爐發火61都是你。

57 目滓：眼淚。（依曾憲通說）

58 即大：這麼大。

59 在只：在這裡。

60 喝大：這麼大。

61 起爐發火：香爐內發大火，意謂預示將惹出事情來。

（貼）簡聽見許老人講古，說崔氏鶯鶯共張珙在西廂下相見62，後來姻緣成就。啞娘學伊畏倆年63？

（旦）我愛64學伊，那畏不親像伊。

（貼）啞娘那卜65學伊，都不可強伊。只姻緣學卜崔氏鶯鶯共張珙西廂記。

（旦）你障說也是理，我共你在只心頭，且莫露機。

（貼）簡倆敢66說？

（旦）是我當初親看見，我一心恐畏只人不是。

（貼）正是只人。

（旦）恐畏世上人相親像，又畏人乘機來假意。

（貼）今卜做倆思量？

（旦）不免再叫來問伊，試探伊人話刺67。

（貼）那卜是年？

（旦）成就只姻緣也未遲。陳三今在值？

62 崔氏鶯鶯句：指元王實甫雜劇西廂記，男女主角分別為相國之女崔鶯鶯、書生張珙。

63 倆年：怎麼樣。（依曾憲通說）

64 愛：要。

65 那卜：要是。

66 倆敢：怎麼敢。（依曾憲通說）

67 話刺：譏刺的話。（依曾憲通說）

（貼）陳三在後花軒內，只拙久[68]頭不梳、飯不食，是乜炁[69]人可憐。

（旦）去叫來，我罵一頓乞伊。

（貼）今聽簡勸莫罵伊。

（旦）亦罷，聽你勸，去叫來我問伊。

（貼）簡去叫伊過來。陳三，啞娘叫你。

【縷縷金】

（生）**聽見叫，心帶疑，未知五娘仔有乜事志[70]？手攑芒掃箒，近前問伊，使我也在伊心意。水潑落地，難收得起。**娘仔有乜鈞旨[71]？

（旦）陳三，你好弄膽[72]！

（生）小人做乜敢弄膽？

（旦）你畫鶯柳使益春提來戲弄我，可是啞不？

（生）是。

---

[68] 拙久：這麼久。

[69] 炁：惹；引。

[70] 事志：事情。

[71] 鈞旨：古代對帝王或尊長的命令或指示的敬稱，意謂非常重要的命令、指示。京本通俗小說菩薩蠻：「當下郡王鈞旨分付都管。」鈞，古代重量單位，三十斤為一鈞。

[72] 弄膽：大膽。

【醉扶歸】

（旦）陳三，陳三你不是所行，寫詩，寫詩戲弄我，乜大膽。

（生）小人那畫一鶯柳，便是戲弄娘仔，娘仔你做其事[73]可記得？

（旦）我都無乜事。

（生）娘仔你想看年！

（旦）阮袂[74]想，我亦袂曉得。將只鶯柳提來去度[75]阮爹媽，你便是奴敗主，該乜罪？

（生啼）

（旦）不愛人假切[76]。我曉得了，你驚畏我去報阮爹媽，你着驚啼。

（生）小人不是着驚啼。

（旦）不，做乜事？

（生）那切今旦[77]因乜只處乞人聲聲叫賊奴。

（旦）叫賊奴句[78]切，句是大敬你，即叫你。

---

73 做其事：做的事。見施炳華荔鏡記音樂與語言之研究，文史哲出版社二〇〇〇年版。

74 袂：不。

75 度：予。見施炳華荔鏡記音樂與語言之研究，文史哲出版社二〇〇〇年版，第四六八頁。

76 假切：假恨。

77 今旦：今日。

78 句：還。見施炳華荔鏡記音樂與語言之研究，文史哲出版社二〇〇〇年版，第四六七頁。

（生）小人受娘仔指79教乜多了。

（旦）你常說富貴人厝80仔，因乜卜學只所行？不去勤讀書詩，不去應舉求名？

（生）小人卜應舉求官有乜惡81？

（旦）不愛人大話。

（生）小人不大話。

（旦）你厝住泉州，因乜來阮潮州城？

【皂羅袍】

（生）娘仔你且聽說起，因送我哥嫂廣南城市。

（旦）送你哥嫂廣南去做乜？

（生）送哥嫂廣南做官。

（旦）做乜官？

（生）做運使。

（旦）你兄那卜82做運使，向說83你便是叔爹了。

---

79 指：原作「只」，依吳守禮校改。

80 人厝：人家。

81 乜惡：什麼困難。

82 那卜：要是。

（生）我便是三爹。
（旦）惡見84一个三爹共85人磨鏡。你許白賊86話共人說，倒無人信。
（生）送我兄來到娘仔貴城，幸遇元宵，小人出街看燈。**無端87燈下見娘仔**。
（旦）你夭出街看燈，好樂然，你見我不年88？
（生）小人親見娘仔。
（旦）不愛人白賊。
（生）小人見娘仔花容玉貌，一見失了精神。
（旦）好丼話89。
（生）送我哥嫂到任，冤家冥日着你割吊90。就返來，便是六月。
（旦）你許白賊話91輕聲說，人了92聽見93□□□□。

83 向說：這樣說。
84 惡見：難見；沒有見過。
85 共：替；為；幫。
86 白賊：撒謊。見施炳華荔鏡記的用字分析與詞句拾穗。
87 無端：無緣無故；沒有由來。
88 年：語氣詞，呢。
89 丼話：丼大概是諍之誤。諍話是狡辯的話。諍（音 tsìnn），狡辯之義。（依洪惟仁說）
90 割吊：難受。（依曾憲通說）

（生）一日騎馬上街市。

（旦）你夭94騎馬？

（生）娘仔你都不見。

（旦）你那卜有馬通95騎，也是租來个。

（生）娘仔，你可記得樓上食荔枝時？

（旦）我六月常在樓上食荔枝。

（生）娘仔你做出一件事，可記得袂96？

（旦）阮記都無乜事97。

（生）夭共益春。

（旦）阮連益春都袂記得除。

（生）既是袂記得，待小人共你說。

---

91 白賊話：傻話；痴呆話。（依曾憲通說）

92 了：會。

93 聽見：底本此二字下有三或四字難辨。

94 夭：還。見施炳華荔鏡記音樂與語言之研究，文史哲出版社二〇〇〇年版，第四六五頁。

95 通：可。

96 袂：不。

97 乜事：什麼事。（依曾憲通說）

（旦）你記得便說。

（生）**你挵落荔枝，乞阮為記。**

（旦）挵着你不？

（生）現挵着小人夭箭[98]。

（旦）不愛人白賊。

（生）**我怙[99]你有真心，即來做倲厝奴婢。**

（旦）陳三，你創景[100]，生入人告罪[101]。

（生）阮都不創景入別人。**你見然[102]那卜虧心，荔枝我現收在只。**只荔枝是娘仔你个不？

（旦）只荔枝果必會相見。**六月，六月值處人無荔枝？**

（生）娘仔你無行止說話。

（拾介）不是，還小人。

（旦）羞[103]啞，愛搶，搶去不好？**未知只物是不是？**

---

[98] 夭箭：即「夭諍」（音 iáu tsìnn），還狡辯之意。「箭」（音 tsìnn）是「諍」（音 tsìnn）的借音字，辯解之義。（依洪惟仁說）

[99] 怙：依靠；仗恃。

[100] 創景：拿人開玩笑；嘲弄。見施炳華荔鏡記的用字分析與詞句拾穗。

[101] 生入人告罪：硬要把罪名強加於人。

[102] 見然：既然。

（生）（拾介）娘仔聲聲句句說不是，看伊做乜？（拾）

（旦）荔枝便借人看，向希罕，搶去乜事？

（生）見不是[104]，看伊乜事？

（旦）今是了，更[105]借阮看一下。

（生）在只手袖內，愛[106]看伸手來提去看。

（旦）我苦，未是藥。

（生）未是藥便莫看。

（旦）**前日有一人，騎馬遊街市。**

（生）娘仔可認得袂？

（旦）我袂認得。

（生）娘仔好目頭高[107]。

（旦）**是我錯手[108]掞荔枝。**

---

[103] 羞：原作「秋」，依吳守禮校改。

[104] 見不是：既然不是。

[105] 更：原作「各」，依吳守禮校改。

[106] 愛：要。（依曹小雲說）

[107] 目頭高：眼高；瞧不起人。（依曾憲通說）

[108] 錯手：失手。（依曾憲通說）

（生）好大錯手，有采掞着小人，卜掞着阮簡仔109，也剹食了。
（旦）不是錯手，井110故意掞你？
（生）天，只荔枝不是娘仔親手掞度111阮，天就見責阮。
（旦）值人逆你？向苦咒誓。
（生）娘仔你棄112人。
（旦）**過去事志，誰人卜113記？**
（生）娘仔你不記，小人惓惓114記在心頭。
（旦）**既然那卜是你，馬今值在115？**
（生）**是我，是我有馬袂做得主。**
（旦）因乜有馬袂做得主？
（生）**送乞，送乞磨鏡師父。**

109 簡仔：佣人。
110 井：難道之義。（依洪惟仁說）
111 掞度：擲給。（依曾憲通說）
112 棄：吳守禮注疑為氣。
113 卜：要；想要。見施炳華荔鏡記音樂與語言之研究，文史哲出版社二〇〇〇年版，第四六四頁。
114 惓惓：深切思念；念念不忘。宋王安石奉酬許承權：「三秋不見每惓惓，握手山林復悵然。」
115 值在：在什麼地方。

（旦）馬不騎，送乞磨鏡師乜事？
（生）**學伊手藝來見你。**
（旦）你向苦❶❶❻見卜阮做乜？
（生）**只望卜共娘仔你結成夫婦。**
（旦）結你骨頭❶❶❼夫婦。
（生）**着你辱罵，不敢應一半句。**
（旦拖介）
（生白）拔着小人，都未見好。
（旦）拔你骨頭不碎。
（生拖旦介）拔着我，你着死。
（生）叫未成。
（旦）食大丈夫漢，厝不掃，假虔啼。
（生）今夭甲我掃厝？
（旦）不，幷讓你？只時無閑飯通乞❶❶❽人食。

❶❶❻ 向苦：那麼苦。
❶❶❼ 骨頭：罵人的話，鬼。（依林倫倫說）
❶❶❽ 通乞：可以給。

（生）娘仔既有尊命，敢不掃。

（旦）緊掃[119]，不愛人延[120]。

（生）就掃。

（旦）一掃箒按向攑，那怙[121]應口。

（生）井掃厝也有師父？

（旦接掃介）無師父，我掃你看，句可[122]好看你。

（生）向說[123]，我掃乞你看。

（旦）今免你掃。

（生）娘仔又無乞我掃。

（旦）掃了辛苦成病，無人通伏事[124]你。

（生）感謝娘仔痛疼[125]。**你念着荔枝，再莫猶豫。**

---

[119] 緊掃：快掃。

[120] 延：拖延。

[121] 怙：依靠；仗恃。

[122] 句可：還可。見施炳華荔鏡記音樂與語言之研究，文史哲出版社二〇〇〇年版，第四六七頁。

[123] 向說：這樣說。

[124] 伏事：即服侍。

[125] 痛疼：心疼。

（旦）陳三你莫弄膽，踏着我腳你着死。
（生）我那[126]死，你也着死。
（旦）乞伊人障說[127]，乜話[128]通[129]應伊？
（生）今問娘仔乞一開處。
（旦）泉州人識禮，亂亂唱喏。
（生牽介）
（旦）陳三膽大，放手！
（生）今夭甘放？
（旦）不放我叫。
（旦）叫陳。……
（生）娘仔你叫，小人就跪。
（生跪）
（旦）恁起來，阮不叫。你丈夫人膝下有黃金[130]，向跪阮姿娘人乜事？

[126] 那：如果。（依曹小雲說）
[127] 障說：這樣說。
[128] 乜話：什麼話。
[129] 通：可。

（生）禮下於人，必有所求。

（旦）放手。

（生）今着叫一聲三哥即放。

（旦）放，阮叫。

（生）你騙我。

（旦）三哥，今放。

（生）今着叫小人一聲官人即放。

（旦）你只一人上心，不是叫你三哥，大且喜了，又卜甲人叫你做官人。

（生）緊叫131官人。

（旦）害132，陳三，人來。

（生走）

（生）娘仔都那是騙小人。**姻緣斷約133卜值時，今問娘仔乞一古記134。**

---

130 丈夫人句：即「男兒膝下有黃金」。意謂男人要有尊嚴，不能輕易給人行此大禮。

131 緊叫：快叫。

132 害：壞了；糟了。（依林倫倫說）

133 斷約：約會。

134 古記：當作表記，即信物。

（旦）三哥你也莫得見淺。

（生）君子之求，聽人所願。

（旦[135]）我看你都那卜打硬。

（生）小人做乜敢打硬？

（介）問娘仔乞一金言。

（旦）我只處心驚腳手疕[136]。

（生）娘仔向虛驚做乜？

（旦）啞媽得知，我倆得死。

（生）娘仔那死，小人就同娘仔你死。

（旦）阮便是怨切[137]身命死，恁死正為乜？

（生）我千鄉萬里來到只，望共娘仔結成夫妻，娘仔你那死，卜我命做乜？不如共娘仔同死。

（旦）倆當得障般[138]好口。

（旦）三哥，阮出來久長了[139]，恐阮啞媽𤆬[140]我不見，阮卜入去。

---

[135] 旦：原缺，據文義補。

[136] 疕：原作「庇」，依吳守禮校改。

[137] 怨切：怨恨。

[138] 障般：這般。

（生）娘仔共小人斷約一聲，乞你入去。
（旦）待阮去即來。
（生）既障說，乞你過去。
（旦）不愛人假忠厚。
（生）娘仔共小人斷約一聲。
（旦）恁乞阮過去，阮踝[141]你一深踝。
（生）娘仔，你那一處，小人唱你一喏。
（生攔）乜物[142]，向生[143]急死人！
（生）障變面[144]，即是袂得過去。
（旦）阮不變面，恁行開，乞阮過，阮惜惜[145]你。
（生）娘仔你帶只處，我句[146]惜惜你。

[139] 了：原作「子」，依鄭國權校改。
[140] 秃：尋。見施炳華荔鏡記音樂與語言之研究，文史哲出版社二〇〇〇年版，第四六九頁。
[141] 踝：跪。
[142] 乜物：什麼東西。
[143] 向生：那樣。（依曾憲通說）
[144] 變面：變臉。
[145] 惜惜：疼惜之義。（依洪惟仁說）

（旦）值人卜你惜？一人倒不聽人口。

（生）你都不聽阮咀。

（旦）**聽伊人障般言語，甲我侢當得起？**三哥，阮一卜力親情放乞恁147是年148？**那畏149恁家後有親，到許時誤阮身無依倚。**

（生）娘仔，你疑小人家後有親，就共娘仔咒誓。

（旦）只誓惡咒。

（生）就詛。

（旦）尔詛。

（生）天，必卿家後若有親，

（旦）且慢！父也是親，母也是親，你咒誓，着咒乞伊明白。

（生）必卿家後若有妻小，日後耽誤娘仔，天你譴責必卿早死。

（旦）三哥請起，一人倒愛咒誓。

（生）小人受盡娘仔你氣。

146 句：「卻」義。（依洪惟仁說）

147 力親情放乞恁：把婚姻許給你。

148 是年：是怎樣。

149 那畏：只恐。

【水車歌】

（旦）你障說，我只心肝都痛，阮佴甘負恁人情，你佴曉得我心頭思想？

（生白）娘仔你今想到了。

（旦）為君發業[150]，心悶[151]惆悵。

（生）娘仔共阮斷約一聲。

（旦）咀不出口，八死[152]不少。

（生）人情意好，畏七八死？

（旦）人情初相識，終無怨恨心[153]。懶[154]今相惜在只心內，何用卜斷約？

（生）既不共小人斷約，入去罷。

（旦）你莫掛意，阮有真心，力恁丈夫人心腹句未着[155]。

（生）我堅心為你失了事志，你想我是一辜恩負義[156]？

---

[150] 發業：發急。金董解元西廂記諸宮調卷七【賺】：「收拾起，待剛睡些，爭奈這一雙眼兒劣。好發業，淚漫漫地會聖也難交睫。」

[151] 悶：原作「無」，依吳守禮校改。

[152] 八死：害羞之義（音 pueh-sì）。（依洪惟仁說）

[153] 人情初相識二句：增廣賢文：「相逢好似初相識，到老終無怨恨心。」意謂保持初戀時情感，便能相愛終生。

[154] 懶：咱。

[155] 力恁句：意謂你這個男人的心思我還沒有摸透。未，原作「袂」，依鄭國權校改。

（旦）君你言語，句句卜記。共君斷約……。

（生）斷約值時？

（旦）須等待今冥三更時。

（生）值人留門？

（旦）恁留門。

（生）娘仔不來是年？

（旦）三哥，再不負約。若還不來，頭上是天。

（生）若負小人年？

（旦）我亦咒誓你聽。若還負君，促命早先死。

（生）感謝娘仔真有人情。

（旦）阮明知恁假意學磨鏡，來阮厝行。

（生）娘仔卜知，夭罵阮做乜？

（旦）我罵你，是瞞阮媽共爹。君你今障說，我只心肝越痛。

（生）林厝親情[157]今倆樣？

（旦）懊恨丁古林大，早死無命。

---

[156] 辜恩負義：忘恩負義。

[157] 親情：姻親。（依林倫倫說）

（生）娘仔倆捨得罵伊？

（旦）**每日催親，我幾轉為伊險送性命。**

（佘文）**我勸你心把定，一世不負君人情。心神把定，莫着驚。**

（生）娘仔見你真心，討一件物見阮做表記158。

（旦）三哥既愛表記，阮一時無物，權力159只御羅手帕乞恁為記。

（生）娘仔，只个可輕。

（旦）三哥你真箇好笑，你不見古人說：物輕人意重160。恁見161愛重物，只桌椅來不好？

（生）既障說，當人不當物，小人就收去。娘仔今冥162大志163，不通164相耽誤。

（旦）三哥不必致疑。

（白）

158 表記：信物。

159 權力：權且把。

160 物輕人意重：即「禮輕人意重」。宋邢俊臣臨江仙：「巍峨萬丈與天高。物輕人意重，千里送鵝毛。」

161 見：既。

162 今冥：今夜。

163 大志：即事志；事情。見施炳華荔鏡記音樂與語言之研究，文史哲出版社二〇〇〇年版，第三四二頁。

164 不通：不可。

早力荔枝為定期，今將御羅為表記。
在天願為比翼鳥，在地願成連理枝165。

165 在天願為比翼鳥二句：唐白居易長恨歌詩句。比翼鳥，古代傳說中的鳥名，又名鶼鶼、蠻蠻。此鳥僅一目一翼，雌雄須並翼飛行，故常比喻恩愛夫妻。連理枝，異根草木的枝幹連生。比喻結為夫婦或男女歡愛。

第二十七出　益春退約

【掛真兒】

（旦）共伊斷約是冥昏❶，跄（足+今）腳❷行來心驚惶。
（貼）常說等人易久長，莫猶豫，恐畏天光。
（旦）燕雀為巢鳩占居❸，無狀林大枉尋思。
（貼）前世姻緣今世結，管乜狂風飛柳絮❹。
（旦）益春你入內去看啞公啞媽睏未？
（貼下）
（旦白）今冥斷約，卜共三哥相見，一卜去，又畏後去丈夫人不敬重恁；一卜不去，又是恁失信。不免使益春去辭伊，叫：今冥阮啞媽不苦好，伏事❺啞媽，看伊心中如何？

---

❶ 冥昏：晚上。
❷ 跄腳：躡腳。
❸ 燕雀為巢鳩占居：即「鳩占鵲巢」之意。
❹ 狂風飛柳絮：比喻春心萌動。唐杜甫絕句漫興九首之五：「癲狂柳絮隨風舞，輕薄桃花逐水流。」

（貼）閼上堂門出外廳，轉過屏風輕步行。啞娘，啞媽啞公都睏了，放早來去。

（旦云前白）

【孝順歌】

我心神被情牽絆，進退不得，有千般艱難。算見伊，為阮萬樣苦痛。又畏伊後去負心。莫到許時，乞人傳說阮。

【鎖南枝】

（貼）今到只，莫推辭❻，人情見許，莫負伊。看恁只姻緣，通比青梅記❼。青春少女逢着風流子弟，且去人情做些兒。

（旦）益春，你緊去緊來❽。

（貼）共伊斷約為荔枝，桑中濮上❾不負伊。

（旦）只怕伊心常❿反側，明夜到處不負期。

❺ 伏事：即服侍。

❻ 辭：原作「時」，依吳守禮校改。

❼ 青梅記：講述盧少春與錦桃以青梅為媒介的愛情故事。

❽ 緊去緊來：快去快來。

❾ 桑中濮上：即「桑間濮上」。桑間在濮水之上，是春秋時衛國之地。後來用「桑間濮上」指淫靡風氣盛行之處，男女幽會之所。

❿ 常：原作「休」，依吳守禮校改。

第二十八出　再約佳期

【醉扶歸】

（潮腔）（生❶）相思病怨切身命，只苦痛不敢做聲。聽見城樓上鼓角摻，三四更聲。紗窗外，月光都成鏡。卜❷睏又不成。強企❸起來閑行看，見牆外花弄影❹，莫是乜人在只月下行。輕輕子細去聽。望面見，心着驚，共是為人情。我共伊斷約，更深受盡驚惶。恐畏伊人負心了不來，話咀❺無定。誤我今冥，只處❻有意討無情。娘仔因乜不來？正是：「有約不來過夜半，閑敲棋子落燈花❼。」且力❽只門掩上。

---

❶ 生：原缺，據文義補。
❷ 卜：要；想要。
❸ 強企：勉強。（依曾憲通說）
❹ 花弄影：宋張先天仙子詞：「雲破月來花弄影。」意謂花枝在月光下擺動。
❺ 咀：說。
❻ 只處：這裡。
❼ 有約不來過夜半二句：宋趙師秀約客詩句。意謂失約。
❽ 力：把。

（貼上）閑來閑去，為伊二人通消息。別人私情，累阮生受❾。管取今旦會成就，正是「窈窕淑女，君子好逑❿」。三哥門都關。

（生）幾番思量卜起，聽見門鳴，又畏不是。一冥聽候不敢去睏，又畏伊來相耽置⓫。

（貼）開門，開門！

（生）聽見人叫門，我心帶疑。是誰？

（貼）是益春小妹。

（生）待來。

（生見）是小妹，請入內。

（貼）到只處着入去。

（生）門開見是你，偷心歡喜，即知小妹有阮心意。恁啞娘在值？

（貼）阮啞娘來在許外。

（生）你去請來。

（貼）那你去請。

（生）小妹同我去請。

---

❾ 生受：受苦。元費唐臣貶黃州雜劇第三折：「前日如此快樂，今日這般生受，想造物好無定也。」

❿ 窈窕淑女二句：詩經周南關雎詩句。

⓫ 耽置：耽誤。

（貼）你井⓬是請鬼？阮那是騙你，啞娘不來。
（生）伊共我斷約，倆通不來？
（貼）礙阮啞嫣身上不苦好，卜聽候啞嫣，不得來。
（生）好見無緣，可有乜話寄你來說？
（貼）有話卜說。
（生）共阮咀。
（貼）**言語寄探你，十分惡⓭推辭。礙恁人情，知你是假意來阮厝行。**
（生）伊那知也好。
（貼）**見你受苦，伊心頭痛。**
（生）伊卜痛我，做乜⓮不來？
（貼）**愛來見你，又畏伊嫣爹。使阮答你，不甘斷情。**
（生）啞娘歡喜愛來也不？
（貼）**伊偷心愛來共恁結做夫妻，合歡是定。**
（生）感謝小妹你有心。**感謝小妹相照顧，今旦無恩通⓯相補。**

⓬井：難道之義。（依洪惟仁說）
⓭惡：難。
⓮做乜：幹什麼。（依曾憲通說）

（貼）值人卜共你討恩⑯？

（生）幾返謔你上落！腳瘦。同阮只床上坐。

（貼）小妹一身襤襤褸褸⑰，做乜好共尊兄許處⑱坐？

（生）**你莫嫌阮枕席粗，勞堪我小妹，好緣相鬥湊⑲。**

（貼）阮又識一乜好緣！

（生）你拙大都不識好緣？**看許鸞求鳳友，鴛鴦配偶。**

（貼）鴛鴦便⑳成雙，值處㉑有三个？

（生）三个未是多。**正是：惜花人起早㉒，先沾雨露。**

（貼）**三哥莫起只心意。**

（生）只也是愛小妹你。

---

⑮ 通：可。（依曹小雲說）

⑯ 討恩：索取回報。

⑰ 襤襤褸褸：原作「喃喃攻攻」，據文義改。

⑱ 許處：那裡。

⑲ 鬥湊：湊合。朱子語類卷六八：「許多嘉美一時鬥湊到此，故謂之會。」

⑳ 便：原作「被」，依吳守禮校改。

㉑ 值處：什麼地方。

㉒ 惜花人起早：形容愛花。元無名氏【仙呂點絳唇】套曲之【金盞兒】：「抵多少惜花春起早，愛月夜眠遲。」

（貼）恁向愛？既讀詩書，不識禮義。阮是啞娘身邊簡兒㉓。

（生）那叫你在啞娘身邊，即惜你。

（貼）誰卜你惜？況又未諳風流事志㉔。

（生）小妹你不識，阮教你。

（貼）誰卜你教？願恁雙雙二好，許時愛阮容易。益春雖是野花嫩草，侢肯㉕隨風倒地？

（生）幾番累你成相謔㉖，今旦相謔成相惜。

（貼）三哥是乜形！

（生）三人二好，一人着謔。幾番為阮，功勞不少。

（貼）只一句話咀得是，你那知有功勞，是金是銀，提來謝阮，莫得做一形狀驚人。

（生）千金不足補報，那辨真心共你相惜。

（貼）陳三色膽大如天㉗。

（生）只一簡仔，都通㉘叫我名！

㉓ 簡兒：傭人。

㉔ 事志：事情。

㉕ 侢肯：怎肯。

㉖ 相謔：相互調笑。詩經鄭風溱洧：「維士與女，伊其相謔，贈之以勺藥。」

㉗ 色膽大如天：即色膽包天之意。元王實甫西廂記第三本第三折：「我只道你文學海樣深，誰知你色膽有天來大。」

（貼）不，是你無正經。
（生）障青面㉙。
（貼）罵你也敢。**瓜田李下㉚也畏人疑。**
（生）只處㉛誰人疑？
（貼）**值見隔牆花，強攀做連理㉜？**
（生）隔牆花攀來即巧。
（貼）那畏恁無許命。
（生）阮倆年㉝不好命？
（貼）**那畏你命怯㉞，福無雙至。**阮啞娘那卜㉟知，你只樣㊱所行不正，**伊嫌你貪花亂酒，許**

㉘通：可以。
㉙障青面：這樣容易翻臉。（依曾憲通說）
㉚瓜田李下：比喻容易引起嫌疑的場合。古樂府君子行：「君子防未然，不處嫌疑間。瓜田不納履，李下不整冠。」
㉛只處：這裡。
㉜連理：異根草木的枝幹連生。比喻結為夫婦或男女歡愛。理，原作「里」，據文義改。
㉝倆年：怎麼樣。原作「在年」，依吳守禮校改。
㉞命怯：命運乖違。
㉟那卜：要是。

時反悔不遲。阮娘仔伊是千金閨女，都不強過阮奴婢。
（生）近水樓臺先得月㊲，小妹你共我只處得桃㊳一下。
（貼）你障執執力力㊴，我那共阮啞娘咀，你一場功德做許草內去㊵。
（生）人那是共伊衰，伊怙叫㊶是真實。
（貼）說衰，頭向動，你是都來。
（生）是阮一時不着㊷，小妹莫切㊸。
（貼）行開，乞阮過去。
（生）拙變面㊹，你着笑，即乞你過去。

㊱ 只樣：這樣。
㊲ 近水樓臺先得月：比喻由於接近某些人或事物而搶先得到利益或便利。宋俞文豹清夜錄：「范文正公（范仲淹）鎮錢塘，兵官皆被薦，獨巡檢蘇麟不見錄，乃獻詩云：『近水樓臺先得月，向陽花木易逢春。』」
㊳ 得桃：遊玩；玩耍。（依曾憲通說）
㊴ 執執力力：拉拉扯扯。
㊵ 一場功德做許草內去：意謂前功盡棄。
㊶ 怙叫：誤以為。見施炳華荔鏡記的用字分析與詞句拾穗。
㊷ 不着：不對。
㊸ 切：恨。參吳守禮新刻增補全像鄉談荔枝記研究——校勘篇，一九六七年六月油印本，第一五六頁。
㊹ 變面：變臉。

(貼)阮今笑了，乜形向生㊺？
(生)大下即笑。
(貼)許一腳㊻是攔了。
(貼走)小禮八死㊼人。
(生)共恁娘仔說，甲㊽伊放早來。
(生)看恁一點有真心。
(貼)想你膝下無黃金㊾。
(生)一心為娘千般苦。
(貼)獨自歸去獨自眠。

㊺ 向生：那樣。(依曾憲通說)
㊻ 腳：原不明，依鄭國權校補。
㊼ 八死：害羞之義（音 pueh-sí）。(依洪惟仁說)
㊽ 甲：教；叫。(依曾憲通說)
㊾ 想你膝下無黃金：反用「男兒膝下有黃金」，意謂男人要有尊嚴，不能輕易給人行此大禮，你卻做不到。

第二十九出　鸞鳳和同❶

【掛真兒】

（生）天色漸昏月又光，娘仔斷約是冥昏❷。有緣今冥來相見，無緣那就今冥斷。伯卿今冥共娘仔斷約相見，更深了，因何不見來？乜見苦！正是等人易老❸。想娘仔那卜❹有心也不畏，不免力❺只門來掩上。

（生介❻）

【大河蟹】

（旦）暗靜開門趻腳❼行，姮娥❽知阮為人情。心神迷亂都不定，思量低頭獨自驚。爹媽

❶鸞鳳和同：即「鸞鳳和鳴」。鸞鳥鳳凰相互應和鳴叫，比喻夫妻和諧。左傳莊公二十二年：「是謂鳳凰于飛，和鳴鏘鏘。」元白樸梧桐雨雜劇第一折：「夜同寢，晝同行，恰似鸞鳳和鳴。」鸞，鳳凰一類的鳥。

❷冥昏：晚上。

❸等人易老：俗諺：「等人易老，等船難到。」形容等待者心情焦急。

❹那卜：要是。

❺力：把。

❻介：原缺，據文義補。

得知都無命，未知緣分成不成？今冥共三哥斷約❾相見，阮今來到只處❿，因何都關門？不免試撻⓫一下，元來⓬都掩上在只處，不免速入來去。元來三哥力火點光光⓭只處睏⓮。你每時發業⓯斷約今冥相見，割捨得只處睏，想見前世共伊無緣，也罷，返來去⓰。

（介）阮一卜返去，伊醒都不說伊睏不知，那叫阮姿娘人話說無憑。不免力只頭上金釵拔一隻放下伊身邊，待伊醒來見釵，也叫阮孜娘人有信。**你因乜障貪眠⓱？你因乜障貪眠？**

（旦避介⓲）

---

❼ 踜腳：躡腳。

❽ 姮娥：嫦娥。原作姮嫦，據文義改。

❾ 斷約：約會。

❿ 只處：這裡。

⓫ 撻：推。原作「躂」，依文義改。

⓬ 元來：即原來。

⓭ 光光：明亮。

⓮ 睏：原作「困」，據文義改。

⓯ 發業：發急。金董解元西廂記諸宮調卷七【賺】：「收拾起，待剛睡些，爭奈這一雙眼兒劣。好發業，淚漫漫地會聖也難交睫。」

⓰ 返來去：回去吧。見連金發荔鏡記趨向式探索。

⓱ 障貪眠：這樣貪睡。

⓲ 介：原作「在」，依鄭國權校改。

（貼上唱）

【勝葫蘆】更深後，因乜人做聲？輕步攲耳⑲聽。不是隔牆花弄影⑳，莫畏是蟋蟀鬧秋聲㉑。

（旦見貼介）啞娘，三更半夜來只處做乜？

（旦）我見月光風靜，來只處賞月。

（貼）都不叫益春伴啞娘賞月。

（旦）畏你聽候啞媽，不得來。

（貼）你因乜不肯說分明，簡㉒知啞娘你是為人情。

（旦）益春我今力拙話㉓說乞你聽，看伊真箇無人情。誤我一身，險送性命。說起前日心都痛，益春，邀你輕步蹈腳行。三哥睏不知醒，阮頭上拔一枝金釵下㉔伊身邊，待伊醒起來見釵，定叫：人不失信。

（貼）娘仔，你都不畏了壞伊人性命？

⑲ 攲耳：側耳。

⑳ 花弄影：宋張先天仙子詞：「雲破月來花弄影。」意謂花枝在月光下擺動。

㉑ 蟋蟀鬧秋聲：唐皇甫冉使往壽州淮路寄劉長卿：「蒹葭曙色蒼蒼遠，蟋蟀秋聲處處同。」

㉒ 簡：佣人。此處為益春自稱。

㉓ 拙話：這話。

㉔ 下：放置。見連金發荔鏡記動詞分類和動相、格式。

（旦）做乜會壞伊人性命？

（貼）啞娘都不見古人說：當初郭華共花嬌女約定許冥相見，花嬌女來時，郭華貪酒，睏不知醒。花嬌女見伊睏不知，將弓鞋脫覓伊身邊為記。郭華醒來，不見花嬌女，將弓鞋吞而死㉕。啞娘，你都不畏許時了㉖那成故殺？啞娘，你着去賠伊人性命。

（旦）見然障說，你入去將許釵提出來。

（貼）簡入去可生分㉗。

（旦）鬼仔，你入去無事。

（貼）啞娘入去可熟，簡共啞娘同入去提。

㉕ 當初郭華九句：宋（元）無名氏留鞋記故事。寫宋時長安書生郭華赴汴京應試，與女子王月英相遇，互生愛慕之情。郭華試畢滯留京中，數月不歸，常借買胭脂之名，到王父所開胭脂店中與月英相會。一次月英約郭華元宵節之夜到相國寺幽會，月英準時赴約，但只見郭華酒醉而臥，呼之不醒，於是將香羅帕與紅繡鞋留在郭華身旁，獨自離去。郭華醒來後悔恨不已，竟將羅帕吞入咽喉而哽死。相國寺僧人發現後到開封府出首，包公審理此案，以繡鞋為證傳訊王月英。月英到庭，找羅帕不見，後將郭華含於口中的羅帕拽出，郭華頓時蘇醒過來，包公便斷二人為夫妻。全劇已佚，惟風月錦囊前編卷十四選收「郭華買胭脂」、「佳期赴約」兩出。又南曲九宮正始引錄五支佚曲。梨園戲郭華與此情節基本一致，惟郭華不是吞羅帕而是吞弓鞋而死，稍有不同。許冥，那晚。覓，在。見連金發荔鏡記趨向式探索。

㉖ 了：會。（依曹小雲說）

㉗ 生分：生疏。

（旦）你先行。

（貼）啞娘先行。

（貼生）

（旦避貼下）

（生）我看都是娘仔共益春聲說，醒來因乜㉘不見？我曉得：娘仔來，見我睏，着急返去除㉙。罷罷，是我不合㉚睏去，不知醒除，見然娘仔着急去除，我當初為你受盡苦痛，即來到只，伊都不念着我，我不免辭除九郎公返去，免得只處割吊㉛。

（貼）三哥且帶着阮勸。

（生）恁娘仔來在值處㉜，叫伊來。

（貼）**三哥因乜障貪眠，姮娥㉝偷出廣寒宮，今冥在恁成就只姻親。**

（貼下）

（旦生介）娘仔卜入來便入來，呫㉞只前後驚人乜事㉟？

㉘ 因乜：為什麼。（依曾憲通說）

㉙ 除：了。

㉚ 不合：不該。

㉛ 割吊：難受。

㉜ 值處：什麼地方。

㉝ 姮娥：嫦娥。

（旦）乞恁睏，即莫得叫恁，攪恁眠。

（生旦唱內介）

【八聲甘州】

鸞鳳和同，幸然魚水相逢。千般計較，枕上恩愛不甘放。虧我門外千萬等，辜負只處守空房。今恰是玉邀金，一般相襯㊱。

【皂羅袍】

（貼上）門樓鼓返五更，心內半驚半歡喜，又畏阮娘仔睏不知醒。只二人是大膽，門樓鼓返㊲五更，雞聲報曉，睏拙晏㊳不見起來，不免驚一頓。

（貼上叫門）是誰？是益春。

（旦）入來便入來，乞阮驚一頭冷汗都滴。

（貼）許是啞娘風流汗未乾，簡卜驚陳三，敢驚阮娘？

（旦）今莫叫伊做陳三，叫伊做官人。

㉞ 呫：藏匿。見連金發荔鏡記趨向式探索。

㉟ 乜事：什麼事。（依曾憲通說）

㊱ 相襯：相稱。

㊲ 返：原缺，據上文補。

㊳ 拙晏：這麼晚。（依曾憲通說）

（貼）娘仔說話好笑，許陳三共簡一樣人，甲㊴簡叫伊做官人？

（旦）今阮都叫伊做官人了。

（貼）見是障說，人情做乞啞娘，今請官人出來相見。

（旦）三哥出來，是益春。

（生）**聽見門鳴驚半死**。你卜入來便入來，咕前咕後㊵，不成出不成入，驚人。

（貼）官人、娘仔請坐。**慶賀娘郎，青春年紀**。

（生）**感謝，恩深無比**。

（生介）

（旦白）官人袂㊶做人，共簡仔乜禮？

（生）那論功勞，不論貴賤。

（旦）你尚㊷且在我面前執執力力㊸，我不見面句㊹倆樣？

（貼）官人是不做人。

㊴ 甲：教；叫。（依曾憲通說）

㊵ 咕前咕後：藏前藏後。見連金發荔鏡記趨向式探索。

㊶ 袂：不會。

㊷ 尚：原作「常」，依吳守禮校改。

㊸ 執執力力：拉拉扯扯。

㊹ 句：又。見施炳華荔鏡記音樂與語言之研究，文史哲出版社二〇〇〇年版，第四六七頁。

（旦）乜事？

（貼）昨暮啞娘使簡去，官人執執力力簡。

（旦）啞媽醒未？

（貼）啞媽未醒，天卜光了㊺，返來去㊻。

（生）小妹，今卜共阮斷約值時？

（貼）只事着問阮啞娘，問阮做乜事？

（生）恁啞娘說無定，小妹你說可實。

（貼）見然障說，阮倆你去問，啞娘，你今共官人句卜斷約值時？

（旦）今你共伊斷約，阮不曉得。

（貼）只便是啞娘个事。甲益春斷約乜事？

（旦）鬼仔，起也是你，殺尾㊼也是你，今共伊斷約十五冥。

（貼）**再共恁斷約明旦三更時。**

（生）小妹你卜去？

（貼）來㊽□，人情做歸一乞恁，天色句㊾未光，恁雙人再去說話，阮去聽候啞媽。

㊺ 天卜光了：天要亮了。

㊻ 返來去：回去吧。見連金發荔鏡記趨向式探索。

㊼ 殺尾：收場。（依曾憲通說）

（貼下）

（旦問）益春去了，阮也卜去，畏啞媽醒了尋阮，阮只心內驚驚。

（生）娘仔今不畏，驚過了，天色句未光，再共娘仔說話。

【皂羅袍㊿】

（生）見說洛陽花似錦(51)，果然娘仔有只真心。

（旦(52)）江水雖深，無恁人情深。

（合）雙人做卜如花似錦，思想起來，悶割人心。

（旦）爹媽若卜得知，了為君喪(53)身。勸君千萬莫得忘情，阮今生死那卜為恁。

（生）娘仔你莫得心悶，阮不比王魁負心(54)。天地責罰，定都如神。

---

(48) 來：底本此字下有一字難辨。

(49) 句：還。見施炳華荔鏡記音樂與語言之研究，文史哲出版社二〇〇〇年版，第四六七頁。

(50) 袍：原作「婆」，依文義改。

(51) 花似錦：形容花開得繁盛。唐楊巨源城東早春：「若待上林花似錦，出門俱是看花人。」

(52) 旦：以下五行角色原缺，據文義補。

(53) 喪：原作「送」，依吳守禮校改。

(54) 王魁負心：南戲劇本王魁負桂英，一名王魁。作於南宋光宗時，作者不詳，是今知最早的南戲作品之一，僅存少數曲詞。另元代尚仲賢有海神廟王魁負桂英雜劇，僅存曲詞一折。劇本取材於民間傳說，敘妓女焦桂英資助書生王魁讀書赴考，王得中狀元後棄桂英另娶，桂英憤而自殺，死後鬼魂活捉王魁。現代不少劇種仍有

（旦）君你有意，阮今惜恁如金。穿線入石55，也卜共恁一樣心。

【尾聲】

有緣千里相見面，那憑56荔枝結姻親，記得今冥恩愛深。

野外看花滿地開，林中連理共枝栽。

百年夫婦今宵會，一段姻緣天上來。（並下）

此齣目。

55 穿線入石：即海枯石爛之意。

56 那憑：只憑。

第三十出　林大催親

【賞宮花】

（淨）林郎風騷，打扮不輕可❶。近日卜❷悉❸厶❹，好得桃❺。滿廳諸親來慶賀，我只仔婿❻無處討。小子姓林，叫做大鼻。貪花亂酒無時離，有金有銀有田地，那是❼可惜婚頭遲。阮媽共阮說，擇只九月重陽卜悉厶度❽我，甲❾我先去共媒人說，甲阮丈人九郎公辦嫁妝。今不免來去共李婆說一聲，行長街過短巷，只處便是媒姨門兜❿，不免叫一聲。

❶輕可：隨便。

❷卜：要；想要。

❸悉：娶。見施炳華荔鏡記音樂與語言之研究，文史哲出版社二〇〇〇年版，第四六九頁。

❹厶：妻子。

❺得桃：遊玩；玩耍。

❻仔婿：女婿。（依曾憲通說）

❼那是：只是。

❽度：予。見施炳華荔鏡記音樂與語言之研究，文史哲出版社二〇〇〇年版，第四六八頁。

❾甲：教；叫。

（叫介）

（丑內應介）是誰？

（淨）是林大爹。

（丑）請坐，待來。姻緣佳哉⑪，都是命推排⑫。那畏五娘仔皺雙眉。林厝官人外頭請，定是卜討姻緣事。

（丑見淨唱）

【縷縷金】

仗媒姨，我說乞你聽，約定只九月卜焉娘仔，免得我冥日⑬費心情。

（丑）九月可緊⑭，恐畏嫁妝未便，再擇別月。

（淨）別月不是焉厶月，煩你只去說卜分明。

（丑）做媒人，有主張，姻緣好事志⑮，莫比如常。安排好禮聘，在人手上，金花表裡⑯

---

⑩ 門兜：門跤口，即門口。「兜」為時間、空間約略詞。見施炳華荔鏡記的用字分析與詞句拾穗。

⑪ 佳哉：原作「該載」，依吳守禮校改。

⑫ 推排：安排。

⑬ 冥日：日夜。

⑭ 可緊：太緊。

⑮ 事志：事情。

⑯ 表裡：見面禮。參吳守禮新刻增補全像鄉談荔枝記研究——校勘篇，一九六七年六月油印本，第二〇頁。

共豬羊。好仔婿，打扮⑰也卜風流。

（淨）我只仔婿誰會可強？安排好大轎七八人扛。

（丑）轎那是四人扛，林大爹好如魯⑱，七八人扛是倆年⑲？

（淨）你真村人⑳，阮公許時送喪三十二人扛。

（丑）只毛厶是吉事，許便是凶事。

（淨）今那用四人扛。安排好大轎三四人扛。大銅淳愛鼓㉑，排都成行，展起青春仔婿郎。

（丑）你卜七謝我？

（淨㉒）謝你金花表裡，插卜㉓銀瓶花捲。

擇定九月卜娶親，煩你只去說來因。

只去若煩說得佳，銷金帳內囉哩嗹㉔。

---

⑰ 打扮：原作「打辦」，據文義改。

⑱ 如魯：亂說。（依鄭國權說）

⑲ 倆年：怎麼樣。

⑳ 村人：鄉巴佬。

㉑ 大銅淳愛鼓：鄭國權注：疑為迎親鼓吹陣。

㉒ 淨：原作「丑」，據文義改。

㉓ 插卜：插著。

㉔ 囉哩嗹：梵曲，最遲晉時已傳入中原，一般在祭戲神時、婚戀場合、乞討時、烘托氣氛時演唱。參見康保成梵曲「羅哩嗹」與中國戲曲的傳播，中山大學學報（社會科學版）二〇〇〇年第二期。宋無名氏張協狀元第十二出【朱奴兒】第三支：「我適來擔至廟前，見一個苦胎與它廝纏。口裡唱個囉嗹囉囉嗹，把小二便來薄賤。」錢南揚注：「這裡指男女調情，不欲明言，故以和聲代之。」見錢南揚永樂大典戲文三種校注，中國戲劇出版社一九六〇年版，第六八頁。

第三十一出　李婆催親

【菊花新】

（外）着仔割吊心憔燥❶，算得來做侢❷得好？仔兒不願嫁林厝，那畏姻緣不朝羅❸。金井梧桐葉落枝❹，返頭不覺又一年。一年一歲人易老，更無二度再後生❺。那因仔兒不願嫁林厝，冥日❻苦切❼，做侢得好？只事且覓一邊❽。不免叫陳三收拾租數❾，共我上庄討租。叫得陳三過來。

❶憔燥：焦躁。
❷做侢：幹啥；怎麼。（依曾憲通說）
❸不朝羅：鄭國權注：疑為不牢固。
❹金井梧桐葉落枝：唐王昌齡長信秋詞五首之一：「金井梧桐秋葉黃，珠帘不卷夜來霜。」意謂季節變換。金井，井欄雕飾華美之井。
❺更無二度再後生：即「花有重開日，人無再少年」之意。
❻冥日：日夜。
❼苦切：哭泣。
❽覓一邊：放一邊。覓，放。見連金發荔鏡記趨向式探索。
❾租數：鄭國權注：租帳。

（生）落在屋簷下，曾敢⑩不低頭？九郎叫做乜事？

（外）你力⑪西軒內租簿收拾，共我去赤水庄討租。

（生）陳三就去。

（生下）

（丑上）着意栽花花不發，等閑插柳柳成陰。

（丑）九郎萬福。

（外）媒姨⑫請坐，媒姨來貴幹？

（丑）婆仔無事不登三寶殿⑬。因林官人擇只九月卜⑭娶千金親情⑮，婆仔直來說知，乞九郎放早辦嫁妝。

（外）男大當婚，女大當嫁⑯。那是⑰我仔心中不願，做侢得好？

---

⑩ 曾敢：鄭國權注：怎敢。

⑪ 力：把。

⑫ 媒姨：媒婆。

⑬ 無事不登三寶殿：比喻沒有事情不會上門。「三寶」是佛教名詞，指佛教徒尊敬供養佛寶、法寶、僧寶等三寶，「三寶殿」泛指一般佛殿。明蘭陵笑笑生金瓶梅詞話：「小媳婦無事不登三寶殿，奉本縣正宅衙內分付，敬來說咱宅上有一位奶奶要嫁人，講說親事。」

⑭ 卜：要；想要。

⑮ 親情：婚姻。

【四邊靜】

（外）親情既⑱許不推辭，仔兒無所見。不願嫁林厝，冥日苦切啼。不肖仔兒無所見，姻緣天注定，算來無差移。

（丑）婆仔上覆⑲黄九郎，須着辦嫁妝。姻緣好事志⑳，莫得說短長。男婚女嫁，年紀相當。古禮迎書燭，擇日卜來上門。

擇卜九月來娶親，迎書送禮着冰人㉑。

五百年前天注定，百年諧老㉒枕上眠。（並下）

⑯ 男大當婚二句：宋釋普濟五燈會元卷十六天衣懷禪師法嗣侍郎楊傑居士：「忽大悟，乃別有男不婚、有女不嫁之偈曰：『男大須婚，女長須嫁。討甚閑工夫，更說無生話。』」

⑰ 那是：只是。

⑱ 既：原作「記」，依吳守禮校改。

⑲ 覆：原作「福」，依吳守禮校改。

⑳ 事志：事情。

㉑ 冰人：媒人。

㉒ 諧老：偕老。

第三十二出　赤水收租

【步步嬌】

（外）出只郊外天漸光，蕭蕭❶西風返。赤水路頭長，馬轎相倚去上庄。田租收卜全，明旦因勢返。只處❷正是赤水庄。

（生）好說九郎公得知，面前有一陣人來，想是佃客來，九郎請坐。

（丑上）

（淨唱）我是赤水庄田甲頭，等得日都晝❸，九郎今即到。頭牲有幾个，白米三五斗，醬瓜共春笋，聽候接使頭。

（生外見介）九郎來了，都不知等接。

（外）來，值个❹是甲首？

❶ 蕭蕭：原作「消消」，依吳守禮校改。

❷ 只處：這裡。

❸ 晝：原作「罩」，依鄭國權校改。

❹ 值个：哪個。

(淨)老个❺是甲頭。

(丑)翁仔是柴頭❻。

(外)為何是甲頭?為何是柴頭?

(淨)老个甲頭，趕谷上倉。

(丑)翁仔柴頭，趕柴入竈。

(外)正是障生❼。來啞，甲頭，我先有批來，甲❽恁來扛轎，做乜❾都不來?

(丑淨白介)人都無工，上厝大个去鋤草，下厝第二个去落田，上山福仔不在厝，下厝糞父去撈水溝。

(外)來，眾佃戶人，舊租都赦除，新租限三日都卜完。

(淨丑白介)九郎公啞，今年無收新租，舊租都赦除。翁仔那收三斗谷，食去二十八升，另剩二升卜做種。

(生)今年大收，做倆說無收?甲頭，你去共眾佃戶人說，今年新租都卜完上倉，我自有裁處❿。

❺ 老个：老的。自稱。(依曹小雲說)

❻ 柴頭：木頭人。

❼ 障生：這樣。(依曾憲通說)

❽ 甲：教；叫。(依曾憲通說)

❾ 做乜：做什麼。(依曾憲通說)

❿ 裁處：裁決處置。舊唐書李晟傳：「賊寇未平，軍中給賜，咸宜均一。今神策獨厚，諸軍皆以為言，臣無以止之，惟陛下裁處。」

（淨）只後生，九郎帶你出入乜用⓫？都不去趕谷，那使口使老人。

（生）老禽獸莫無理，走！

（淨）只後生好青真⓬，阮新婦⓭也未敢罵我老禽獸。

（丑看淨白）親家你罵不着人了，你知？

（淨）許後生是誰？

（丑）你去看，看是誰？

（淨看介白）親家，佚⓮了，佚了，人諂⓯泉州三爹。

（淨）正是泉州三機宜⓰，伊來只處卜做乜？

（丑）我曉得了，親家。伊來無別事，定是卜共九郎公買田，共伊來認佃。

（淨）親家，我有思量，哄九郎公去看倉厝⓱，恁便來問三爹。

（丑）親家說是。

⓫ 乜用：什麼用。（依曾憲通說）

⓬ 青真：輕狂。

⓭ 新婦：古時稱兒媳為「新婦」。宋洪邁夷堅甲志張屠父：「新婦來，我乃阿翁也。」

⓮ 佚：吳守禮注：死。

⓯ 人諂：人稱。

⓰ 三機宜：鄭國權注：疑為「三爹年」。

⓱ 厝：原作「匱」，據下文改。

（淨）好說九郎公得知，拙年⑱雨多，倉厝盡熳爛，袂底得谷，請九郎公去看，合該從理。

（外）只話說得是，我去看一看。

（淨）治仔，討門鈎來開倉門。

（外下）

（丑淨白介）三爹拜參，佃戶大膽，恕罪，三爹只來正是卜共⑲九郎公買田，來只處看田？

（生）眾佃戶，都請起，九郎公正是我義爹⑳。

（外上看介）陳三，你入內去記簿帳。

（生下）

（外白）恁眾佃戶人做乜識伊？

（丑淨白介）九郎公你好不識人，只是泉州蓬山嶺後陳運使親小弟，伊兄現任廣南運使，伊叔四川知州。伊也有一大庄田在赤水。

（外）伊有若㉑田在只處，可有若田客㉒？

---

⑱ 拙年：這些年。（依曾憲通說）

⑲ 共：原作「其」，依吳守禮校改。

⑳ 義爹：義父。

㉑ 若：若干；多少。

㉒ 客：原作「有」，據文義改。

（淨）伊有五百田客，九郎公那有五十名田客，那教伊做袂㉓借，也好。

（丑）阮只處值人不作伊田？值人不住伊厝？值人不食伊飯？值人不牽伊牛？值人不看伊羊？

（外上白）陳三也句是好人仔，返去必須周旋㉔伊。內頭叫得陳三出來，分付伊。

（生上）

（外白㉕）陳三你是好人仔，來我厝，因何不說乞我知？

（生）好說九郎得知，陳三厝住泉州，也是好人仔兒，因為官府逃離出來，暫時落泊。

（外）你去提簿出來，叫眾佃戶都報新名，納有若谷？

（生報）（淨白）老个小名叫尾仔，表字叫常說。

（丑）翁仔小名叫糞掃，表記叫門後。

（生）都記名完了。

（外）眾佃戶，聽我分付。

【梨花兒】

（外）今年雨水滿洋㉖落，十分有收也叫無。遞年納谷五百名，嗏，有收無收問你討。

㉓ 袂：疑為「賣」的借音字。（依吳守禮說）

㉔ 周旋：照顧；周濟。三國志魏書臧洪傳：「每登城勒兵，望主人之旗鼓，感故友之周旋。」

㉕ 生上外白：四字原闕，據文義補。

㉖ 洋：大片的田園。這個語詞通行於閩語區。見李如龍編漢語方言特徵詞研究，廈門大學出版社二〇〇二年版，

（生）佃戶近前聽我說，便叫田客來省會。每年納谷五百石，嗏，有收無收你着賠。

（丑淨）三爹說話，佃戶一一着聽，便叫佃客來報名。遞年納谷五百石，嗏，破襦㉗破被緊緊着扶行。

（生）好說九郎得知，陳三早起得一病，頭㉘敢都不頭得，愛卜㉙返去調治。若略好，便來庄上尋九郎。

（外）我正卜㉚用你記數，你又病，返去調治。待我叫幾个田客扛你去，好，來尋我。

（生下）

（淨白）今旦飯卜送來庄上食，那卜就佃戶厝食？

（外）那就你厝食也好，免得擔來生受㉛。

（淨分走介）治仔，快去叫恁母討飯向便，叫：使頭卜來食，起動使頭到翁仔厝。

（入）**赤水收田㉜在溪邊，雨水平落感謝天。**

第二八四—二八五頁。

㉗ 襦：上衣。

㉘ 頭：吳守禮注：顧。

㉙ 愛卜：想要。

㉚ 正卜：正要。

㉛ 生受：困難；不容易。元金仁傑追韓信雜劇第二折：「則麼將謂韓信功名如此艱辛，元來這打魚的覓衣飯吃，更是生受。」

五谷豐登人樂業，新年願卜強舊年。

㉜ 收田：收租。

第三十三出　計議歸寧

【西地錦】

（生）更深什靜❶斷人行，心悶㦀㦀為着人情。

（旦）那為❷二邊好恩愛，果然色膽不驚❸。恁今相惜如惜金。

（生）恩愛做卜海樣深。

（旦）今冥還恁鴛鴦債❹。

（生）風流做鬼也甘心。

（旦）三哥，你共阮爹赤水收庄❺，因乜先返來？

（生）娘仔聽說，我去赤水，庄上五百田客等接，當你爹面盡叫我做三爹。我見不好立起，即假病辭你

---

❶ 什靜：寂靜。

❷ 那為：只為。

❸ 色膽不驚：即色膽包天之意。元王實甫西廂記第三本第三折：「我只道你文學海樣深，誰知你色膽有天來大。」

❹ 鴛鴦債：比喻情侶間未了卻的夙願。

❺ 收庄：吳守禮注：收租。

爹返來。

（旦）三哥，人說：河狹水緊，人急計生❻。

（生）娘仔因何說只二❼句？

（旦）林厝擇只九月卜娶親❽，卜做倆❾好？今有乜思量？

（生）見然障說，我有思量。趁你爹在庄上未返，你共阮走去泉州。待林厝卜娶親，惹起❿告狀，你爹定賠伊聘禮。待許時事志⓫完了，即返來。娘仔你心中是倆樣⓬？

（旦）古人說：話說卜斷，路行卜遠。尔只處都只樣，到恁厝三言二語，到許時即見苦。

（生）娘仔啞，想陳三也不是三心二行⓭个人。

（旦）見然障說，待阮叫益春出來商量。

（旦叫）

---

❻ 河狹水緊二句：即急中生智之意。見增廣賢文。

❼ 二：原作「三」，依鄭國權校改。

❽ 親：原作「青」，依吳守禮校改。

❾ 做倆：幹啥；怎麼。（依曾憲通說）

❿ 起：原作「是」，依吳守禮校改。

⓫ 事志：事情。

⓬ 倆樣：怎樣。

⓭ 三心二行：三心二意。

（貼上）聽見娘仔叫，輕步跕腳⑭行。啞娘叫簡乜事？

（旦）來，益春，因林厝擇九月卜娶親，做倆得好？三哥甲我共伊走去泉州，我心中愛⑮得共你相伴去，你心中倆樣？

（貼）啞娘，你都不見古人說：共君睏破九領席，知君心腹乜落着⑯？共人好不通⑰好到盡，伊泉州怯⑱。啞娘，你乞伊騙值處去賣除⑲即好？

（旦）想三哥不是許一等樣人。益春，你莫疑可過，你共阮到泉州，天大事也莫煩惱，自有人擔待⑳。

（貼）你那卜㉑去，做倆捨得啞公啞媽？

（旦）阮起頭割捨得，到只其段是無奈何。

（貼）見然障說，待簡共啞娘去。

（旦）你共我入繡房內去收拾行李、盤纏，因時起身。

---

⑭ 跕腳：躡腳。
⑮ 愛：要。
⑯ 共君睏破九領席二句：意謂雖然相處日久，但還不清楚對方的心思。
⑰ 不通：不可。
⑱ 怯：壞。
⑲ 賣除：賣了。
⑳ 擔待：原作「耽帶」，據文義改。
㉑ 那卜：要是。

（貼旦上唱）

【西地錦】

三哥你聽我說起，只姻緣不是懶㉒今世。

（生）只是恁前世夫妻結託，今即來到只。

（旦）自恨我生在別鄉里，天差你共阮相見。

（生）今願學青梅㉓崔氏㉔。

（旦）看古人，有只例。

（旦）翻來覆去，未有定期。阮今一身，全怙㉕我君主意。

（生）我今共你走返圓。

（旦）路上去，也畏人相盤問。

（生）去路上我自有主意。

（旦）恐畏林大告官來力㉖。

㉒懶：咱。原作「賴」，據文義改。
㉓青梅：指青梅記，講述盧少春與錦桃以青梅為媒介的愛情故事。
㉔崔氏：指西廂記女主角崔鶯鶯。
㉕怙：依靠；仗恃。
㉖力：捉。

（生）任伊林大富貴有錢，伊敢共我打乜官司？叫益春收拾行李㉗，就今冥走離只鄉里。

（旦）君你百般那為阮，受盡辛苦受盡磨。生死不甘割捨，共君出外乞人做罵名。阮無奈何。但願當天㉘燒香下紙，路上去畏七㉙林大。

（貼）七月十四三更時，三人同走出只鄉里。

（旦）君恁有心阮也有意。月光風靜，是好天時㉚。

（貼）打併錢銀卜簡身邊，路上去做盤纏。

（生）捻起只衣裳，打扮卜齊整。懶今三人因勢㉛卜行程。

（生）娘仔你頭上，釵插卜端正。十四冥月光，照見懶三人形影，恁今三人惡割捨㉜。

（貼）有心到泉州，畏七山共嶺？打緊㉝走來去，又畏人趕力㉞。

㉗ 李：原作「里」，據文義改。

㉘ 當天：對天。

㉙ 畏七：怕什麼。

㉚ 天時：天氣。

㉛ 勢：原作「世」，依吳守禮校改。

㉜ 惡割捨：難割捨。

㉝ 打緊：趕緊。（依曾憲通說）

㉞ 趕力：追捕。

第三十四出　走到花園

【四邊靜】

（旦❶）走到花園心都碎。

（生）娘仔着切❷做乜？

（旦）也曾共君園內相隨，共君相惜，心夭未飽醉❸。

（生）娘仔，強企❹行上幾❺步。

（旦）隨趁君走，心頭即開。三哥，我譬論❻你聽。

（生）譬論乜人？

（旦）當初好烈女，棄死身為誰？捨身到只處，准做恁厝❼鬼。若還不中恁厝爹媽，乜

❶ 旦：原缺，據文義補。

❷ 着切：急切。（依曾憲通說）切，恨。

❸ 醉：原缺，依吳守禮校補。

❹ 強企：勉強。（依曾憲通說）

❺ 幾：原作「已」，依吳守禮校改。

❻ 譬論：譬喻。

解圍❽？許時節，各選別頭對。舉目無親，甲❾阮看誰？

（生）娘仔莫想東共西，去到泉州好怯❿即知。

（旦）放覓⓫爹媽共君走，情重如山，恩深似海。上高落下⓬。

（生）娘仔捍定⓭。

（旦）路細⓮險隘。值處⓯鼓鳴？

（生）正是城樓上鼓發擂。

（旦）又聽見城樓上，喝㗂⓰返更牌，驚得我，腳痠步行不進前。

（生）益春，在恁啞娘力腳帛⓱解除⓲行。

❼ 恁厝：您家。

❽ 解圍：原作「改為」，依吳守禮校改。

❾ 甲：教；叫。（依曾憲通說）

❿ 好怯：好壞。（依曾憲通說）

⓫ 放覓：放開。覓，放。見連金發荔鏡記趨向式探索。

⓬ 上高落下：此四字疑應為下句生角之口白。（依吳守禮說）

⓭ 捍定：支持；把持。見施炳華荔鏡記音樂與語言之研究，文史哲出版社二〇〇〇年版，第四五八頁。

⓮ 路細：路窄。

⓯ 值處：什麼地方。

⓰ 喝㗂：吆喝。

⓱ 腳帛：裹腳布之義。（依洪惟仁說）帛，原作「白」，依吳守禮校改。

（貼）伊當初為你辛苦萬千般，懶今旦為伊腳痛也着行。

（旦）為君你辛苦不敢呾，目滓⑲流落不敢做聲。憶着我厝爹媽心頭痛，寸步惡起⑳受盡驚惶。

（合）值時㉑得到泉州城？

（貼）益春說乞官人聽，阮厝娘仔不曾識㉒出來行。行來腳又痛，山嶺崎如壁。

（生）感謝你好意，扶持恁娘仔，逃㉓得身走離，我心即歡喜。

（旦）為君辛苦無奈何，目滓愛流就腹內花㉔。

（生）感謝娘仔，一路為阮人情。

（合）返頭聽見雞啼犬吠聲，打緊來去，畏人來力。（並下）

⑱ 解除：解開。解，原作「改」，依吳守禮校改。

⑲ 目滓：眼淚。（依曾憲通說）

⑳ 寸步惡起：寸步難行。

㉑ 值時：什麼時候。（依曾憲通說）

㉒ 識：原作「八」，吳守禮注：表音。

㉓ 逃：原作「頭」，依吳守禮校改。

㉔ 花：萬曆本作「灰」。吳守禮：「花」表音，「灰」表義，熄滅也。參吳守禮新刻增補全像鄉談荔枝記研究——校勘篇，一九六七年六月油印本，第十九頁。

第三十五出　閨房尋女

【大迓鼓】

（丑）日上東廊照西廊，不見五娘起梳妝。不見陳三起掃厝，不見益春點茶湯。早起樹鳥叫，毛❶人心酸。陳三昨暮日在庄頭返來，說伊身得病。早起拙晏❷睏，都不見起來，也不見五娘起梳妝，也不見益春煎茶湯。早起樹鳥頭上吼，必定有蹺蹊❸。厝內叫得小七出來。

（淨）七早八早❹，叫人乜事？

（丑）你去看陳三好啞未❺？甲❻伊起來掃厝。

（淨）陳三都不見在許房內睏。

（丑）不值去？

❶ 毛：惹；引。

❷ 拙晏：這麼晚。（依曾憲通說）

❸ 蹺蹊：奇怪；可疑。

❹ 七早八早：一大早。（依林倫倫說）

❺ 好啞未：好了沒有。

❻ 甲：教；叫。

（淨）莫畏是上東尸❼，加留❽廁內？
（丑）你去尋益春，甲伊叫啞娘起來梳頭。
（淨）益春也都不見。
（丑）莫畏起來在啞娘繡房內去了？你去啞娘繡房內去尋伊來。
（淨）連啞娘都不在繡房內。
（丑）死狗，待我去尋。
（介）害了，天日啞，陳三、五娘、益春都不見，必想只三人相焄走❾了。卜乜煞❿！小七，你去庄頭報乞啞公知，莫說五娘、陳三、益春走了，恐畏眾佃戶知了。那叫是只厝人尋伊，甲伊放緊緊⓫到來。
（淨）我當原⓬共啞公說，叫許泉州人怯⓭，不是物⓮。啞公貪伊生得清水⓯，卜打伊獅。

---

❼ 東尸：廁池。（依曾憲通說）
❽ 加留：掉落。
❾ 相焄走：相約出走。（依曾憲通說）
❿ 煞：原作「殺」，依吳守禮校改。
⓫ 放緊緊：趕緊。
⓬ 當原：當初。
⓭ 怯：壞。（依曾憲通說）
⓮ 不是物：不是東西。
⓯ 清水：美。閩南語。水是擬音字。方言：「南楚之外，艷美曰嫷。」見施炳華荔鏡記的用字分析與詞句拾穗。

（丑）青冥頭⑯！莫茹咀⑰，緊去緊來⑱。
（淨）我腳痛，句袂得⑲向行緊。
（丑）許後馬房，牽驢母⑳放騎去。
（丑）不見仔兒皺雙眉。
（淨）思量那是只奴才。
（丑）樹鳥客鳥同枝宿，好怯㉑全然未得知。

⑯ 青冥頭：瞎了眼，罵人的話。（依曾憲通說）
⑰ 茹咀：亂說。（依曾憲通說）
⑱ 緊去緊來：快去快回。
⑲ 句袂得：還不能。
⑳ 驢母：母驢。
㉑ 好怯：好壞。

第三十六出　途遇小七

【地錦出】

（外上）我今收租都完備，因時收拾轉鄉里。正是回馬不用鞭，一里過了又一里。

（淨）心忙行來緊，腳痛手❶又痠❷。

（外）小七，你慌❸忙趕來有乜事？

（淨）懶厝❹有凶事❺。

（外）禽獸，凶事做倆說❻？

（淨）昨冥小八力❼啞娘、益春都焉走除❽。

❶ 手：原作「來」，依吳守禮校改。
❷ 酸：原作「朘」，依吳守禮校改。
❸ 慌：原作「荒」，依吳守禮校改。
❹ 懶厝：咱家。
❺ 凶事：不祥之事；災禍。
❻ 做倆說：怎麼說。
❼ 力：把。

（外）小八力啞娘、益春都𤆬走除？

（淨）正是。

（外）是虛啞是實❾？

（淨）是實實。

（外）天日啞，做倆好？**是我一時都不疑，庄上假病托故返院。今旦惹出只事志❿，思量反悔也可遲。**

（淨）**叵耐⓫小八可無理，力啞娘益春𤆬走不見。思量起，乜心悲，憶着益春那好啼。**

（外）今到懶厝了。小七，叫啞媽出來。

（淨叫）

（見介）

（丑上）關門厝內坐，禍從天上來。

（丑白）老个⓬返來了，不肖子昨冥共人走除。

---

❽ 𤆬走除：引走了。𤆬，引。見施炳華荔鏡記音樂與語言之研究，文史哲出版社二〇〇〇年版，第四六九頁。

❾ 是虛啞是實：是假還是真。

❿ 事志：事情。

⓫ 叵耐：不可忍耐；可恨。

⓬ 老个：老的。（依曹小雲說）

（外）你只老虔⑬，飼仔繡房內，無半目去巡視，卜你乜用⑭？

（丑）莫說你簪頭插紙，引鬼入宅。當初親情⑮是你做个，嫌女婿醜貌不中仔意，即會障生⑯。

（外）你幹乜事！

【繡停針】

惜仔如惜金，誰知伊心去同別人心？叵耐陳三可僥倖⑰，力仔𤆬走不見蹤⑱，死賊奴你虧人至甚。

（外）是我當初無所見，全不覺悟通⑲說乜⑳。假學磨鏡都不疑。罷罷，都是我錯了，一來不合收陳三只厝內，弄出醜事。

（丑）今緊緊甲人去拿。

（外）陳三也是官蔭人仔㉑，我共伊去庄上，田客个个叫伊做三爹，說伊兄見任廣南運使，伊叔任四川

---

⑬ 老虔：老虔婆，舊指以好聽話取悅於人的不正經老婆子。

⑭ 乜用：什麼用。

⑮ 親情：婚姻。

⑯ 障生：這樣。（依曾憲通說）

⑰ 僥倖：企求非分。莊子在宥：「此以人之國僥倖也。」陸德明釋文：「僥倖，求利不止之貌。」

⑱ 蹤：原作「縱」，據文義改。

⑲ 通：可。

⑳ 說乜：說什麼。

知州，家後七樣㉒富貴。赤水庄有恁十倍田，共恁仔是前世姻緣，乞伊走得到厝也好。

（丑）林厝卜討新婦㉓，甲阮共伊去？

（外）林厝任伊去告，那是賠伊財禮便罷。

父母惜仔如惜金，誰知仔兒不同心㉔。

是我當初無所見，弄出一禍這樣深。

㉑ 官蔭人仔：官宦子弟。蔭，蔭庇，因祖先有勛勞或官職而循例受封、得官。

㉒ 七樣：什麼樣。

㉓ 新婦：古時稱兒媳為「新婦」。

㉔ 不同心：三字原漫漶不清，依吳守禮校補。

第三十七出　登門逼婚

【風檢才】

（淨）我是潮州林大爹，打扮是消勞❶。頭上戴帽，腳下穿靴，今旦日來見厶爹❷。只處正是阮親家厝，因乜❸都无人在只廳上？不免叫一聲。

（外）无事關門厝內坐，悶在心中誰得知？

（淨）親家唱喏。

（外）賢郎莫怪。

（淨）我不是家神❹，袂❺怪人。

❶ 消勞：鄭國權注：疑為瀟灑。

❷ 厶爹：岳父。

❸ 因乜：為什麼。

❹ 家神：舊時常供奉家神牌位和家神龕，每逢婚喪喜事，年慶節日，都要進行祭拜。目前南方農村仍然時有所見。有兩種牌位寫法：第一種以本族堂號郡望書寫牌位，多見於臺灣、福建、廣東、江西、湖南、浙江。第二種則寫「天地國親師」牌位，多見於四川、湖北、湖南西北部、貴州、雲南、廣西西北部等地區。

❺ 袂：不會。

（外）失禮。小七，討椅來坐。
（淨）親家拙久❻都好？
（外）暫時過日。
（淨）親家高姓？
（外）老拙姓黃。
（淨）大肚黃❼，也是三畫王？
（外）正是大肚黃。未知賢郎來只貴幹？
（淨）今日卜來見我娘仔❽。
（外）那卜❾見娘仔，也着媒人來。
（淨）阮媽見人說娘仔、益春乞❿陳三焉⓫走了，阮媽甲我來看是不是。甲娘仔出來，乞我見一下。
（外）只禽獸好無狀⓬，只話是誰說？那卜無乞⓭你見是……？

---

❻ 拙久：這麼久。
❼ 大肚黃：因為「黃」字中間「田」字看來有點像大肚子，所以俗稱「大肚黃」。
❽ 娘仔：對女子的尊稱。（依曾憲通說）
❾ 那卜：要是。
❿ 乞：給。
⓫ 焉：帶。
⓬ 無狀：謂行為失檢，沒有禮貌。三國演義第十八回：「（曹操）乃問嘉曰：『袁紹如此無狀，吾欲討之，恨力

（淨）無乞我見，定要告你。

（外）告我乜事？

（淨）告你討厶⓮。

（外）誰欠你厶？

（淨）你欠我厶。

（外）你一形狀，不親像⓯猴，不親像鬼，誰人卜嫁乞你？

（淨）你無厶還我，定告你官司。

（外）我看你一形向生⓰，識⓱乜官司？

【四邊靜】

（淨）**我告你收我聘禮。**

（外）誰人收你聘禮？

（淨⓲）**騙我金銀去可⓳多。**

不及，如何？」

⓭ 無乞：不給。

⓮ 厶：妻子。

⓯ 親像：好像。

⓰ 向生：那樣。（依曾憲通說）

⓱ 識：懂。

（外）誰人收你金銀？

（淨⑳）縱容奴婢共五娘走，看你幹一乜藝㉑？告到官司，乜話通改㉒。許時不存㉓你老大，打你加川㉔，厶了也着還。

（外）看你本事我未見，那會中飯屎肚㉕滿。是我仔共你無緣，怨你呆癡。

（淨）只樣仔婿㉖不中你，世界討無。若還討無厶還我，定要告你。

（外）看你不識道理，識乜官司。任你去告，便卜倆年㉗？那是賠你禮聘，不驚些兒，定卜贏你林大鼻。小七，攑槌仔來，力林大鼻打一頓乞伊去。

（淨）黃中志，你甲小七打我，我不走不是丈夫仔㉘。

---

⑱ 淨：原缺，據文義補。

⑲ 可：比較之意。見施炳華荔鏡記音樂與語言之研究，文史哲出版社二〇〇〇年版，第四七五頁。

⑳ 淨：原缺，據文義補。

㉑ 乜藝：什麼事。

㉒ 通改：可以掩蓋。改，通「蓋」。

㉓ 不存：不管。

㉔ 加川：屁股。（依曾憲通說）

㉕ 屎肚：腹部。（依曾憲通說）

㉖ 仔婿：女婿。（依曾憲通說）

㉗ 倆年：怎麼樣。（依曾憲通說）

㉘ 丈夫仔：男孩。（依曾憲通說）

（淨下）

（外白）畜生只樣無狀，罷罷，是我不着。伊今必定去告我，我不免去當官去共伊明白。重賠聘禮，別無大事。

（入）正是人無遠慮，果然必有近憂㉙。

㉙ 正是人無遠慮二句：人沒有長遠的考慮，一定會出現眼前的憂患。意謂做事應有長遠的眼光，周密的考慮。論語衛靈公：「子曰：『人無遠慮，必有近憂。』」

第三十八出　詞告知州

（丑）一字入公門，九牛拖不出❶。小人是本州堂上牌頭❷。說都未了，老爹來到。（唱）畏畏❸。

【西地錦】

（末上）**做官清正有名，恰是光月照東京。民人樂業，天下自然見太平。**國正天心順，官清民自安❹。下官姓趙，名得。一任知州，百姓人盡都歡喜。今旦❺是告狀日期，左右掛起放告牌❻，乞人❼告狀，不許阻當。

❶ 一字入公門二句：俗諺。謂一張狀紙送進衙門，便身遭訟累，無從擺脫。語出普燈錄黃龍慧南禪師：「一字入公門，九牛曳不出。」

❷ 牌頭：舊時對差役或軍士的敬稱。水滸傳第九回：「林沖正在單身房裡悶坐，只見牌頭叫道『管營在廳上叫喚新到罪人林沖來點名。』」

❸ 畏畏：衙役的吆喝聲。

❹ 國正天心順二句：宋汪洙神童詩詩句。意謂官風清正則百姓安居樂業。

❺ 今旦：今日。

❻ 放告牌：舊時官府每月定期坐衙受理案件時掛出的通告牌。元無名氏爭報恩雜劇第二折：「現為濟州知府之職，今日升廳坐早衙，張千，喝攛箱抬放告牌出去。」

（丑分付介）

（淨上）告狀，老爹。

（末）告甚麼狀？

（淨）告討老婆事。

（末）討老婆是姦情的事。

（淨）不是，老爹，是拐老婆。

（末）左右，接上來看。

（丑接讀介）告狀人林大鼻，年三十四歲，係在坊民籍❽。狀告縱奴姦家長女事。先年憑媒李大嫂用銀二百兩，送到坊民黃中志家，收准為聘禮，對伊女黃五娘為婚，未完娶。不期中志養得泉州客人陳三在家為奴，縱容伊女與陳三通姦，情厚。本月十五夜，叫同使女益春，跟同陳三私奔走去泉州。至次早，大鼻聞知，前去娶婦，致被中志怪恨，辱伊門風❾，欺凌良善，歹行不認前❿，強將大鼻亂打。無奈走回，備情乞告：提獲黃中志到臺鞫審⓫。庶免⓬用財娶婦，被其拐走無歸；庶免風俗有乖⓭，受虧罔

---

❼ 乞人：給人。

❽ 民籍：一般老百姓，區別於「官籍」。古代被編入官籍的是國家官吏、世代相傳的工匠、官府的奴隸、罪犯等。

❾ 門風：原作「明風」，依吳守禮校改。

❿ 不認前：不承認以前的事。

⓫ 鞫審：審問。鞫，審問犯人。原作「鞠」，依鄭國權校改。

屈⑭。具告。
（末）有這等情無？
（淨）有啞，老爹。
（末）是實情不是？
（淨）果有這情，小的不敢誣告。
（末）叫刑房吏過來。
（末）將此一張狀替我上案，就出牌差捕甲⑮、皂隸⑯星火去拿。林大原告，召保明候。

（入）叵耐⑰陳三無思量，敢來拐走黃五娘。
此去若還力⑱得着，一場官府受虧傷。（下）

⑫庶免：以免。
⑬乖：乖違。
⑭罔屈：猶枉屈。罔，原作「罔」，依鄭國權校改。
⑮捕甲：捕快。
⑯皂隸：古代賤役。後專稱舊衙門裡的差役，常穿黑色衣服。皂，玄色；黑色。
⑰叵耐：不可忍耐；可恨。
⑱力：掠；拿。

第三十九出　渡過溪洲

【金錢花】

（淨丑扮舡❶）新做渡舡走如蜂❷，紙舡須用鐵艄公❸，紙舡須用鐵艄公。兄弟過舡不放空，莫說我只舡是浪蕩，一日有千萬人。

（生旦貼上）三人走到赤水溪邊，三人走到赤水溪邊，未知過溪着若❹錢？未知過溪着若錢？一隻小舡在岸邊，來載阮，不論錢，過了只溪即歡喜。

（淨丑从唱）舡仔❺駛❻在溪中遊，舡仔駛在溪中遊，問你三人去值州？問你三人去值州？有乜話❼共阮說，乜利市❽乞阮收，載你三人過溪洲。

---

❶舡：即船。此處指船夫。

❷蜂：疑當作「風」。

❸艄公：原作「稍公」，依吳守禮校改。

❹若：若干；多少。

❺舡仔：船夫。

❻駛：原作「使」，依吳守禮校改。

❼乜話：什麼話。

（生旦貼唱）待阮等到日都罩，待阮等到日都罩。坐人不知立人苦痛，坐人不知立人苦痛。金釵乞恁准花紅，千萬莫說阮三人，莫得牽山那鉋動。

（淨丑唱）聽恁障說阮便知，聽恁障說阮便知，有乜金釵便提來，有乜金釵便提來。娘仔寬心莫煩惱，阮口密成米篩。有人問我叫不知。

（生旦貼）待阮說乞恁聽，阮三人都是親情。伊是小妹，阮是兄，只是簡❾。相共行，卜去泉州探親情❿。

（入白）渡舡抛泊在溪洲，一任江山一⓫任遊。水鴨鴛鴦拍櫓動，飛入蘆花不知收。（並下）

❽ 乜利市：什麼生意。
❾ 只是簡：這是佣人，指益春。
❿ 探親情：探親。
⓫ 一：原缺，依鄭國權校補。

第四十出　公人過渡

【窣地錦襠❶】

（丑外）批文緊急力❷私情，連冥透暗❸也着行。走到只處腳又痛，陳三、五娘不見影。

兄弟啞，只是赤水溪，溪水緊，惡❹得過。

（外）都有一隻渡舡仔，在許上過來。

（丑外叫介）舡！載阮過赤水。

（末白介）兄弟莫了踏破阮舡。

（丑）快快載我過去。

（淨）兄弟啞，搭舡須用錢，有錢也無？

（丑）阮有錢。早起有丈夫共一孜娘❺，又有一孜娘簡仔❻過去啞無？

---

❶ 窣地錦襠：原作「卒地當」，依吳守禮校改。

❷ 力：掠；拿。

❸ 連冥透暗：夜以繼日之意。

❹ 惡：難。（依林倫倫說）

（末）有三人過去了，伊分付甲❼阮莫得說。

（丑）去有若久❽？

（末）恁問伊卜做乜❾？

（丑）伊三人是相悉走❿，阮是官司差卜去力伊。

（末）向說⓫，即在⓬只前頭去。

（介）只舡載恁過溪邊，阮也不收恁舡錢。

（外）恁乜事⓭不收錢？

（末）恁是公差人，收恁錢討自吊⓮。

❺ 孜娘：女子。

❻ 孜娘簡仔：婢女。

❼ 甲：教；叫。

❽ 若久：多久。

❾ 做乜：幹什麼。（依曾憲通說）

❿ 相悉走：相約出走。

⓫ 向說：這樣說。

⓬ 即在：就在。

⓭ 乜事：什麼事。

⓮ 討自吊：討自殺，意即不法行為。（依蔡欣欣說）

（外）阮今憑你說下落，若卜⓯不見，你着纏⓰。

（並下）

⓯ 若卜：若要。

⓰ 着纏：討打。「纏」是「挃」的借音字，「挃」（音 tìnnh），音近「纏」（音 tînn）。（依洪惟仁說）挃，撞；搗；刺。

第四十一出　旅館敘情

【秋夜月】

做緊❶，做緊，且趁日頭未❷，那恨襪小弓鞋❸短。為着人情到只處，又畏爹媽趕來尋。定是惹出一場禍，彩雲易散琉璃脆❹。

（旦白）官人啞，阮腳痛，都袂行❺了。

（生）娘仔做緊行上幾❻步，前去便是客店。

（旦）我今寸步難行。

【拈地風】

腳瘦手軟行不起，依倚步步啼。腹內又驚又飢，卜力着❼做侢❽得變？恁今強企❾行一

❶ 做緊：趕緊。（依曾憲通說）

❷ 日頭未：太陽沒有落山。

❸ 弓鞋：舊時纏腳婦女穿的鞋子，其形短小似弓，故名。（依曾憲通說）

❹ 彩雲易散琉璃脆：唐白居易簡簡吟：「大都好物不堅牢，彩雲易散琉璃脆。」意謂美好事物易受損害。

❺ 袂行：不能走。（依曾憲通說）

❻ 幾：原作「已」，依吳守禮校改。

里，前去店內歇一冥⑩。益春，叫店主出來。

（貼叫）

（淨上）行船坐舖，不離寸步。

（見介）恁卜歇店，請入內來。

（生旦貼介）店婆，阮行來辛苦，恁有好酒啞無？

（淨）婆仔十分有好酒。

（生）見是⑪有好酒，打一壺來。

（淨）釀成春夏秋冬酒，醉倒東西南北人⑫。酒在此。

（淨下）

【江兒水】

（生）一更鼓打，月朦朧，照見恁三人。勸食一杯酒，且解⑬心頭鬆⑭，人情相惜不甘

---

⑦ 卜力着：要是拿住。力，掠：拿。

⑧ 做侢：幹啥；怎麼。

⑨ 強企：勉強。（依曾憲通說）

⑩ 一冥：一夜。

⑪ 見是：既是。

⑫ 釀成春夏秋冬酒二句：舊時酒店常用作楹聯。

⑬ 解：原作「改」，依吳守禮校改。

放。

（旦）二更鼓打，月在天邊，勸君食些兒。半醉又半醒，半驚半歡喜。憶着恩情畏雞啼。

（貼）三更鼓打，月正光，三人說起乜心酸。覓除⑮爹媽在後頭，思量起來目滓⑯流。

（旦）四更鼓打，月斜西，共君說盡今宵事。你莫學負心蔡伯喈⑰，王魁賊乞丐，誤了桂英不瞅睬⑱。

（貼）五更鼓打，天漸光，雞啼聲鬧亂。娘仔起梳妝，菱花鏡⑲抱來瞈⑳，照見啞娘面青

⑭ 鬆：原作「雙」，依吳守禮校改。

⑮ 覓除：放開。覓，放。見連金發荔鏡記趨向式探索。

⑯ 目滓：眼淚。

⑰ 蔡伯喈：琵琶記男主角。琵琶記的前身宋代戲文趙貞女蔡二郎寫蔡二郎應舉，考中狀元，他貪戀功名利祿，拋棄雙親和妻子，入贅相府。其妻趙貞女在饑荒之年，獨力支撐門戶，贍養公婆，竭盡孝道。公婆死後，她以羅裙包土，修築墳塋，然後身背琵琶，上京尋夫。可是蔡二郎不僅不肯相認，竟還放馬踩踹，致使神天震怒。最後，蔡二郎被暴雷轟死。在高則誠改編的琵琶記中，蔡伯喈並非負心另娶，而是被牛丞相逼迫入贅。

⑱ 王魁賊乞丐二句：南戲劇本王魁負桂英，一名王魁。作於南宋光宗時，作者不詳，是今知最早的南戲作品之一，僅存少數曲詞。另元代尚仲賢有海神廟王魁負桂英雜劇，僅存曲詞一折。劇本取材於民間傳說，敘妓女焦桂英資助書生王魁讀書赴考，王得中狀元後棄桂英另娶，桂英憤而自殺，死後鬼魂活捉王魁。現代不少劇種仍有此劇目。瞅睬，原作「秋采」，依吳守禮校改。

⑲ 菱花鏡：古代銅鏡名。鏡多為六角形或背面刻有菱花者名菱花鏡。趙飛燕外傳：「飛燕始加大號婕妤，奏上三十六物以賀，有七尺菱花鏡一奩。」

黃。

（生白）天色句未光，未有人行路，不免辭除店主，早行幾步。

（生旦貼走介）

【四邊靜】

（生㉑）見說洛陽花似錦㉒，果然娘仔有只真心。江海雖㉓深，無恁人情深。雙人做卜如花似錦。

（貼㉔）五更月落花園頭，五娘牽君目滓流。為着君人情，割捨共君走。又畏天光，那畏人來力㉕。人情似水，刀劍破不開。穿線入石㉖，也卜共君相隨。

（旦）共君斷約㉗柳樹兜㉘，風吹柳葉絆㉙郎頭。泉州路遠，泉州路遠，甲㉚阮值時㉛行

---

⑳ 瞈：看。（依曾憲通說）

㉑ 生：原缺，據文義補。

㉒ 花似錦：形容花開得繁盛。唐楊巨源城東早春：「若待上林花似錦，出門俱是看花人。」

㉓ 雖：原作「須」，依吳守禮校改。

㉔ 貼：原缺，據文義補。

㉕ 力：掠；拿。

㉖ 穿線入石：即海枯石爛之意。

㉗ 斷約：約會。

㉘ 樹兜：樹旁。「兜」為時間、空間約略詞。見施炳華荔鏡記的用字分析與詞句拾穗。

得到？那礙爹媽在後頭。值曾識㉜出路，受只艱辛？今旦為君，識只路程。玉露濕透胭㉝粉面，輕風吹送柳搖金。英臺山伯冤魂結深㉞，是阮前世湊合恁。今旦為君，論乜山嶺萬重？

（生）綠水青山是畫圖，星光水現正好行路。一輪光月照見柳搖金，輕風吹送蓮花舞。感謝娘仔，煩動我小妹，今旦為恁碧雲煙。三人行到藍橋路㉟。神仙景，行入帝王都。

㉙ 絆：原作「半」，依吳守禮校改。

㉚ 甲：教；叫。（依曾憲通說）

㉛ 值時：什麼時候。（依曾憲通說）

㉜ 曾識：原作「情八」，依吳守禮校改。

㉝ 胭：原作「烟」，依吳守禮校改。

㉞ 英臺句：梁山伯、祝英臺傳說，產生於晉朝。現存最早的文字材料是初唐梁載言所撰的十道四蕃志。到了晚唐，張讀所撰的宣室志作了文學性渲染，可見其大致輪廓：「英臺，上虞祝氏女，偽為男游學，與會稽梁山伯者同肄業。山伯，字處仁。祝先歸。二年，山伯訪友，方知其女子，悵然如有所失。告其父母求聘，而祝已字馬氏子矣。山伯後為鄞令，病死，葬鄮城西。祝適馬氏，舟過墓所，風濤不能進，問知山伯墓，祝登號慟，地忽逢裂陷，祝氏遂并葬焉。晉丞相謝安奏表其墓曰義婦冢。」故事產生地又有多種說法，情節大致相近。

㉟ 藍橋路：唐代裴鉶所作小說傳奇裴航說，唐長慶間秀才裴航遊鄂渚，買舟還都。一次路過藍橋驛，遇見一織麻老嫗，航渴甚求飲，嫗呼女子雲英捧一甌水漿飲之，甘如玉液。航見雲英姿容絕世，因謂欲娶此女，嫗告：「昨有神仙與藥一刀圭，須玉杵臼搗之。欲娶雲英，須以玉杵臼為聘，為搗藥百日乃可。」後裴航終於找到

但願只去平安，心內即不見憂苦。

（入）（白）憶着爹媽淚哀哀，娘仔寬心莫皺眉。

樹鳥客鳥同枝宿，好怯㊱全然未得知。（並下）

月宮中玉兔用的玉杵臼，娶了雲英，夫妻雙雙入玉峰，成仙而去。宋元話本藍橋記、元庾天錫裴航遇雲英雜劇、明龍膺藍橋記傳奇、楊之炯藍橋玉杵記傳奇均以此為題材。

㊱ 好怯：好壞。（依曾憲通說）

第四十二出　靈山說誓

【粉蝶兒】

（末判淨鬼❶）親領娘娘勅旨❷，不敢違遲。神通變化無比，威風顯聖無偏，金爐內香煙不離。小神不是別神，便是靈山廟娘娘殿前着法❸判官便是。娘娘出去赴會未返，恐畏遠近弟子來廟燒香下紙，須着速扮❹威儀。

（淨）正是展起神通光一點，免得迷人暗處行。

（生旦貼上）

【縷縷金】

行來到靈山廟口，判官小鬼把在門兜❺。廟前生草，無人行到。君恁先行，阮隨後。三

❶ 末判淨鬼：末扮判官，淨扮鬼。
❷ 敕旨：帝王的詔旨。後擴展用於神仙。
❸ 着法：執法。
❹ 扮：原作「辦」，依吳守禮校改。
❺ 門兜：門跤口，即門口。「兜」為時間、空間約略詞。見施炳華荔鏡記的用字分析與詞句拾穗。

人入廟內，燒香告投❻，燒香告投。

（生）請娘仔燒香。

（旦）官人燒香便是。

（生）弟子是泉州人民，在此潮州經過。恐畏前去路途不平，善願投娘娘保庇❼。

（生旦貼拜）

【蠻牌令】

一齊告神祇❽，燒香獻紙錢。保庇阮三人，走卜身離。乞靈聖，暗相扶持，到泉州心即歡喜。許時來謝神祇，娘娘爾聖廟，阮來全新更❾起。

（生）燒香了❿，做緊⓫起身。

（旦）官人，姻緣說卜盡，恁丈夫人口說無憑，莫待去到你厝虧心。益春，到只處誰人是親。

（貼）官人，阮娘仔來到只處，即憶着厝。

❻ 告投：禱告。

❼ 保庇：保佑。

❽ 神祇：泛指神。神，指天神。祇，指地神。

❾ 更：原作「各」，依吳守禮校改。

❿ 了：完畢。

⓫ 做緊：趕緊。（依曹小雲說）

（生）娘仔到只其段即猶豫，娘仔既⑫不信，待小人就娘娘面前咒誓⑬。

（旦）你咒。

（生）**有神明在阮做證明，到我厝若虧心，娘娘你報應，譴責伯卿。**

【尾聲】

（旦）**君恁有心阮有情，到其段⑭說無盡，三人一齊行做緊⑮。**全望娘娘相推排⑯，夫妻一對早和諧。（下）

（末淨）好生叵耐⑰，三人空口哺⑱舌來下紙，只一丈夫⑲便是泉州人氏，只諸娘⑳是潮州人，二人是前世夫妻。今走來懶㉑只廟內下紙。後去句有一大難，即會夫妻團圓。恁今迷乞伊走不離，乞人力着㉒。

---

⑫ 既：原作「記」，依吳守禮校改。

⑬ 咒誓：賭咒發誓。敦煌變文集目連緣起變文：「汝若今朝不信，我設咒誓，願我七日之內命終，死墮阿鼻地獄。」

⑭ 到其段：疑應作「到只其段」。

⑮ 做緊：趕緊。

⑯ 推排：安排。

⑰ 叵耐：不可忍耐；可恨。

⑱ 哺：原作「步」，依吳守禮校改。

⑲ 丈夫：男人。

⑳ 諸娘：女人。

㉑ 懶：咱。原作「賴」，依吳守禮校改。

（下白）差遣㉓陰兵去迷伊，乞人力去到官司。路遇伊兄都堂返，判斷雙人得團圓。

㉒ 力着：拿住。力，掠；拿。

㉓ 遣：原作「遺」，據文義改。

第四十三出　途中遇捉

【金錢花】

（生旦貼上）乜人喝嗷❶聲起？乜人喝嗷聲起？腳瘦手軟提不起。

（淨末上力）㑑只三人走去值❷？

（合）告將軍，可憐見，卜❸錢銀無半奤。饒阮性命返鄉里。

（淨末）阮不是賊，阮是知州差來力㑑三人。

（生）官差跪伊做乜❹！

（起白）刀劍雖利，不斬無罪之人❺。你是乜人卜力阮？

（淨）只一後生句可惡。阮公差，林大告你拐走伊厶❻，現有牌面❼在只，你看一看。

❶ 喝嗷：吆喝。

❷ 走去值：走到什麼地方去。

❸ 卜：要；想要。

❹ 做乜：幹什麼。（依曾憲通說）

❺ 刀劍雖利二句：意謂無罪不應當受罰。明范立本輯明心寶鑑：「太公曰：日月雖明，不照覆盆之下；刀劍雖利，不斬無罪之人。」

（生）誰卜看你牌面？干礙我乜事！

（淨）你夭箭❽，你是陳三。

（生）誰是陳三？

（淨）你是五娘。

（旦）誰是五娘？

（淨）你是益春。

（貼）誰是益春？

（淨）都箭去。

（末）第二个伊是謔你。

（淨）來，後生个，我今年四十歲，當有四、五十年皂隸❾了，莫謔我。

（生）障說❿，便是積年⓫。

---

❻ ㄙ：妻子。

❼ 牌面：元代公文名。一為由朝廷發給作為出差的憑證，驛官憑以給馬的文書。元史兵志：「無牌面而給馬，或有牌面而不給者，皆罪之。」二為元代發給有功者的獎牌，謂「降宣敕牌面」。

❽ 夭箭：即「夭諍」（音 iáu tsìnn），還狡辯之意。「箭」（音 tsìnn）是「諍」（音 tsìnn）的借音字，辯解之義。（依洪惟仁說）

❾ 皂隸：古代賤役。後專稱舊衙門裡的差役，常穿黑色衣服。皂，玄色；黑色。

❿ 障說：這樣說。（依曾憲通說）

（淨）閑話人說，誤力無誤放⑫，力來去⑬，乞你會不是，我着回你。

（旦）官人卜做倆得好？

【皂羅袍】

（生⑭）**首領哥哥，聽阮告說。無奈何，千萬乞一面皮。犯姦八十，有乜大罪？做一些仔人情，免阮受災禍。**

（淨）你都不聽見人說：快活霎時久，煩惱一厝間。來去，我袂⑮管得。

（生旦）**送銀十兩為阮回去。**

（淨⑯）天光間眾了⑰，一百兩亦不敢放伍去，賣放罪無人坐。

（生旦）**由伊卜監卜禁，由伊卜斬卜砍，乞阮三人做一處。**

（淨）你只人舊性不改，那因三人做一處，即會惹禍，又卜三人做一處？

---

⑪ 積年：指有多年實踐、經驗豐富的人，或閱歷很深、懂得人情世故的人。元關漢卿金線池雜劇第四折：「你在我衙門裡供應多年，也算的個積年了，豈不知衙門法度？」

⑫ 誤力無誤放：今多作「錯掠無錯放」。意謂抓錯了，便將錯就錯，不會把錯抓的人放走。（依林倫倫說）

⑬ 力來去：捉起來送到衙門。見連金發荔鏡記動詞分類和動相、格式。

⑭ 生：原缺，據文義補。

⑮ 袂：不會。

⑯ 淨：原缺，據文義補。

⑰ 天光間眾了：光天化日之下人多了。

（旦）今到只處，乜見受苦。犯姦八十有乜大故⑱，侢得冤家離別路？

（生）首領尊兄，將阮娘仔只頭上金首飾都乞你，并銀十兩，千萬做些兒方便，放乞阮走。

（淨末）不准！不合貪心圖謀，林大告你偷焉⑲伊厶。現有牌票不差誤，有金不惡⑳開走路。好好共我來去，免得我縛你。

（入）歡喜未來煩惱到，一場恩愛水中流。
力只三人押返去，句有好事在後頭。（並下）

---

⑱ 七大故：什麼大過。

⑲ 焉：娶。見施炳華荔鏡記音樂與語言之研究，文史哲出版社二〇〇〇年版，第四六九頁。

⑳ 不惡：不難。

第四十四出　知州判詞

【菊花新】

（末上）叵耐❶陳三可貪心，拐誘五娘情意真。牌差捕甲❷去趕力❸，當臺審問實共虛。懼法朝朝樂，欺公日日憂❹。前日牌差捕甲曾經前去提獲陳三一起姦情，因七❺不見回報？不免叫承行吏❻寫票力原差。多少是好。

（丑上）人心似鐵，果然官法如爐❼。

---

❶ 叵耐：不可忍耐；可恨。

❷ 捕甲：捕快。捕，原作「舖」，依吳守禮校改。

❸ 趕力：追捕。

❹ 懼法朝朝樂二句：出自增廣賢文。意謂敬畏和遵守國家法律就會心安理得，天天快樂地生活；藐視和違反國家法律就會日日擔憂東窗事發，寢食不安。

❺ 因七：為什麼。（依曾憲通說）

❻ 承行吏：承辦事務的官吏。宋康與之昨夢錄：「李方怪無公吏輩，有聲喏于庭下者，李遽還揖之，問之即承行吏人也。」

❼ 人心似鐵二句：即使人心像鐵一樣堅硬，也敵不過像熔爐一樣的官府法律。

（見官）稟老爹，陳三一起姦情到了。

（末）放過來。

（生旦貼上）**離除龍，沖着虎❽。心中受辛苦，匍匐府廳告訴。**

（末）陳三，過來，你是人養的奴婢，姦拐家長子女，不安為奴本分，甚麼道理？

（生）告稟老爹，容小的分訴。小的因送大哥嫂廣南赴任，返來潮州經過，黃中志招小的進贅❾。後來輕遠就近，悔了這親，將五娘許與林大，是小的怪恨，要同五娘回家，不曾稟知。而今被林大誣告，望老爹詳情察理，斧斷❿寃屈，筆下超生⓫。

（末）黃中志是糧長之家，肯招你奴才進贅，這話胡說。

（介）黃五娘上來，問你，你是良家子女，這等不才，怎麼和奴才走？這情從實說來，免我刑罰⓬你。

（旦）告稟老爹，容奴婢分訴：因父親先招陳三進贅，後來父親輕遠就近，悔了這親。是奴婢要同陳三回去拜望爹媽，不曾稟明，望老爹察情。

❽ 離除龍二句：即「才出狼穴，又入虎口」之意。

❾ 進贅：入贅。

❿ 斧斷：決斷。

⓫ 筆下超生：為了免除他人苦難，書寫時，在用意和措詞方面都給予寬容或開脫。明凌濛初初刻拍案驚奇卷十一惡船家計賺假屍銀，狠僕人誤投真命狀：「那王杰雖不是小人陷他，其禍都因小人而起，實是不忍他含寃負屈，故此來到臺前控訴，乞老爺筆下超生。」超生，佛家語，指人死後靈魂投生為人。比喻寬容、開脫。

⓬ 罰：原作「法」，依吳守禮校改。

（末）一片胡說，押在一邊伺候。（介）益春你是人家養的丫頭。你娘仔和陳三走，你應當與家長知，怎麼也同他一起走？想起來，只因由都是你這丫頭做出這樣勾當。你好好說來。

（貼）告稟老爹，益春做人奴婢，從小跟着⑬娘仔，怎麼敢私情？因陳三同娘仔要往泉州望親，別甚麼事，奴婢不曉得是實。

（末）這丫頭也不肯招認。左右來，上來挾起⑭。

【漿水令】

（貼⑮）告相公乞聽說起，因林大不中阮娘仔意，即共陳三結相知。荔枝為媒，益春證見。

（末）賊婢仔胡說亂說七三八四⑯。左右，敲起來。添上刑罰，收禁凌遲⑰。

（旦唱）打死益春，五娘替死。莫力三哥，胡相帶利⑱。阮三人，阮三人是鳥着笞⑲、虎落網，不得身離。

⑬ 着：原作「作」，依吳守禮校改。
⑭ 挾起：即拶指。用拶子套入手指，再用力緊收，是舊時的一種酷刑。
⑮ 貼：原缺，據文義補。
⑯ 七三八四：東扯西拉。
⑰ 凌遲：凌虐。見連金發荔鏡記趨向式探索。
⑱ 帶利：帶累，依吳守禮校。
⑲ 笞：鄭國權注：捕鳥器。

（貼）小奴婢受不得刑罰，望老爹赦小的放生。

（末）你從實說來，我一下不打；你不肯認定，要敲死你只丫頭。

（貼）老爹，是年六月時節，娘仔和奴婢在樓上食荔枝。陳三騎[20]馬樓下過，是我娘仔不合將荔枝、手帕包丟陳三。後來陳三不知何因，來五娘家磨鏡，將鏡打破，寫身為奴。後來是陳三同娘仔、小奴婢，要往泉州望親，別無甚事，奴婢不知因。

（末）這是實情了。左右放了。益春供明，無罪放回。

（貼下）

（旦白）益春，你那府口聽候等我。

（末）陳三，你好好俱認，免我刑罰你。

（生）告相公乞聽說起，念陳三官蔭仔兒[21]。我兄廣南做運使，西川知州阮叔便是。

（末）貪心賊奴不知死，有乜官蔭？你厝出世你兄廣南拾馬屎[22]，你叔西川洗廁池。可無理，可無理。發去崖州[23]安置。

（生唱）受虧苦，侢得雲開見月時？

---

[20] 騎：原作「倚」，依吳守禮校改。

[21] 官蔭仔兒：官宦子弟。蔭，蔭庇，因祖先有勛勞或官職而循例受封、得官。

[22] 拾馬屎：撿馬糞。（依林倫倫說）拾，原作「卻」，依吳守禮校改。

[23] 崖州：州治在今海南三亞崖城。崖，原作「涯」，依吳守禮校改。

（末）來，陳三，你是奴姦家長女，依律供來。

（生）小的打破他鏡，將身為當他邊，怎麼作奴姦家長女供狀？虧了小的，老爹。

（末）見是㉔不供認㉕，刑罰來！

（旦）三哥你供去，免受刑罰。

（生）罷罷，我供去。看只尾梢㉖做倆樣㉗！

（供介）供狀人陳三，年二十歲，係泉州府晉江縣蓬山嶺後官籍㉘。因送哥嫂廣南，運使伯延是我親兄。歇在潮州驛內，因去賞燈閑行，遇見黃厝五娘，兩邊相看有情。一日騎馬樓下過，五娘挨落㉙荔枝為定。思量無路得見，設計伊厝磨鏡，故意力㉚鏡打破，賣身伊厝掃廳。後因言來語去，兩邊相愛有情，思見終不落當㉛，相共走去泉城。林大得知來告，差人力到公廳。萬望老爹明鏡，依律斷問分明。並無捏詞

㉔ 見是：既是。

㉕ 供認：原作「共言」，依吳守禮校改。

㉖ 尾梢：下場。

㉗ 做倆樣：怎麼樣。

㉘ 官籍：官府的簿籍。古代被編入官籍的是國家官吏、世代相傳的工匠、官府的奴隸、罪犯等。明張羽賈客樂：「浮家泛宅無牽掛，姓名不繫官籍中。」

㉙ 挨落：擲落。

㉚ 力：把。（依曾憲通說）

㉛ 落當：指因妥當處理而放心。今廈門話還使用。見周長楫編廈門方言詞典，江蘇教育出版社一九九八年版，

情意，伯卿是我正名。情願所供是實，畫號簽名。

（末）左右，見是認了，與他畫招。

（丑）犯人畫招！

（末）畫招了，叫里老就簽長解發去遞運所㉜，起解崖州為民。且收監。

（生下）

（末白）林大過來，你要老婆，要銀子？

（淨）小的不要銀，只要老婆。

（末）你去寫領來，把婦人領去。

（淨）小人就寫領來領去。

（旦）老爹聽告，因對林大親㉝，奴婢不願，才會弄出這事，急㉞惱老爹。今把奴婢判還林大，奴情願老爹臺下死。望老爹替小的方便，筆下超生，萬代陰德㉟，老爹。

第四一一頁。

㉜ 遞運所：明官署名。運遞官方物資及軍需的機構。洪武九年（西元一三七六年）始置，掌運送糧物。明初，常以衛所戍守兵士傳送軍囚，太祖因其有妨練習守禦，乃命兵部置各處遞運所，設大使主管。

㉝ 對林大親：和林大訂婚。

㉞ 急：原作「吉」，依吳守禮校改。

㉟ 陰德：深信因果的人指在人世間所做而在陰間可以記功的好事，也指暗中做的好事。淮南子人間訓：「有陰德者必有陽報，有陰行者必有昭名。」

（末）林大告你背夫逃走，理合從夫嫁賣。

（旦）還未娶過門。

（末）還未過門？這个也是，替你開交㊱也罷。

（末㊲）拿黃中志過來。

（外上）

（末白）黃中志，我本當要問你治家不正罪名，可憐你年紀老，七十以上，罪不加刑㊳。當初林大送有幾㊴多財禮上你門來？

（外）送銀五十兩。

（淨）老爹，送有一百兩。

（末）黃中志，我依律問女家悔了親，財禮加倍還他，你討一百兩銀子，賠林大去自娶一个好好小的老婆。這女子，中志你寫領子㊵來領去，隨你嫁與別人去。

㊱ 開交：解除。

㊲ 末：原作「生右」，依鄭國權校改。

㊳ 七十以上二句：唐律疏議：「諸年七十以上、十五以下及廢疾，犯流罪以下收贖，餘者勿論。八十以上、十歲以下及篤疾，犯反逆、殺人者應上請，盜及傷人者亦收贖，餘者勿論。九十以上、十歲以下，雖有罪不加刑。」意謂黃中志年老，可不問罪。

㊴ 幾：原作「已」，依吳守禮校改。

㊵ 領子：領條。

（外）小的依老爹判斷，就去討銀子還他。

（淨）娘仔共我來去，我不曉得，我不管伊七事41！

（淨拖介旦白）死丁古42，你向好命43！

（末）這蠻子，好打！既賠你財禮，你又扯他，皂隸44，帶出去！

（丑帶下末白）拐誘發配去崖城，一宗文卷甚分明。
說着勢頭來押我，恐怕路上死你身。（並下）

41 七事：什麼事。（依曾憲通說）

42 丁古：即癥鼓。癥、鼓皆中醫惡病名，罵人的話。（依曾憲通說）

43 向好命：那樣好命。

44 皂隸：古代賤役。後專稱舊衙門裡的差役，常穿黑色衣服。皂，玄色；黑色。

第四十五出　收監送飯

【水底魚兒】

（淨❶）我是都牢頭❷，做人愛歐留❸。有人落❹牢門，定是落我鬮❺。騙得錢銀，諸般都齊到。返去還我都牢娘，叫我實是爻❻，叫我實是爻。我做都牢有名聲，因人見我盡着驚。面前叫我都牢叔，背後叫我充軍兒。小人不是別人，便是潮州府司獄司內一都牢便是。莫說我牢內干計❼，冥日❽無時得閑，那卜❾失誤走失一名，便着食賣放的罪。昨暮日❿有起人新收，說是姦拐事情，

---

❶ 淨：原缺，據文義補。

❷ 都牢頭：古代看守監獄的人是獄卒，也稱禁子、禁卒，都牢頭是獄卒的頭頭。

❸ 愛歐留：鄭國權注：疑為愛敲人財物之意。

❹ 落：原作「洛」，依吳守禮校改。

❺ 鬮：為了賭輸贏或決定事情，預先在紙上做好記號揉成紙卷或紙團，然後每人抓去一個，打開看，按紙卷或紙團上定的行事。這種紙卷或紙團稱「鬮兒」，這種做法稱「抓鬮兒」。

❻ 爻：能幹。（依曾憲通說）

❼ 干計：職責。

❽ 冥日：日夜。

卜⑪發配崖城。我不免喚⑫出來，騙伊零錢薄⑬鈔，多少是好。

（淨叫）禁子，叫新收陳三出來。

（生上）犯法身無主，生死由別人。

（淨）恁是值處⑭？

（生）小人是泉州。

（淨）跪落參見一下。

（生介哭跪）

（淨）雜種！到只處，腳骨句硬⑮。你識讀書不？「入公門，鞠躬如也⑯。」待我看只枷上硃語⑰做倆

⑨ 那卜：要是。

⑩ 昨暮日：昨晚。

⑪ 卜：要；想要。

⑫ 喚：原作「換」，據文義改。

⑬ 薄：原作「泊」，依吳守禮校改。

⑭ 值處：什麼地方。（依曾憲通說）

⑮ 句硬：還硬。見施炳華荔鏡記音樂與語言之研究，文史哲出版社二〇〇〇年版，第四六七頁。

⑯ 入公門二句：論語鄉黨第十：「入公門，鞠躬如也，如不容。」意謂孔子走進國君的大門，謹慎而恭敬的樣子，好像沒有他的容身之地。躬，原作「恭」，據文義改。

⑰ 硃語：硃批。

說⑱。枷號：奴姦家長子女犯人一名陳三。不小可事。陳三，你可曉得我牢內這法度不？
（生）小人曉得。
（淨）見是曉得，親收錢提來乞我。
（生）都未有便，待明旦家人來，就送都牢你惡⑲。
（淨）好驚人，我一時都袂等得，等明旦？古人說⑳：善化不得，新化有餘㉑。未有入門棍㉒度㉓你，你句不畏人㉔。叫着打騙，打着即有錢。
（生）都牢叔，且讓小人，霎久㉕有人到。
（淨）烏龜雜種！且將就你，帶着你好漢，且入許輾㉖內去坐，唱曲得桃㉗。

---

⑱ 倆說：怎樣說。
⑲ 惡：吳守禮校疑為「不惡」。不惡，不難。
⑳ 說：原作「見」，依吳守禮校改。
㉑ 善化不得二句：昔時賢文：「善化不得，惡化有餘。」此處意謂要給你一點厲害看看，你才肯拿出錢來。
㉒ 入門棍：即「殺威棒」。舊時犯人收監前，常先施以棒打，使其懾服，稱「殺威棒」。元李致遠還牢末雜劇第二折：「舊規犯人入牢，先吃三十殺威棒。」棍，原作「相」，依鄭國權校改。
㉓ 度：予。見施炳華荔鏡記音樂與語言之研究，文史哲出版社二〇〇〇年版，第四六八頁。
㉔ 句不畏人：還不怕人。
㉕ 霎久：不久。霎，原作「客」，依鄭國權校改。
㉖ 輾：古代的一種臥車。
㉗ 得桃：遊玩；玩耍。

（生）乞阮那只外坐。

（淨）莫莫，帶着你，許內乞你坐，不帶你，力㉘去北監內，虎落山㉙合你。

（生唱）（淨坐）

【鎖金帳】

（生）一更鼓，𤆬㉚人心悶損。二更鼓催，𤆬人心越酸。三更鼓又盡，無人通借問㉛。四更過了，腳手冷成霜。五更人發播㉜，聽見人刑罰，實惡當㉝。未知娘仔，伊今在值方㉞？

（旦貼）

【金錢花】

叵耐㉟林大無道理，叵耐林大無道理，力阮三哥送官司，力阮三哥送官司。姻緣事志㊱

㉘ 力：拿。

㉙ 虎落山：閩南依山勢建築房屋的一種形式，人站在頂落廳的尖峰位置，透過下落廳的屋頂往外看，既可看到天，也可看到地。依當地人的看法，這種形式風水好，能夠吸取天地靈氣，丁財兩旺。

㉚ 𤆬：惹；引。

㉛ 通借問：可以詢問。此處是可以說話之意。

㉜ 發播：發抖。播，戰。（依洪惟仁說）

㉝ 惡當：難當；受不了。

㉞ 值方：什麼地方。

實受氣。

（貼）送碗飯去乞伊，送碗飯去乞伊，未知尾梢㊲是㑚年㊳？

（旦）清早沿路來到只，清早沿路來到只，憶着三哥那好啼㊴，憶着三哥那好啼。虧得伊身受凌遲。

（貼）鴛鴦伴，拆兩邊，拆兩邊，未知尾梢是㑚年？未知尾梢是㑚年？

（旦）人說相惜成相謔㊵。

（貼）果然恩深怨也深㊶。啞娘且在只處立，等待簡進去叫門。

（貼叫）開門！開門！

（淨介）七早八晏㊷，是乜人只外叫門？不免打出來去看。

（淨看）是誰人？

㉟ 叵耐：不可忍耐；可恨。

㊱ 事志：事情。

㊲ 尾梢：結局。

㊳ 㑚年：怎麼樣。（依曹小雲說）

㊴ 啼：原缺，依吳守禮校補。

㊵ 相謔：相互調笑。詩經鄭風溱洧：「維士與女，伊其相謔，贈之以勺藥。」

㊶ 恩深怨也深：明于謙擬吳儂曲三首之一：「憶郎直憶到如今，誰料恩深怨亦深。」意謂二人息息相關。

㊷ 七早八晏：這麼早晚。

（貼）阮是後溝黃九郎舍，卜送飯乞阮官人食。

（淨）行開去[43]，莫只處鬧動。老爹卜升堂了，看見力去打你加川[44]。

（貼）都牢叔，無奈何共阮開門。

（淨）都是姿娘簡仔[45]聲說，我不免只門縫裡看一看，好耍利[46]啞姊仔！

（貼）共[47]阮開。

（淨）啞姊，你卜送飯度[48]誰人食？

（貼）阮送卜乞陳三官人食。

（淨）那[49]卜送度陳三食，我共你開，你肯叫我一聲翁[50]不？

（貼）好氣人，共阮開，不愛人白席。

（淨）你不叫我翁，我句[51]不共[52]你開。

---

[43] 行開去：走開去。

[44] 加川：屁股。（依曾憲通說）

[45] 姿娘簡仔：婢女。（依曾憲通說）

[46] 耍利：漂亮。（依曾憲通說）

[47] 共：替；為；幫。

[48] 度：予。見施炳華荔鏡記音樂與語言之研究，文史哲出版社二〇〇〇年版，第四六八頁。

[49] 那：如果。（依曹小雲說）

[50] 翁：丈夫。（依林倫倫說）

（貼）死丁古[53]，好惱殺人，一卜不叫伊，伊不共阮開；無奈何，叫伊一聲司命翁[54]。
（貼）司命翁，共阮開門。
（淨）只啞姊，你普請[55]司命翁，愛割敲啞不起上。
（貼）都牢吏，千萬共阮開。
（淨開笑介）姊子，只即久[56]都不來探恁大姊一下。
（貼）恁大姊值時死，都失探。
（淨）恁大姊在近[57]即死。姨仔你可曉得俗人說？
（貼）俗人說乜？阮不識[58]。
（淨）人說桃枝接李枝，姊夫接小姨。你大姊今死了，姨仔你來嫁乞[59]我罷。

---

[51] 句：還。
[52] 共：給。
[53] 丁古：即癥鼓。癥、鼓皆中醫惡病名，罵人的話。（依曾憲通說）
[54] 司命翁：灶王爺。
[55] 普請：鄭國權注：捧請。
[56] 只即久：這麼久。
[57] 在近：最近。
[58] 識：知道。
[59] 乞：給。

（貼）不愛人茹咀60。

（貼叫）啞娘，入只內來。

（旦介）

（淨）只一位正是誰人？

（貼）是阮啞娘。

（淨）正是恁啞娘，來卜探誰人？

（貼）正卜61探阮陳三官人。

（淨）伊監在北監內，袂得62見伊。

（旦）都牢，無奈，羔63阮去見伊。

（淨）娘仔可曉得不？人說管山食山，管海食海，管東尸食屎64。你都那卜乾乾雷65，倆會使得？

（貼）啞娘，都牢伊愛恁銀。

（旦）只一包三錢銀66提乞伊。

---

60 茹咀：亂說。（依曾憲通說）

61 正卜：正要；正想要。

62 袂得：不得。

63 羔：帶。

64 管山食山三句：即「靠山吃山，靠水吃水」之意。東尸，廁池。（依曾憲通說）

65 乾乾雷：兩手空空。

（貼）都牢，阮送三錢銀乞你買酒食，千萬𤆬阮去見阮官人。

（淨）只个卜度我買酒食，阮都牢娘討乜食，不着𤆬去寄和尚？

（貼）那有即个，收去，各處趁補。

（淨笑）「三返補成破襦」，將就共你收，帶着恁姊67。

（貼）你都認親，見着銀都提。

（淨）「君子篤於親」68。恁丈那卜打，不趁錢，甲69恁姊食風放屁70！

（貼）人說「千般好語不如錢」，今𤆬阮來去見伊。

（淨）不通71許內72去。

（旦）做乜不通去？是倆年73？

（淨）恁姿娘人不通入去，獄官看見，愛力去斡人74。

---

66 錢銀：錢。（依林倫倫說）

67 姊：原作「⿰女只」，依鄭國權校改，下同。

68 君子篤於親：意謂厚待親屬。論語泰伯：「君子篤於親，則民興於仁；故舊不遺，則民不偷。」

69 甲：教；叫。（依曾憲通說）

70 食風放屁：喝西北風之意。

71 通：可。

72 許內：那裡面。（依曾憲通說）

73 倆年：怎麼樣。

（旦）望都牢做主。

（淨）我有思量。

（旦）卜做倆思量？

（淨）你且只處立聽候，待我入去叫出來。

（淨）陳三，人卜探你，出來討油火錢度我。

（生上）

（生旦貼相看啼）

（旦）官人啞，你一身着75阮帶累76，受只勞冷77。

（生）娘仔啞，只是我身做身擔當78，做乜79是你累我？

（淨）莫得啼哭，畏老爹知。

（旦）都牢，恁且行開去，乞我說話。

---

74 幹人：性侵擾之意。見連金發荔鏡記動詞分類和動相、格式。

75 着：受。

76 帶累：連累。（依曾憲通說）

77 勞冷：疑為牢籠。

78 身做身擔當：與下文「自做自當」意同。意謂自己做事的後果，自己承擔。明馮夢龍喻世明言第三十八卷任孝子烈性為神：「任珪道：『不必縛我，我自做自當，並不連累你們。』」

79 做乜：幹什麼。

（淨）有話快說，畏老爹卜召你起解[80]。天上人間，方便第一。（下）

（旦）

【玉交枝】

值處[81]說起，所望共你結托卜一世。誰知今旦那只年[82]，鴛鴦拆散分離。

（合）懶[83]今恰似舡到江中補漏遲[84]。一擔挑雞二頭啼。

（生）你莫啼切[85]，我只官司，將會伶俐[86]。那恨叵耐林大鼻，力[87]我共[88]你拆分離。

（合前）

（旦）官人，你乞[89]我障累[90]。

---

[80] 起解：舊時指押送罪犯或貨物上路。明淩濛初二刻拍案驚奇卷三八兩錯認莫大姐私奔，再成交楊二郎正本：「獄中取出李三解府，係是殺人重犯，上了鐐肘，戴了木枷，跪在庭下，專聽點名起解。」

[81] 值處：什麼地方。（依曾憲通說）

[82] 只年：這樣。

[83] 懶：咱。

[84] 舡到江中補漏遲：比喻事到臨頭，難以補救。元關漢卿救風塵雜劇第一折【勝葫蘆】第二支：「恁時節船到江心補漏遲。煩惱怨他誰。事要前思。免勞後悔。」

[85] 啼切：啼泣。

[86] 伶俐：此處是有轉機之意。

[87] 力：把。

[88] 共：和。

(生)只是自做自當，做乜通恨你！

(淨上)話說卜了未？簡切唱一二句。

(旦)都牢，贈阮官人開一手扣[91]，乞阮飼些兒飯。

(淨)老爹有封頭[92]，我做乜[93]敢開。

(旦)無奈[94]何，倆[95]阮開。

(生)既不開，罷。

(旦)有水一盆乞阮。

(淨)水有。

(旦)三哥，你只處坐。(唱介)

【香羅帶】

我君受只虧，着阮障累。頭毛又茹[96]擘不開，削骨落肉[97]得人畏。苦，那虧我君身無所

---

[89] 乞：受。

[90] 障累：這樣連累。

[91] 手扣：手銬。

[92] 封頭：封條。

[93] 做乜：幹什麼。

[94] 無奈：二字原缺，依吳守禮校補。

[95] 倆：吳守禮注疑為「代」。

歸。思量只處行看，恰是亞口[98]食黃連，甲我做侢[99]開口。今卜離分開，雙人相看啼喃噹[100]。益春，討茶洗口。

(貼)茶在只。

(旦)飯奉來。

(貼)飯在只。

【香柳娘】

(旦)勸我君食口飯，勸我君食口飯。莫苦心酸。寒冷腸飢做侢當？

(生)娘仔，我不食。

(旦)我便朝送一碗飯乞你食，你卜不食，甲我卜做侢過心[101]！你那卜不食，你那卜不食，越割我心腸。目滓[102]流千行，官人一去一遠[103]，官人一去一遠。虧我無可翕[104]，想我性命無

[96] 茹：散亂。原作「如」，據文義改。

[97] 削骨落肉：瘦骨嶙峋。(依林倫倫說)

[98] 亞口：啞口。原作「悪」，依吳守禮校改。

[99] 做侢：幹啥；怎麼。

[100] 啼喃噹：啼哭。

[101] 甲我卜做侢過心：意謂教我要怎麼放得下心。過心，安心。見連金發荔鏡記趨向式探索。

[102] 目滓：眼淚。

[103] 官人一去一遠：即古詩十九首行行重行行「相去日已遠」之意。

久長。

（生）娘仔莫苦啼切。

（丑）禁仔⑩⑤，召陳三一起，起解。

（淨）陳三，長解⑩⑥召你起解。

（生）娘仔啞，你返去，我卜起身。

（旦）官人啞，倆割捨得分離？

（生）娘仔，無奈何。

（旦）我送官人行上幾⑩⑦里。

（丑）查厶⑩⑧莫得相纏，人卜起身。

（旦）都牢，且寬一下。

（丑）快行。

（下）

---

⑩④ 睮：看。

⑩⑤ 禁仔：禁子。

⑩⑥ 長解：長途解差。

⑩⑦ 幾：原作「已」，依吳守禮校改。

⑩⑧ 查厶：女子。（依曾憲通說）

第四十六出　敘別發配

【駐雲飛】

（生）今旦起程，值時❶得到崖州❷城？

（丑）快行，免得發業❸。

（旦）首領，我說乞恁聽。帶着阮人情。嗦。

（丑）須着趕路程。

（生）乞阮說幾聲。

（丑）你有好錢好銀，備提來送我。你有錢銀先提來乞我❹。放緊❺行！

（旦）拜復首領，待伊慢慢行。

❶ 值時：什麼時候。（依曾憲通說）

❷ 崖州：州治在今海南三亞崖城。

❸ 發業：發急。金董解元西廂記諸宮調卷七【賺】：「收拾起，待剛睡些，爭奈這一雙眼兒劣。好發業，淚漫漫地會聖也難交睫。」

❹ 提來乞我：拿來給我。乞，給。

❺ 放緊：趕緊。

（丑）緊行！

【玉交枝】

（旦）都牢聽說起，恁也曾做過後生，誰無私情事志❻？人情通❼做些兒，面皮莫放變。金釵一雙，送你做茶錢。

（丑）只是金，也是銅？

（旦）是阮頭上帶的，做乜❽是銅？

（生）是多是少，收去莫向見。

（旦）帶着我共恁同鄉里。

（淨）向說❾，放緊說話，我店內去點心❿就來。

（淨下）

【生地獄】

（旦）阮人情深都如海，膠漆⓫不如阮堅佃⓬。今旦障受苦⓭，你今為阮受磨抬⓮。我今

---

❻ 事志：事情。（依曾憲通說）

❼ 通：可。

❽ 做乜：幹什麼。

❾ 向說：這樣說。

❿ 點心：用點心。

⓫ 膠漆：像膠和漆那樣黏結。形容感情熾烈，難捨難分。多指夫妻恩愛。古詩十九首孟冬寒氣至：「以膠投漆

千口說不來，我今千口說不來。

（生唱）分開去，淚哀哀，未得知值日⑮得返來？

（旦⑯）風颶天做寒，君你衣裳薄成紙，脫落⑰衣裳共君幔⑱。

（生白）衣裳娘仔你穿，寒除⑲娘仔。

（旦）我那⑳為君凍死，也卜乞人傳說我。

（又唱）想起來好啼好哭，解㉑落手帕共君包。崖州路遠卜值時到？我只處苦痛值處㉒投？雙人相看目滓流，雙人相看目滓流。

中，誰能別離此。」

⑫ 堅佃：堅牢。

⑬ 障受苦：這樣受苦。

⑭ 磨抬：折磨。

⑮ 值日：何日。

⑯ 旦：原缺，據文義補。

⑰ 脫落：脫下。

⑱ 共君幔：給你披。幔，鄭國權注：近音借代，義披。

⑲ 除：了。

⑳ 那：寧願。

㉑ 解：原作「改」，據文義改。

㉒ 值處：什麼地方。（依曾憲通說）

【一江風】

（旦）曾㉓記得當初高樓上，荔枝掞㉔你時。共你情深我歡喜，曾記得共你銷金帳內恩義。不料你共我拆散分離。

（旦指介）冤家，那怨林大鼻。

（生）想起來我心頭悲，誤了你青春年紀㉕。

（旦）虧得我只處孤單獨自。懶㉖今那拜天，懶今那拜天。恁夫妻值時㉗會團圓？恁夫妻值時會團圓？

（余文）娘仔你憶着我言語，千萬記得莫放除㉘。

（旦）夫妻今旦分開去，心頭倆會㉙不尋思？

（生旦哭介）官人只去，千萬路上保惜身己。

（生）那是一路在天邊，落遞㉚去受苦，做倆得好？那恨貪贓知州，虧人至甚。若見我兄，定不甘休。

㉓ 曾：原作「情」，據文義改。
㉔ 掞：擲。
㉕ 紀：原作「已」，據文義改。
㉖ 懶：咱。
㉗ 值時：什麼時候。
㉘ 放除：放棄之義。（依洪惟仁說）
㉙ 倆會：怎會。

（白）今旦㉛二人且分開，未知值日得相隨？但願只去見兄面，夫妻依舊成一對。

（丑）快去，快去！

（生丑下）

（旦啼）

（貼上）官人去遠了，啞娘且捍定㉜。

【虞美人】

（旦㉝）我心頭苦切值時滿，恨狂風力㉞我鴛鴦拆散。想三哥有乜快活，一身隔斷千鄉萬里外。一無親，二無火伴，伊怙㉟誰早晚相叫孝㊱。割吊㊲我頭眩目暗，憂憂悶悶，心如刀割。一腹恨氣值時會花㊳？

㉚ 落遞：發配。

㉛ 今旦：今日。

㉜ 捍定：堅持；把持。

㉝ 旦：原缺，據文義補。

㉞ 力：把。

㉟ 怙：依靠；仗恃。

㊱ 叫孝：照字面應該唸成 kiò-hà，喪事哀叫之意。不過本闋詞押 -ua 韻，「孝」（音 hà）韻不諧。猜測是「叫喝」（音 kiò-huah）之誤。（依洪惟仁說）

㊲ 割吊：難受。

（貼）啞娘莫切㊴，官人說伊兄在廣南做官，只去定是會返。待簡㊵去安排一盃酒，共㊶啞娘解㊷悶。

（旦）**便做羊羔美酒，侢解得我？**

（貼白）不，待簡去討二个飯，乞啞娘你食。

（旦）**龍肝鳳髓㊸，食袂㊹肥夭。**

（貼）啞娘，便做官人去，那不返來了，畏無一人親像㊺伊年㊻？

（旦）鬼仔㊼說話，即來急我。**金馬玉堂㊽，人心都不掛。**

㊳花：萬曆本作「灰」。吳守禮：「花」表音，「灰」表義，熄滅也。參吳守禮新刻增補全像鄉談荔枝記研究——校勘篇，一九六七年六月油印本，第十九頁。

㊴切：恨。參吳守禮新刻增補全像鄉談荔枝記研究——校勘篇，一九六七年六月油印本，第一五六頁。

㊵簡：傭人。此處為益春自稱。

㊶共：替；為；幫。

㊷解：原作「改」，據文義改，下同。

㊸龍肝鳳髓：比喻極難得的珍貴食品。宋蘇軾江瑤柱傳：「方其為席上之珍，風味藹然。雖龍肝鳳髓，有不及者。」

㊹袂：不。

㊺親像：好像。

㊻年：相當於「呢」，語氣詞。（依曹小雲說）

㊼鬼仔：鬼丫頭。

㊽金馬玉堂：金馬，漢代的金馬門，是學士待詔的地方。玉堂，玉堂殿，供侍詔學士議事的地方。後因以稱翰

（貼）是簡說一句話，可急惱啞娘。不，彼待簡抱撿妝㊾來，乞啞娘梳頭。

（旦）妝臺無心去看。

（貼）不，待簡去收拾繡房，啞娘去睏一睏。

（旦）金枕玉床，我無心去倚。值時見得三哥一面，即解㊿得我心頭恨花？

（貼）恁相惜如花似錦，常說恩深怨也深(51)。啞娘，強企(52)起來莫沉吟，整花冠，梳起雲鬢(53)。伊人有恁，恁即有心，姻緣到底會結親。莫苦切，面青目腫，乜罪過收來未盡。

（旦唱）眠床未透，枕頭生塵。三哥，值見有叫討無應？

（貼）啞娘莫切，官人終會返來團圓。

（旦）忽然滿面團圓，解(54)我心頭即輕。

狂風打散鳳共鸞，趙璧安知不復還(55)？

林院或翰林學士。宋歐陽修會老堂致語詩：「金馬玉堂三學士，清風明月兩閑人。」

㊾ 撿妝：梳妝盒。

㊿ 解：原作「放」，依吳守禮校改。

(51) 恩深怨也深：意謂二人息息相關。明于謙擬吳儂曲三首之一：「憶郎直憶到如今，誰料恩深怨亦深。」

(52) 強企：勉強。（依曾憲通說）

(53) 雲鬢：形容婦女濃黑而柔美的鬢髮，泛指頭髮。木蘭詩：「當窗理雲鬢，對鏡貼花黃。」

(54) 解：原作「改」，據文義改。

（貼）勸娘解除心頭悶，免得霜雪擁藍關56。

55 趙璧安知不復還：據史記廉頗藺相如列傳記載，藺相如受趙王之命，帶和氏璧去秦國交換秦王許諾的十五座城池，他見秦王沒有誠意，但玉已經在秦王手裡，他憑著自己的聰明才智，終於使和氏璧完好無損地回歸趙國。

56 霜雪擁藍關：意謂路途艱險。唐代韓愈貶謫潮州途中作左遷至藍關示侄孫湘：「一封朝奏九重天，夕貶潮州路八千。欲為聖明除弊事，肯將衰朽惜殘年！雲橫秦嶺家何在？雪擁藍關馬不前。知汝遠來應有意，好收吾骨瘴江邊。」

第四十七出　敕陞都堂

【掛真兒】

（外）一任廣南有名聲，忠心正直清如鏡。且喜今旦❶三年滿，百姓盡說太平。下官陳必延❷便是。蒙朝廷恩寵，除授廣南運使，一任清廉，百姓歡喜。今旦且❸喜任滿了，不免收拾行李起身。

（淨）有事不敢說無，無事不敢說有。朝廷使命，送詔書來了。

（外）左右，扛龍亭❹接詔。

（末）一封天子詔，四海盡知聞。詔書到，跪聽宣讀：切見建官❺推賢❻，古之道也。今廣南運使陳必

❶ 今旦：今日。

❷ 陳必延：與下文「陳必賢」均應統一為「陳伯延」。

❸ 且：原作「日」，依吳守禮校改。

❹ 龍亭：即香亭。結彩為亭以盛香爐。也稱香輿、香車。水滸傳第八十二回：「到第三日清晨，濟州裝起香車三座，將御酒另一處龍鳳盒內抬著；金銀牌面、紅綠錦段，另一處扛抬；御書丹詔，龍亭內安放。」參閱宋史禮志二五。

❺ 建官：設置官職；設立官位。尚書周官：「唐虞稽古，建官惟百。內有百揆四岳，外有州牧侯伯。」

❻ 推賢：舉薦賢人。尚書周官：「推賢讓能，庶官乃和。」

賢，治事清廉，文武兼備，六藝❼精通。朕實嘉勉。轉陞都御史，敕賜廣南便宜行事❽。但❾文武官三品以下貪贓枉法，聽從拿問，免待奏請。聖旨了也。

（外）感謝聖恩。

（末揖）恭❿喜，恭喜。

（外）有勞遠來，請下館驛待飲。

（末）正是相逢不下馬。

（外）果然各自奔行程⓫。

（左右）請得夫人出來。

【慢】（貼上）見說朝廷使命到，未知乜事⓬問來因。

❼ 六藝：孔子教學的詩、書、禮、樂、易、春秋，合稱「六藝」。賈誼新書六術：「詩、書、易、春秋、禮、樂，六者之術謂之六藝。」

❽ 便宜行事：指根據實際情況或臨時變化，有權自行決定處理事情，不必請示。漢書魏相傳：「傳漢興已來，國家便宜行事。」便宜，方便合適。

❾ 但：但凡；凡是。

❿ 恭：原作「共」，依吳守禮校改。

⓫ 正是相逢不下馬二句：意謂各自上路。宋無名氏張協狀元第三十七出：「三秋桂子郎曾折，萬里萍蕪奴獨行。今日相逢不下馬，果然各自奔前程。」奔，原作「力」，據文義改。

⓬ 乜事：什麼事。

（見介）

（外白）夫人啞，今朝廷陞都堂御史，委我查勘諸州，貪贓枉法，聽從拿問，免待奏請。

（貼）只是⑬相公福分，今須着使管⑭義，先去報乞⑮爹媽、三叔得知。

（外）夫人說是。左右。

（淨）覆相公，有何鈞旨⑯？

（外）來啞，管義，你先返去報與太老爹得知，說我隨後起身。

（淨）管義就去。正是：一心忙似箭，兩腳走如飛。

【鬥黑麻】

（外）收拾行李返去本州。賜我都堂御史，查勘諸州。是恁福分障成就⑰，貪贓官吏見我心憂。夫馬驛轎等接不住，一州過了又一州。

記得來時牡丹紅，今日返去桂花香。

⑬ 只是：這是。

⑭ 管：原作「官」，據下文改。

⑮ 乞：給。

⑯ 鈞旨：古代對帝王或尊長的命令或指示的敬稱，意謂非常重要的命令、指示。京本通俗小說菩薩蠻：「當下郡王鈞旨分付都管。」鈞，古代重量單位，三十斤為一鈞。

⑰ 障成就：這樣成就。

彩旗轎馬來迎接，認得新官是舊人⑱。（並下）

⑱彩旗轎馬來迎接二句：意謂在本地升官。宋郭祥正蜀道難篇送別府尹吳龍圖仲庶：「竹馬爭迎舊令尹，指公長鬚皓素非往年。」

第四十八出　憶情自歎

【齊雲陣】

（旦）恩愛果然生煩惱，好物從來不條勞❶。人去崖州❷值日❸到，恰是風箏斷除索❹。悶來憶着心憔燥❺，切❻得我相思病倒。空房寂靜恨夜長，花向窗前黜色妝。不是妒嫌花粉少，那因❼憶着有情郎。自三哥分開去後，夜日❽掛懷，不知伊路上倆樣❾？書信不通，擦❿人七計心悶。

❶ 好物從來不條勞：意謂美好事物易受損害。唐白居易簡簡吟：「大都好物不堅牢，彩雲易散琉璃脆。」條勞，堅牢。

❷ 崖州：州治在今海南三亞崖城。

❸ 值日：什麼日子。

❹ 斷除索：斷了線。

❺ 憔燥：焦躁。

❻ 切：恨。參吳守禮新刻增補全像鄉談荔枝記研究——校勘篇，一九六七年六月油印本，第一五六頁。

❼ 那因：只因。

❽ 夜日：日夜。

❾ 倆樣：怎麼樣。

❿ 擦：即𤆬。惹；引。

【四朝元】

憶着情郎，相思病損。幾番思量，腸肝寸斷⑪。空房障青荒⑫，秋月分外光。又逢障般⑬光景，怨殺冥昏⑭。鴛鴦枕上，目滓千行⑮，長冥⑯不得到天光。起來細尋思，君配崖州，路頭又長。聽見孤雁聲憔悴，引惹人心酸。坐來越心悲，拙時⑰瘦怯⑱，平坦⑲梳妝。

（內唱）嗹柳哴，哴柳嗹，嗹啞柳嗹，哴柳嗹啞，柳柳哴嗹。

【傷春令】

（旦）春天萬紫千紅，妝成富貴新氣。看許⑳開箇㉑、含箇、畢目㉒箇、謝箇，都是東

---

⑪ 腸肝寸斷：即「肝腸寸斷」。肝和腸斷成一寸一寸，比喻傷心到極點。戰國策燕策三：「吾要且死，子腸亦且寸絕。」

⑫ 障青荒：這樣冷落。

⑬ 障般：這般。

⑭ 冥昏：晚上。

⑮ 目滓千行：宋蘇軾江城子詞：「相顧無言，惟有淚千行。」目滓，眼淚。

⑯ 長冥：長夜。

⑰ 拙時：這些時候。（依曾憲通說）

⑱ 瘦怯：瘦壞。

⑲ 平坦：吳守禮校：萬曆本作「便惰」。

⑳ 許：那。（依曾憲通說）

君㉓擺布生意。黃鶯飛來在只綠柳嫩枝，調舌㉔弄出好聲音，黃蜂尾蝶㉕，雙雙對對。飛來在只花前，採花遊戲。記得去年共君行遍只㉖滿園，收拾盡春光景致。手摘海棠花一枝，輕輕倒插君鬢邊。君伊半醉又半醒，相扶相挨，去到太湖石邊。見許牡丹花含笑，見許牡丹花含笑，羅列在只前前後後，親像㉗我共君相拚㉘不相離。今旦日㉙雖有障般光景，空落得我賞春人獨自。恨東君可見薄情，伊知我傷悲，故意做出障般天時㉚。又使得杜鵑、燕仔㉛，一个聲聲許處㉜啼怨，一時雙雙飛入真珠帘㉝，惹起春心

㉑ 箇：的。
㉒ 畢目：閉目。
㉓ 東君：太陽神。
㉔ 調舌：啼鳴。宋邵雍暮春吟：「梁間新燕未調舌，天末歸鴻已著行。」
㉕ 尾蝶：蝴蝶。
㉖ 只：這。
㉗ 親像：好像。
㉘ 拚：通「伴」。
㉙ 今旦日：今日。
㉚ 天時：天氣。
㉛ 燕仔：燕子。
㉜ 許處：那處。
㉝ 真珠帘：珍珠簾。

春愁一時盡都擾起。又兼長冥㉞惡過㉟，聽見鼓角聲悲悲慘慘，鐵馬㊱聲玎玎璫璫，越噪人耳。對只情景，擦㊲我傷心那好啼。

（內唱）

【生地獄】

城樓鼓打初更，自君出去，眠房清冷。是我前世欠君債㊳，今旦收來孤過冥㊴。殘燈挑盡，且力㊵羅帳放下，障般煩惱，切㊶人成病。二更三點鐘碼㊷，繡出牡丹，無心去整。且力針線收拾去宿㊸，看見孤床，枕不端正。仔細思量，腸肝寸痛㊹。更深寂靜，月落西斜。三更月，暗西廂。後花園內露滴芭蕉，分明聽見我君叫。心頭恍惚，好親像，開

㉞ 長冥：長夜。

㉟ 惡過：難過。

㊱ 鐵馬：懸於簷間的鈴，風吹發聲。

㊲ 擦：即𤆬。惹；引。

㊳ 前世欠君債：意同「鴛鴦債」。比喻情侶間未了卻的夙願。

㊴ 過冥：過夜。

㊵ 力：把。

㊶ 切：恨。參吳守禮新刻增補全像鄉談荔枝記研究——校勘篇，一九六七年六月油印本，第一五六頁。

㊷ 鐘碼：原作「鍾嗎」，依吳守禮校改。

㊸ 宿：睡覺。

㊹ 腸肝寸痛：即「肝腸寸斷」。肝和腸斷成一寸一寸，比喻傷心到極點。

窗看不見。正是風吹葉搖擺柳梢，凄慘心焦。拔破紅羅帳，聽見四更鼓嗚㊺，夢見我君入到眠房，牽着君手不甘㊻放。翻身一轉，力㊼君來攬。鴛鴦枕上，一般情重。驚惶㊽醒來，是我狂夢。五更靈雞㊾又啼，七星㊿欹斜，珠星51又起。西風一陣搽人疑。孤單帳內，那我獨自，仔細思量那好啼。君你莫做虧心行止52，莫乞外人教議。

（內唱旦介）嗹柳喨，喨柳嗹，嗹啞柳嗹。喨柳嗹，喨柳嗹啞，柳柳喨連。

（旦）

【越獲引】

紗窗外，月正光。我今思君心越酸。記得當原53初時，共伊同枕同床。到今旦分開去障遠54。伊是鐵打心腸。料想伊未學王魁負除桂英55，一去不返。待我只處目瞬56成穿。

㊺ 嗚：原作「陳」，依吳守禮校改。吳守禮注：陳，表音。

㊻ 不甘：不肯。

㊼ 力：把。

㊽ 惶：原作「惺」，依吳守禮校改。

㊾ 靈雞：雄雞。（依曾憲通說）

㊿ 七星：北斗七星。星，原作「夕」，依吳守禮校改。

51 珠星：明珠般的星斗。南朝梁元帝詠池中燭影：「河低扇月落，霧上珠星稀。」

52 行止：行為舉止。

53 原：原作「元」，依鄭國權校改。

長冥清冷，無人通借問㊼。懶身起倒，冥日夭㊽飢失頓，無意起梳妝。為君割吊㊾，顏色瘦青黃。

（又唱）三更鼓，翻㊿身一返。鴛鴦枕上，目滓流千行。誰思疑(61)，到只其段。一枝燭火暗又光，更深什靜(62)，冥頭(63)又長。聽見孤雁長冥飛，不見我君寄書返。記得當原初(64)值時，恩義停當。共伊人相惜，如蜜調糖。恨着丁古(65)林大，力阬情人阻隔在別方。

㊴ 障遠：這樣遠。（依曾憲通說）

㊵ 王魁負除桂英：南戲劇本王魁負桂英，一名王魁。作於南宋光宗時，作者不詳，是今知最早的南戲作品之一，僅存少數曲詞。另元代尚仲賢有海神廟王魁負桂英雜劇，僅存曲詞一折。劇本取材於民間傳說，敘妓女焦桂英資助書生王魁讀書赴考，王得中狀元後棄桂英另娶，桂英憤而自殺，死後鬼魂活捉王魁。現代不少劇種仍有此劇目。

㊶ 瞈：看。

㊼ 通借問：可以詢問。此處是可以說話之意。

㊽ 夭：吳守禮注：即枵，飢餓之意，表音字。

㊾ 割吊：難受。（依曾憲通說）

㊿ 翻：原作「番」，據文義改。

(61) 疑：原作「宜」，依吳守禮校改。

(62) 什靜：寂靜。

(63) 冥頭：夜間的時間。

(64) 原初：起初。

人66放得三哥返，千兩黃金答謝伊不算。投告天地，保庇67乞阮兒婿返，共68伊同入花園。

【尾聲】

舊債鴛鴦69必須還，鐵毬落井終到底，有緣分相見70，願即還。今旦無計71會，佤得72阮心開。不免叫益春出來，共伊思量，寫一封書，討些兒衣裳，叫小七送去路上尋伊，也表得阮姿娘人73有一點真心。

（旦叫）

（貼上）

65 丁古：即瘸鼓。瘸、鼓皆中醫惡病名，罵人的話。（依曾憲通說）

66 值人：什麼人。

67 保庇：保佑。

68 共：與。

69 舊債鴛鴦：即「鴛鴦債」。比喻情侶間未了卻的夙願。

70 鐵毬落井終到底二句：意謂終究能夠團圓。元杜仁傑【般涉調・耍孩兒】套曲【哨遍】：「鐵毬兒漾在江心內，實指望團圓到底。」

71 無計：沒有辦法。

72 佤得：怎得。

73 姿娘人：同孜娘人、諸娘人，女人。

【勝葫蘆】

娘仔[74]拙時都無意，坐繡房畏八死[75]，且喜官人無事志[76]。聽見叫，因勢[77]行到廳邊。

（見介）

（旦）來啞，益春，我只處心悶[78]，你說官人無事志，故意來謔[79]我。

（貼）簡[80]做乜[81]敢謔啞娘？官人只去必見伊兄，返來共娘仔依原[82]相見。

（旦）賊婢，是誰障說？我今卜共你思量，使小七送些兒銀共衣裳，趕去路上還伊，通去不？

（貼）啞娘只話[83]說是。

（旦）你去共[84]我叫得小七收拾，便帶筆硯來，我卜寫書[85]寄去。

---

[74] 娘仔：對女子的尊稱。（依曾憲通說）

[75] 畏八死：是怕羞之義。八死（音 pueh-sí），害羞之義。（依洪惟仁說）

[76] 事志：事情。

[77] 勢：原作「世」，依吳守禮校改。

[78] 悶：原作「問」，依吳守禮校改。

[79] 謔：戲謔。

[80] 簡：傭人。此處為益春自稱。

[81] 做乜：幹什麼。

[82] 依原：依舊。

[83] 只話：這話。

[84] 共：替；為；幫。

（貼下旦介）

【一封書】

（旦）薄緣妾黃五娘，一封書信專拜上。自別後，減顏容[86]，朝思暮想倍淒涼。恩情總在不言中，海枯石爛情意無窮，生不相從死亦從。益春，書寫了，共我叫小七出來，我分付伊。

（貼）小七，啞娘叫你。

（淨上）

（旦白）小七，你收拾完了，因勢[87]起身。明旦倒來[88]，我卜[89]甲[90]阿公現一厶[91]乞你。我只內銀五兩，衣裳一套，書一封，你連冥[92]趕去。官人伊是落遞[93]其人，你為我透計[94]赴去，定見須着見官人面，暗

---

[85] 書：信。

[86] 自別後二句：意謂分別之後因相思而消瘦。唐太原妓寄歐陽詹：「自從別後減容光，半是思郎半恨郎。」

[87] 勢：原作「世」，依吳守禮校改。

[88] 倒來：回來。見連金發荔鏡記趨向式探索。

[89] 卜：要。

[90] 甲：教；叫。（依曾憲通說）

[91] 厶：妻子。（依曾憲通說）

[92] 連冥：連夜。

[93] 落遞：發配。

靜95還伊。長解知了騙伊个。

（淨）小七因勢起身。

【四邊靜】

拜辭阿96娘便起里97，一路恰是風送箭。

（旦）得見恁官人，共伊說就裡98。

（合）崖州一路，遠如天邊。願得早返來，燒香投告天。

（旦）你去路上着細二99，用心尋卜伊見。上覆100恁官人，千萬惜身己。

（合前）書信衣裳親手封，薄幸101佳人致意濃。

94 透計：千方百計。

95 暗靜：偷偷地。（依曾憲通說）

96 阿：原作「呵」，依吳守禮校改。

97 里：原作「理」，據文義改。

98 就裡：究竟。裡，原作「理」，據文義改。

99 細二：即細膩；細緻、小心。

100 覆：原作「福」，依吳守禮校改。

101 薄幸：猶薄命，福分少。元侯克中【黃鐘・醉花陰】套曲【掛金索】：「第一才郎，俺行失信行；第二佳人，自古多薄幸。」

情到不堪回首處，一齊分付與東風[102]。

[102] 情到不堪回首處二句：意謂無可奈何。元高則誠琵琶記第十五出：「情到不堪回首處，一齊分付與東風。」首，原作「手」，據文義改。

第四十九出　途遇佳音

【四朝元】

（潮腔）腳瘦袂❶行，首領莫做聲。為着私情，拆散，千里斷形影。伊許處❷被雲遮，我只處隔山嶺，山嶺。樹林烏❸暗恚❹人驚。猿啼共鳥叫，哀怨做野聲。越添我心頭痛。喋，那為五娘仔乞人屈斷，配送崖州城。腹飢飯又袂食，無處通可歇，怨切❺身命，怨切身命。目滓❻流落，無時休歇。

【皂羅袍】

（生）自恨一身遭貶，家鄉隔斷路八千。到只其段，誰解倒懸❼，紅粉佳人總無緣。

❶ 袂：不。這裡是不能之意。
❷ 許處：那處。
❸ 烏：原作「鳥」，依吳守禮校改。
❹ 恚：惹；引。
❺ 怨切：怨恨。
❻ 目滓：眼淚。
❼ 解倒懸：把人從危難中解脫出來。孟子公孫丑上：「當今之世，萬乘之國行仁政，民之悅之，如解倒懸也。」

（丑）只一嶺正是秦嶺，四時雪擁藍關地，方信文公馬不前❽。

（生）原來秦嶺正是只處。當初韓文公遭貶到只處，被霜雪凍。後來得伊孫湘子❾，力❿雪掃過此嶺去。

雲横秦嶺，惡遇韓仙⓫。腳痛袂行，心危倒顛，正是雪擁藍關馬不前。

【望吾鄉】

（丑）你莫閑聲共閑氣⓬，我一身着你障累⓭，過盡⓮千山共萬水，么仔⓯後頭受腹飢。

倒懸，頭向下、腳向上懸掛著，比喻極其艱難、危險的困境。

❽ 只一嶺正是秦嶺三句：元和十四年（西元八一九年），唐憲宗遣使者迎佛骨入禁中，三日後乃送佛寺。朝臣無諫阻者，韓愈一生致力於興儒辟佛，時任刑部侍郎，獨上諫佛骨表諫阻，言辭激切。憲宗大怒，欲置韓愈死地，幸得宰相裴度等力保，方得免死，貶為潮州刺史（參兩唐書本傳）。韓愈貶謫途中作左遷至藍關示侄孫湘：「一封朝奏九重天，夕貶潮州路八千。欲為聖明除弊事，肯將衰朽惜殘年！雲橫秦嶺家何在？雪擁藍關馬不前。知汝遠來應有意，好收吾骨瘴江邊。」文公，韓愈諡號為文，故世稱韓文公。此處秦嶺、藍關是借用古代地名，不是真實地名。

❾ 伊孫湘子：韓愈的侄孫韓湘，元和十四年（西元八一九年）二十七歲，尚未登科第，遠道趕來從韓愈南遷。後四年，即長慶三年（西元八二三年），韓湘進士及第，後為大理丞。世傳其學道成仙，成為道教八仙之一的韓湘子。

❿ 力：把。

⓫ 雲横秦嶺二句：意謂此次雲横秦嶺，自己卻難遇韓湘子，不能像韓愈當年那樣得到他的救助。惡，難。

⓬ 閑聲共閑氣：唉聲嘆氣。

⓭ 障累：這樣連累。

（生白）望首領，莫急氣，帶着阮共你相偎隨。

（丑）兄弟！我實辛苦，有酒買一瓶食。

（生）首領兄，你且歇困⑯，待阮買一瓶酒共⑰你食。

（丑）好，恁大家都歇一下。我也是好人，莫怪我。

（生）你是官差，做乜⑱怪你？

（淨上）

【望吾鄉】

收拾因時便起里，天塘舖近在赤麻山邊。鳳嶺先登，桃山里過了，便是白塘舖司，靈山驛，潮陽市。緊行上趕過去，龍井溪店歇下冥。走得好辛苦，一舖又一舖。做緊⑲走來去，恐畏日無晡⑳。

（淨看介）前頭一位官人，好親像㉑官人，不免趕過認一認。

---

⑭ 盡：原作「監」，據文義改。

⑮ 厶仔：妻兒。（依曾憲通說）

⑯ 歇困：歇息。

⑰ 共：給。

⑱ 做乜：幹什麼。（依曾憲通說）

⑲ 做緊：趕緊。（依曾憲通說）

⑳ 晡：原作「捕」，依吳守禮校改。

（淨見）正是阮官人。
（生）小七你慌慌忙忙，趕來七事㉒？
（淨）直來報消息。
（生）報七事？你啞娘可好不？
（淨）通說無，啞娘那從㉓共官人分開，乞阮啞公冥日罵，切㉔去吊死除㉕。
（生）天亞，虧娘仔為我送除性命。
（淨笑）句㉖未死。
（生）小七，你做七通㉗騙我！
（淨）我試看官人，你痛㉘阮啞娘不？
（生）我做七不痛伊？

㉑親像：好像。
㉒七事：什麼事。
㉓從：原作「全」，依吳守禮校改。
㉔切：恨。參吳守禮新刻增補全像鄉談荔枝記研究——校勘篇，一九六七年六月油印本，第一五六頁。
㉕除：了。
㉖句：還。見施炳華荔鏡記音樂與語言之研究，文史哲出版社二〇〇〇年版，第四六七頁。
㉗通：可。
㉘痛：疼愛。（依林倫倫說）

（淨）阮啞娘為你頭不梳，面不洗，苦切成一七樣㉙。

（生）啞娘可會食袂㉚？

（淨）袂苦食，一頓食二碗，添一碗。啞娘直使小七送一封書、一套衣裳來，卜還官人替換。

（淨背生㉛白）阮啞娘句有二十兩銀，卜還官人只路上使用，甲㉜你莫乞長解知，許烏龜了㉝騙你个。

（生）感謝恁啞娘。

（淨介）

（生讀前一封書）小七，我今寫一封書，還你帶返去探恁啞娘。

【一封書】㉞

陳伯卿，書拜稟，上覆五娘有情妻：一路來受艱辛。遇着我簡兒㉟，報說我兄陞都堂御史，查勘軍民。想我只去定相認。如書到日，以代親陳㊱，返來琴絃須再整㊲。小七，

㉙ 七樣：什麼樣。

㉚ 袂：不。

㉛ 生：原作「旦」，依鄭國權校改。

㉜ 甲：教；叫。

㉝ 了：會。

㉞ 【一封書】：鄭國權注：陳三這封信寫在遇見管義之前，怎知兄陞都堂御史？這是原刊本的疏忽之處。如果放在本出之尾，待見了管義之後再唱【一封書】就合理了。

㉟ 簡兒：佣人。

書寫便了。

（末上）

【望吾鄉】

跟隨大人廣南市，不覺又三年。今日使我返去報喜，心忙㊳走如箭。一里過了又一里，人說回馬不用鞭㊴。許一人㊵好親像阮三爹，那卜是㊶，因乜㊷障般㊸行來？好可疑，不免近前看一看。元來㊹都是㊺三爹。

（末生臨㊻白）管義，你值㊼來？

㊱ 親陳：當面陳述。

㊲ 琴絃須再整：比喻夫妻感情和諧，關係親密。古代常以琴瑟比喻夫妻關係。詩經周南關雎：「窈窕淑女，琴瑟友之。」明沈受先三元記團圓：「夫妻和順從今定，這段姻緣夙世成，琴瑟和諧樂萬春。」

㊳ 忙：原作「望」，依吳守禮校改。

㊴ 回馬不用鞭：指馬兒走回頭路不用鞭子也能跑得快，比喻駕輕就熟。宋無名氏張協狀元第四十出：「（淨）回馬不用鞭。（合）不覺過一里又一里。」

㊵ 許一人：那一人。許一，原作「詩□」，依吳守禮校改。

㊶ 那卜是：要是。

㊷ 因乜：為什麼。

㊸ 障般：這般。

㊹ 元來：即原來。

㊺ 都是：正是。

（末）簡㊽在廣南返來。
（生）起來。
（末）三爹因乜做障行來？
（生）我在潮州為姦情，知州力㊾阮發配崖城㊿。
（末）乜人51管解？
（生）有長解在只52。
（末）只正是長解，賊種好打！
（生）伊是官差，莫打伊。
（丑）無你勸，都乾乞伊打53。
（末）只一位是七人？

㊻ 臨：吳守禮注：認。
㊼ 値：哪裡。
㊽ 簡：佣人。
㊾ 力：把。
㊿ 崖城：崖州城，故址在今海南三亞崖城。
51 乜人：什麼人。
52 只：這。
53 都乾乞伊打：都白白地給他打。乾，徒然；白白地。

（生）是五娘仔簡仔54，送衣裳來度55我。
（末）阿兄，煩動你來。
（淨）莫動手。官人，只一人正是誰？
（生）只正是跟阮大人做官个。
（淨）我見即驚人。
（生）大人做官，拙時56都好？
（末）恁大人官陞都御史，敕賜劍印隨身，欽差各府，查勘官吏。比三品以下官員，不公不法者，聽從拿問，不待奏請。今先使我先返去，報乞老大人得知。大人隨後起馬，量也卜57到。
（生）且喜共我哥相見有日。
（介）你先返，報乞大人得知。
（末）啞！
（生）小七，只一封書送返去度恁啞娘，甲伊莫煩惱，我兄又陞都堂了。
（淨）許阮啞娘又好得桃58。

54 簡仔：佣人。
55 度：予。見施炳華荔鏡記音樂與語言之研究，文史哲出版社二〇〇〇年版，第四六八頁。
56 拙時：這些時候。（依曾憲通說）
57 卜：要。

（生）小七，即㊾零碎銀乞你路上去買物食。

（淨）啞娘有銀乞小七，不使。

（生）見有㊿也罷。

（入白）封書寄與黃五娘，虧伊許處受虧傷。
只去定是見伊面，便得一身早落場(61)。（並下）

---

(58) 得桃：遊玩；玩耍。（依曾憲通說）

(59) 即：這。

(60) 見有：既有。

(61) 落場：下場。（依曾憲通說）

第五十出　小七遞簡❶

【臨江仙】

（旦）憶着情人倆奈何❷，鴛鴦拆散討無伴。

（貼上）障般苦，冥日❸割❹，橫在心頭倆得花❺。

（旦）憶着情人隔值方❻，四壁蟲豸❼畏聽聞。小七只去未見返，枉屈冥日割心腸。

（貼）啞娘莫苦發業❽。官人常說，廣南運使是伊親兄，四川知州是伊叔，想去也無事。簡在街上去，

❶簡：書信。

❷倆奈何：怎奈何。

❸冥日：日夜。

❹割：即割吊，難受。

❺花：萬曆本作「灰」。吳守禮：「花」表音，「灰」表義，熄滅也。吳守禮新刻增補全像鄉談荔枝記研究——校勘篇，一九六七年六月油印本，第十九頁。

❻值方：什麼地方。（依曾憲通說）

❼蟲豸：蟲子。豸，原作「蝤」，依鄭國權校改。

❽發業：發急。金董解元西廂記諸宮調卷七【賺】：「收拾起，待剛睚些，爭奈這一雙眼兒劣。好發業，淚漫

人盡說七運使陞上都堂御史，官府盡差人等接，必定畏是❾。

（旦）益春，許那卜是❿，豈⓫不歡喜！

（貼）啞娘，那卜是，許是⓬啞娘有橫眼⓭。

（旦）雖是障說⓮，目前句[扌蒸]⓯人煩惱。

【雙鳳飛】

（旦）忽然聽見小七叫聲，卜是⓰我君有書信返，連忙趕去看。有一孤雁飛過一影。伊是無伴，即叫慘聲。憶着伊人，腸肝寸痛。早知相見障惡⓱，不如共伊去行程。

（淨末）盤山過嶺，路途粗涉實惡行⓲。今旦且喜，官人只去⓳遇伊兄。封書寄返，再三

漫地會聖也難交睫。」

❾ 畏是：會是。

❿ 那卜是：要是。

⓫ 豈：原作「起」，據文義改。

⓬ 許是：那是。（依曾憲通說）

⓭ 橫眼：慧眼。

⓮ 障說：這樣說。

⓯ [扌蒸]：即[毛灬]。惹；引。

⓰ 卜是：或許是。見施炳華荔鏡記音樂與語言之研究，文史哲出版社二〇〇〇年版，第四六五頁。

⓱ 障惡：這樣難。惡，難。

⓲ 惡行：難行。

上覆阮娘仔。小七返來，雙腳變做四腳行⑳，雙腳變做四腳行。

【尾聲】

一路恰是風送箭，正是回馬不用鞭㉑，二人趕到那霎時㉒。

（小七白）啞兄，只是阮舍了，你只外等待，我入去共㉓阮啞娘說了，即請你入去。

（入見介）

（旦介白）小七，你返來了，曾㉔見官人啞不？

（淨）通說㉕，那撞見長解㉖，說官人一路受苦袂當得㉗。又着一白賊㉘仔騙伊說，阿㉙娘乞啞公罵，

⑲ 只去：此去。

⑳ 雙腳變做四腳行：指去時一個人，回來時兩人同行。

㉑ 回馬不用鞭：指馬兒走回頭路不用鞭子也能跑得快，比喻駕輕就熟。宋無名氏張協狀元第四十出：「（淨）回馬不用鞭。（合）不覺過一里又一里。」

㉒ 那霎時：剎那時。

㉓ 共：給。

㉔ 曾：原作「情」，據文義改。

㉕ 通說：聽說。

㉖ 長解：解差。

㉗ 袂當得：當不起。

㉘ 白賊：撒謊。見施炳華荔鏡記的用字分析與詞句拾穗。

㉙ 阿：原作「呵」，據文義改。

去吊死除㉚，伊切㉛去咬舌無命。

（旦）天啞，卜做倆㉜得好？

（淨）啞娘，未死，我那是騙你。

（旦）斬頭！我怙㉝你如怙天，你做七㉞通㉟騙我？

（淨）小七試看啞娘句㊱痛官人不？

（貼）青冥頭㊲！啞娘使你，你做七通騙啞娘？

（淨）我看你句痛我也不？

（貼）我痛袂得你死！

（旦）閑話且莫說，官人倆樣㊳了？

㉚ 除：了。

㉛ 切：恨。參吳守禮新刻增補全像鄉談荔枝記研究——校勘篇，一九六七年六月油印本，第一五六頁。

㉜ 做倆：幹啥；怎麼。

㉝ 怙：依靠；仗恃。

㉞ 做七：幹什麼。

㉟ 通：可。

㊱ 句：還。

㊲ 青冥頭：瞎了眼，罵人的話。

㊳ 倆樣：怎樣。

（淨）今官人且喜。伊兄家人在任來，撞着恁官人，說伊兄陞都堂了。即共小七一齊來，也帶有書來探啞娘。

（旦）今伊家人值處㊴？請伊入來。

（淨）啞兄，啞娘卜請你入去。

（末拜）

（旦白）免拜，起來，路上辛苦。你路上撞着你三爹，可有乜話㊵說無？

（末）阮三爹再三分付，甲㊶娘仔莫煩惱。伊今只去見阮老爹，不使㊷七、八日便返來，句有一封書㊸在只處探娘仔。

（旦）小七，去討湯㊹洗腳，討飯食，伴伊得桃㊺。

（末白）管義下去泉州報喜，緊緊㊻，恐畏㊼大人隨後就到，不敢遲慢。

㊴ 值處：什麼地方。

㊵ 乜話：什麼話。

㊶ 甲：教；叫。

㊷ 不使：不用。

㊸ 書：信。

㊹ 湯：熱水。

㊺ 得桃：遊玩；玩耍。（依曾憲通說）

㊻ 緊緊：時間緊迫。

（旦）見然障說㊽，明旦早乞㊾你去。

（末下）

（旦讀前一封書）謝天謝地，且喜共伊相見。

（貼）啞娘，今且喜。

（旦）益春，當初說伊兄做官，恁句不信，今旦果然是。

（貼）簡見啞娘你結交个也無怯人㊿。

（旦）鬼仔51整話52？

（白）夢裡憶着有情郎，接着封書心不酸。
返來琴弦須再整，鴛鴦雙雙同一床53。

---

47 恐畏：恐怕。

48 見然障說：既然這樣說。

49 乞：給。

50 怯人：壞人。

51 鬼仔：小鬼。

52 整話：什麼話。

53 夢裡憶着有情郎四句：下場詩第一句原只存「情郎」二字，第三句原只存「再整」二字，依吳守禮校補。琴弦須再整，比喻夫妻感情和諧，關係親密。古代常以琴瑟比喻夫妻關係。詩經周南關雎：「窈窕淑女，琴瑟友之。」明沈受先三元記團圓：「夫妻和順從今定，這段姻緣夙世成，琴瑟和諧樂萬春。」

第五十一出　驛遞❶遇兄

【風儉才】

（淨❷）十品驛官❸是驚人，遞官接使不胡忙❹。錢銀無通❺乞❻我趁❼，誰人知我障艱難❽。小官便是北山驛丞，今旦❾馬上牌來報，泉州陳運使今陞廣南都堂。今旦只處❿經過，必須備辦夫馬聽候。

❶ 驛遞：驛站。大唐秦王詞話第五十七回：「掌印官不許私饋禮物，驛遞量給供用，毋得奢費勞民。」
❷ 淨：原缺，據文義補。
❸ 十品驛官：驛官即驛丞，官秩為未入流。
❹ 胡忙：慌忙。
❺ 無通：無可。
❻ 乞：給。
❼ 趁：賺。
❽ 障艱難：這樣艱難。
❾ 今旦：今日。
❿ 只處：這裡。（依曾憲通說）

（丑淨生上）三爹，只處正是北山驛，必須着進去交遞。

（丑）稟老爹，潮州府一起犯人交遞。

（淨）叫過來見。

（生）立在屋簷下，怎敢不低頭。

（生跪）

（淨問）有大批⓫，接⓬上來看。

（丑）有大批在此。

（淨）接上來。

（淨讀）

（末報）稟老爹，陳都堂起馬來得甚緊。

（淨）犯人且收在遞運使⓭。

（生丑下）

（末上白）有福樣人人伏事⓮，無福樣人伏事人。小人不是別人，便是陳大人手下。今旦大人卜返去。

⓫ 大批：批文。

⓬ 接：原文漫漶，據下文補。

⓭ 遞運使：負責交遞的官吏。

⓮ 伏事：服侍。

說都未了，大人來到。

【縷縷金】

（外）今旦身富貴，衣錦返鄉里⑮。欽委⑯諸州縣，查勘官吏，豪霸刁民不饒伊。人盡說我是太白金星⑰。只處是值驛⑱，正都無一人等接？

（末）只正是北山驛。

（淨上跪介）驛丞接爺爺。

（見介）

（三合）你是北山驛驛丞？

（淨）是，老爹。

（外）起動⑲你遠接。

（淨）不敢。

（外）你只鄉村驛所，不比州城所在。今旦我趕路來辛苦，夜間不許人打攪我。

⑮ 衣錦返鄉里：即「衣錦還鄉」。史記項羽本紀：「富貴不歸故鄉，如衣錦夜行。」

⑯ 欽委：皇帝委派。

⑰ 太白金星：星名，即金星。亦為神話傳說中的天神。相傳李白是其母夢見太白金星落入懷中而生，因此取名李白，字太白。

⑱ 值驛：什麼驛。

⑲ 起動：勞動。

（淨）喏，聽爺爺法度。

（外睏⑳）（生唱）

【鎖金帳】

一更鼓轉，惹人心悶損。二更鼓打，思量心頭酸。三更鼓催，腸肝做寸斷。四更鼓盡，無人通借問㉑。五更卜發擂㉒，刑罰實惡當㉓，未知娘仔在值方㉔？

（外介白）左右開了門，叫驛丞進來。

（末叫）

（淨上）

（外㉕）這老狗好打！

（淨叩頭）驛丞不敢。

（外）我昨晚分付，叫你不要與閑人打攪我，我睡到三更時節，是甚麼人則管哀哀哭哭，一夜到光㉖？

⑳ 睏：原作「困」，據文義改。

㉑ 通借問：可以詢問。此處是可以說話之意。

㉒ 發擂：發抖。擂，戰。（依洪惟仁說）

㉓ 惡當：難當；受不了。

㉔ 值方：什麼地方。

㉕ 外：原作「淨」，據文義改。

㉖ 光：天亮。

（淨叩頭介）無有，爺爺。

（外）采下，打這老狗！

（末打介）

（外）我曉得你這驛丞都有欹媿㉗，但有上驛解有犯人到驛，你愛騙他銀子，不肯起解。將他百般鎖打，整㉘夜哀哭。

（淨）告稟爺爺，昨晚有一起犯人，是不曾起解，敢在遞運使里。

（外）哀哭定有冤屈。叫來，我問他。

（淨叫）

（生上）

（外）左右，把大門關上。

（生）哥哥，救伯卿。

（外）伯卿，你為乜事㉙，做只樣㉚行來？

（生）小弟那自送哥嫂到任，返來到潮州，因共黃五娘姦情，被林大誣告。知州貪贓，不聽人分訴，力㉛

㉗ 欹媿：即蹊蹺。意謂奇怪，可疑。

㉘ 整：原作「井」，依吳守禮校改。

㉙ 乜事：什麼事。

㉚ 只樣：這樣。

小弟問發㉜去崖州。今望哥哥救小弟。

（外）

【剔銀燈】

急㉝得我心頭火起，不長㉞進做障行儀㉟。我做官，爹媽怙㊱你奉侍，誰知你交三惹四㊲。全不顧家後事志㊳，看你一身卜做侢㊴得變？

（生唱）告哥哥聽說起理，那因去到潮州市。因五娘惹出事志，恨知州全不帶着些兒。望哥哥，救小弟殘生。

（外）不長進畜生，隨你去，我再㊵不理你。

㉛ 力：把。

㉜ 問發：問罪發配。

㉝ 急：原作「吉」，據文義改，下同。

㉞ 長：原作「掌」，依吳守禮校改。

㉟ 障行儀：這樣事情。

㊱ 怙：依靠；仗恃。

㊲ 交三惹四：惹是生非。

㊳ 事志：事情。（依曾憲通說）

㊴ 做侢：幹啥；怎麼。

㊵ 再：原作「侢」，依吳守禮校改。

（生）哥哥，救伯卿性命。
（外）左右，請夫人出來起身。
（貼上）**見相公着急是因乜㊶，小心近前來問因依㊷。**
（生叫介）嫂嫂，救伯卿。
（貼）是誰？元來㊸是三叔。因乜做障行來？
（生云前白）
（貼白）三叔，你哥哥心性如火。三叔且退，待我勸伊，伊定回心轉意。
（貼見外白）相公莫得性緊㊹，想姦情也是小可㊺事。
（外）夫人，只樣不長進小叔，你莫管伊，隨伊去耽當㊻。
（貼）**告相公，聽妾說起，須念同胞兄弟。便做姦情，小可事志。叵耐㊼知州，不帶着**

㊶ 因乜：為什麼。
㊷ 因依：原因。
㊸ 元來：即原來。
㊹ 性緊：性急。
㊺ 小可：平常；輕微；不值一提。元孟漢卿魔合羅雜劇第三折：「蕭令史，我與你說，人命事關天關地，非同小可！」
㊻ 耽當：擔當。
㊼ 叵耐：不可忍耐；可恨。

你些面兒。相公既是讀書，都不識㊽楚昭王渡江㊾故事。

(外)我不識。

(貼)當初楚昭王，棄妻子，憐兄弟。

(外)許㊿是古時人，我不學得伊51。

(貼)王祥、王覽相爭替死52，打虎須着親兄弟53。倆54伊解圍，莫乞外人議論恁兄弟不是。

(外)夫人啞，比55我也是障問56，朝廷法度，誰敢挪移57。我不認伊。

㊽ 不識：不知。

㊾ 楚昭王渡江：春秋時楚國與吳國交戰，楚國大敗，楚昭王擕妻、子和兄弟芊旋乘小船渡漢江逃亡。船小風大，艄公讓關係稍疏者下水以保他人平安，楚昭王的妻、子相繼投水，但被龍神所救護。申包胥在秦國痛哭七晝夜，終於借得秦兵，助楚昭王復國。後來芊旋與楚昭王之妻、子相繼回國，一家團圓。元鄭廷玉有楚昭王疏者下船雜劇。

㊿ 許：那。

51 伊：原作「伆」，依吳守禮校改。

52 王祥王覽句：晉人王祥、王覽為異母兄弟，繼母對王祥不好。王祥在鄉里聲譽漸高，繼母很嫉妒，欲用毒藥酒害死他。王覽知道了，搶過藥酒來喝，繼母趕緊把藥酒奪來倒在地上。因為王覽這一舉動，繼母之心遂有悔悟。見二十四悌。

53 打虎須着親兄弟句：意謂兄弟相親。俗語：「打虎還得親兄弟，上陣須教父子兵。」見增廣賢文。

54 倆：替。見施炳華荔鏡記音樂與語言之研究，文史哲出版社二〇〇〇年版，第四七一頁。

（貼）相公，今卜返去厝見恁爹媽，說三叔送恁到任所，今值去了？卜做佣應爹媽？相公聽阮勸，認伊也罷。

（外）夫人請坐，我自有主意。叫得伯卿過來。

（貼）三叔，近前來見你哥。

（生見）

（外白）伯卿，你許時都不提起我名字？

（生）小弟也說，知州受財，全然不采。

（外）叵耐知州好無道理，都不存我面皮些兒。到許時㊽，做佣得變？

（貼）相公，今有乜主意？

（外）夫人，只知州無禮，我着人就去提來拷問發落伊。

（入白）紅旗照日氣蒼蒼，那見鑼鼓鬧玎瑺。
只去罷了知州職，顯得陳三兄有功。（並下）

㊺ 比：剛才。

㊻ 障問：這樣問。

㊼ 挪移：原作「勞移」，依吳守禮校改。

㊽ 許時：那時。

第五十二出　問革知州

【掛真兒】

(外)身受朝廷大褒恩，職位務要着清勤。查勘各府州縣官吏，名聲傳說滿乾坤❶。都堂御史有名聲，懲除奸惡鬼神驚。斷決刑名無私意，今日巡撫到潮城。

(左右)恐有七官❷進院參見，不許阻擋，須着通報。

(知州上)

(丑稟)知州進院。

(知州❸□□)潮州知州趙德❹參拜老爹。

(外)你是知州趙德？

(末)是。

---

❶乾坤：八卦中的兩爻，代表天地。易說卦：「乾為天……坤為地。」

❷七官：什麼官。

❸知州：底本此二字下有二字難辨。吳守禮疑作「見介」或「上白」。

❹趙德：鄭國權注：前稱趙得，合刊本未統一之誤。

（外）趙德上來。
（末）啞。
（外）陳三犯姦拐事情，不行伸詳❺，擅自問他發配崖州，是何道理？
（末）容小的說：陳三是黃中志家雇工人，不合姦拐家長子女，被林大告發，是知州從重問擬❻。
（外）陳三是官家子弟，憑那里問他為奴？我曉得了，你受林大買囑❼，故入人罪❽。
（末）沒有這情。
（外）左右，去了知州冠帶❾。
（末）實沒這情。
（外）林大上來，我問你，多少銀子送與知州？從實供來。
（淨）老爹，一些沒有。
（外）左右，把林大挾起來。
（丑）啞。

❺ 伸詳：審問詳明。
❻ 問擬：問罪判刑。
❼ 買囑：買通。
❽ 故入人罪：故意把罪名強加於人。
❾ 冠帶：帽子與腰帶，指代封爵、官職。明沈鯨雙珠記棄官尋父：「今日解了冠帶，扮做常人。輕囊健步，有何不可？」冠，原作「官」，據文義改。

（外）不從實供來，活打死你。有啞沒有？

（淨）有，有。

（外）多少送他？

（淨）不多，百兩。

（外）放了挾杖⑩。

（丑）啞。

（外）趙德，你不合受財，故入人罪。官吏貪贓，罷問革為民，贓銀入官，發落府監，候奏請定奪。

（末）老爹開生路，與小的走。

【剔銀燈】

（外）叵耐你做可不是，力姦⑪做為盜問擬。貪贓官吏卜做乜⑫？你性⑬命合該凌遲⑭。

（合）得⑮□□□□名字，卜貪贓，今旦便見。

---

⑩ 杖：原文漫漶，據文義酌補。

⑪ 力姦：捉姦。見連金發荔鏡記動詞分類和動相、格式。

⑫ 做乜：做什麼。

⑬ 性：原作「世」，依吳守禮校改。

⑭ 凌遲：封建時代一種殘酷的死刑。又稱「剮刑」，俗稱「千刀萬剮」。始於五代，元、明、清俱列入正條，清末始廢除。

⑮ 得：底本此字下有四字難辨。

（末）是知州做可不是，全不知三爹是機宜。今日有口通說乜⑯？望大人乞救殘生。（合前）

（淨）恨我命乖通說乜？送錢禮現厶⑰不識厶味。今旦落泊⑱受凌遲，望相公乞救殘生。

（合前）

（外）左右，把知州發本府監候。

（末下）

（外白）林大上來！你不合用銀打點衙門，又不合誣告人死罪。律：反罪坐罪⑲，減等發去邊遠充軍。

（淨）望老爹赦小的。

（外）采下打四十板，就發本府起解。

（淨哭下介）吾奴，人說為之生，我今為之死，為之充軍，為之罰米。

（末扮使臣）一封天子詔，四海盡知聞。詔書到，跪聽宣讀：切見都堂御史陳伯延，申奏親弟陳伯卿，桑林花下⑳，不告而娶，該杖㉑八十。離異發回寧家㉒。幸蒙龍顏大喜，見得伯延先治其國，後治其家。

⑯ 通說乜：可說什麼。

⑰ 現厶：娶妻。（依曾憲通說）

⑱ 落泊：落魄。

⑲ 反罪坐罪：即「反坐」，對誣告者處以刑罰。誣告他人犯罪者，即將被誣告某罪應受的刑罰反加諸誣告者。秦、漢及以下各代法律均有誣告反坐的原則。唐律疏議卷二三：「諸誣告人者，各反坐。」疏議：「凡人有嫌，遂相誣告者，准誣罪輕重，反坐告人。」

赦免伯卿前罪，夫婦團圓完娶。仍賜冠㉓帶榮身。知州趙德貪贓，合問為民。林大用銀打點，發去充軍。聖旨了也。

（外）謝聖恩。

（末）正是相逢不落馬。

（外）各自奔㉔行程。

（末下）

（外白）叫得巡捕㉕過來。

（丑上跪）

（外）你替辦羊酒、表裡㉖、花紅㉗，送去九郎家。對他講，明日要與三爹完親。

⑳ 桑林花下：即「桑間濮上」。桑間在濮水之上，是春秋時衛國之地。後來用「桑間濮上」指淫靡風氣盛行之處，男女幽會之所。

㉑ 杖：原作「仗」，據文義改。

㉒ 寧家：回家。

㉓ 冠：原作「官」，據文義改。

㉔ 奔：原文漫漶，據文義補。

㉕ 捕：原作「補」，據文義改。

㉖ 表裡：即表禮，見面禮。參吳守禮新刻增補全像鄉談荔枝記研究——校勘篇，一九六七年六月油印本，第二〇頁。

（丑）啞，小的就辦，不敢違誤。

（外）知州貪贓問為民，林大打點誤了身。（並下）

㉗花紅：即聘禮、彩禮。

第五十三出　再續姻親

【慢】

（丑上）仔兒今旦得成雙，銀臺蠟燭滿廳紅。有緣千里終相見，無緣對面不相逢。昨暮❶日，海陽❷知縣送聘禮來，說今旦伯姆❸同仔婿❹，卜❺來悉❻我仔❼共伊返去。不免分付益春，安排筵席等接。

（貼）水濁未知鰱共鯉，水清方見二般魚❽。

（丑）益春，筵席安排便未？

❶ 暮：原作「莫」，依吳守禮校改。
❷ 海陽：潮州府衙所在地。陽，原作「洋」，依吳守禮校改。
❸ 伯姆：親家母。
❹ 仔婿：女婿。
❺ 卜：要。
❻ 悉：帶。
❼ 仔：女。
❽ 水濁未知鰱共鯉二句：比喻真相未明時往往是非善惡不分，一旦真相大白，就能是非善惡分明。

（貼）安排便了。

（貼上）

【慢】今日再續只姻親，畫錦堂❾開孔雀屏❿。

（丑）姆姆請入。

（貼）只正是親姆⓫？

（生）正是。

（見介）

（丑）勞煩遠來，有失迎接。

（貼）親姆失禮。

（丑）益春，請恁啞娘。

（旦）**得見我君心歡喜，樂昌鏡破再團圓**⓬。

❾ 畫錦堂：位於今河南安陽，是宋代宰相韓琦回鄉任相州知州時，在州署後院修建的一座堂舍。其名據史記項羽本紀「富貴不歸故鄉，如衣錦夜行」之句而來。宋歐陽修作有相州畫錦堂記。畫，吳守禮校改「晝」，不從。

❿ 孔雀屏：北周武帝的姐姐長公主生下一個女孩，求婚者很多。其父竇毅畫兩隻孔雀在屏風上，讓求婚者各射兩箭，暗定誰能射中孔雀眼睛，就許配給誰。射的人超過幾十人，都不合要求，最後李淵兩箭分別射中孔雀的兩隻眼睛，於是就將該女嫁給了李淵，就是後來的竇皇后。見舊唐書高祖竇皇后傳。

⓫ 親姆：親家母。

（見介）

（丑）小七，討酒來把盞。

【撲燈蛾】

（旦）殷勤致意拜姆姆，准做親仔成遲⑬。念阮出世荊布⑭寒微。

（貼）只姻親都是前世。

（丑）感恩德重如天。

（貼）結草含環⑮，報恁恩義。

---

⑫ 樂昌鏡破再團圓句：唐孟棨本事詩情感載：南朝陳太子舍人徐德言與妻樂昌公主恐國破後兩人不能相保，因破一銅鏡，各執其半，約於他年正月望日賣破鏡於都市，冀得相見。後陳亡，公主沒入越國公楊素家。德言依期至京，見有蒼頭賣半鏡，出其半相合。德言題詩云：「鏡與人俱去，鏡歸人不歸。無復嫦娥影，空留明月輝。」公主得詩，悲泣不食。楊素知之，即召德言，以公主還之，偕歸江南終老。後因以「破鏡重圓」喻夫妻離散後又重聚。

⑬ 遲：原作「治」，依吳守禮校改。

⑭ 荊布：荊釵布裙，形容出身寒微。

⑮ 結草含環：即「結草銜環」，意謂感恩圖報。「結草」的典故見於左傳宣公十五年。秦晉交戰，晉將魏顆與秦國大力士杜回廝殺，正在難分難解之際，魏顆突然見一老人用草繩套住杜回，使杜回摔倒，當場被魏顆所俘。原來魏顆之父魏武子有一愛妾祖姬，他生病時曾囑咐魏顆，自己死後一定要選良配把祖姬嫁出去。後來魏武子病重，又要魏顆讓祖姬為自己殉葬。魏武子死後，魏顆仍然把祖姬嫁給了別人。其弟責問為何不遵父臨終之願，魏顆說自己執行的是父親神智清醒時的吩咐。晉軍獲勝的當天夜裡，魏顆夢見了結繩絆倒杜回的老人，

（合）花謝再開，月鈌⑯再圓。
（生）天生懶⑰一對夫妻，願卜百年。
（丑）寒親卑微淡泊，荊布裙衣，閑言語萬勿提起。
（余文）恁今一門都親誼⑱，錦被那遮勿輕棄。
（生）富貴雙全真無比。
（貼）一家轉去再團圓。
（入）錦堂銀燭豔色鮮，洞房春意自無邊。
今日花開昔日蕊，新姻緣是舊姻緣。

老人說自己是祖姬的父親，結草是為了報答魏顆。「銜環」典故見後漢書楊震傳注引續齊諧記。楊震父親楊寶九歲時，在華陰山北，見一黃雀為鷹所傷，墜落樹下。楊寶憐之，將其帶回家餵飼，百日後黃雀復原飛去。當夜，有一黃衣童子向楊寶拜謝，自稱西王母使者，並贈白環四枚，稱可保佑楊寶子孫位列三公，為政清廉。後果如黃衣童子所言，楊寶之子楊震、孫楊秉、曾孫楊賜、玄孫楊彪均官至太尉，且都以清廉著稱。

⑯ 月鈌：原作「缺月」，依吳守禮校改。

⑰ 懶：咱。

⑱ 誼：原作「議」，依吳守禮校改。

第五十四出　衣錦回鄉

（末）富貴必從勤苦得，男兒須讀五車書❶。今旦❷大人合家返來厝❸。說都未了，大人到。

【步步嬌】

（外❹生旦貼）恁今返去本州城，乞人傳名共說聲。恰是光業鏡，十分光彩十分明。轎馬相趕力，遠處官員等接迎。

【江兒水】

享福不那障❺。口食俸祿，雙馬符驗❻返家鄉。合家富貴不如常，腰頭金帶綠袞裳❼。

❶ 男兒須讀五車書：即「學富五車」之意。出自莊子天下：「惠施多方，其書五車。」形容學識淵博，讀書很多。

❷ 今旦：今日。

❸ 厝：家。

❹ 外：原作「末」，據文義改。

❺ 障：原作「章」，依吳守禮校改。

❻ 雙馬符驗：符驗為憑據、證件。明史職官志三：「符驗之號五：曰馬，曰水，曰達，曰通，曰信。符驗之制，上織船馬之狀，起馬用「馬」字，雙馬用「達」字，單馬用「通」字，起船者用「水」字，並船用「信」字。

今旦相共轉家鄉，拜見爹媽，歡喜一場。

【五供養】

五鋪一驛，水路站船馬共車，官員軍民遠接迎。祖宗積德好名聲，乞人傳說滿州城。恁今同姒卜相痛，賽過姊妹弟共兄。

【尾聲】

富貴若不返故里，恰是衣錦冥時行❽。大家慶賀太平，大家慶賀太平。

（入）等接軍民沿路排，百官迎送滿城知。
今旦返去宣恩德，明日遊馬賽蓬萊❾。

親王之藩及文武出鎮撫，行人通使命者則給之。」

❼ 袞裳：古代的禮服。

❽ 富貴若不返故里二句：據史記項羽本紀記載，項羽攻占咸陽後，有人勸他定都，但項羽思念家鄉，急於東歸，說：「富貴不歸故鄉，如衣錦夜行，誰知之者！」

❾ 等接軍民沿路排四句：下場詩「等接」、「軍」、「城知」、「返去」、「德」、「明」、「遊馬」、「賽蓬萊」等字漫漶，依吳守禮校補。蓬萊，傳說中海上三座仙山之一，另外兩座是方丈、瀛洲。

第五十五出　合家團圓

【菊花新】

（末丑❶）今旦仔兒返鄉里，夫妻二人心歡喜。一家富貴是無比，算來都是前生前世。銀臺蠟燭滿廳中，今旦仔兒返家門。府縣差官去等接，恁舍富貴是十全。

（末）老个，昨暮日本縣差官來報說，恁仔❷又陞都堂了。又說乞恩伯卿，冠帶❸榮身，早晚定是到。

【四句慢】

（外生旦）今旦返來心歡喜，得共爹媽相見。夫妻相隨返鄉里，恰是光月再團圓。

（見拜）（介白）謝天謝地，一家骨肉團圓。

（丑）只一位新婦❹，值處❺悉❻來个？好親淺❼，乞我斟❽一下。

---

❶ 末丑：原缺，據文義補。

❷ 恁仔：你兒子。

❸ 冠帶：帽子與腰帶，指代封爵、官職。明沈鯨雙珠記棄官尋父：「今日解了冠帶，扮做常人。輕囊健步，有何不可？」冠，原作「官」，據文義改。

❹ 新婦：古時稱兒媳為「新婦」。宋洪邁夷堅甲志張屠父：「新婦來，我乃阿翁也。」

❺ 值處：什麼地方。

（外）正是仔在潮州王❾長者厝❿，共⓫伯卿娶來个。

（丑）好仔，今旦一家團圓。

【排歌】

祖宗富貴是無比，一家都團圓。算來都是天注定，一分無由人排比⓬。

（合）花再開，月再圓，滿廳彩色乜標致。相慶賀，笑微微，一家安樂拜謝天。（末丑）

【撲燈蛾】

筵席安排起，大家醉微微。酒淋衫袖濕，花插帽簷欹⓭。合家團圓修⓮陰騭⓯，留傳後

❻ 焉：帶。

❼ 親淺：漂亮。

❽ 斟：親。

❾ 王：應作「黃」。

❿ 厝：家。

⓫ 共：給。

⓬ 排比：操辦；準備；安排。見施炳華荔鏡記音樂與語言之研究，文史哲出版社二〇〇〇年版，第三五九頁。

⓭ 酒淋衫袖濕二句：這裡是喝酒盡興的意思。二句出自宋邢居實拊掌錄，說歐陽修跟眾人行酒令，各作詩兩句，內容必須是犯牢獄罪以上的事。一人說：「持刀哄寡婦，下海劫人船。」另一人說：「月黑殺人夜，風高放火天。」歐陽修說：「酒粘衫袖重，花壓帽檐偏。」旁人問這怎能犯牢獄罪，歐陽修說：「當這種時候，比坐牢更厲害的罪行也要做的了。」

⓮ 修：原作「收」，依吳守禮校改。

世。一家大小都在只，兄弟和順值萬錢。

【尾聲】

悲歡離合有四字，頭着分開尾團圓。乞人編做一場戲，合家安樂拜謝天。

（末）一家富貴感上天，

（丑）衣錦回鄉再團圓。

（外）林大發配崖州去，

（貼）知州貪贓罷職還。

（生）寶鏡重圓今日會，

（旦）荔枝為記兩意傳。

（淨）潮陽隔別千山外，

（合）閩泉會合舊姻緣。

---

⑮ 陰騭：即陰德。深信因果的人指在人世間所做而在陰間可以記功的好事，也指暗中做的好事。

中國古典名著

專家校注考訂　古典小說戲曲大觀

世俗人情類

紅樓夢
脂評本紅樓夢
金瓶梅
老殘遊記
平山冷燕
品花寶鑑
野叟曝言
綠野仙蹤
禪真逸史
海上花列傳
九尾龜
醒世姻緣傳
三門街
花月痕
孽海花
魯男子
遊仙窟　玉梨魂（合刊）
筆生花
浮生六記

公案俠義類

水滸傳
兒女英雄傳
三俠五義
七俠五義
小五義
續小五義
蕩寇志
綠牡丹
羅通掃北
楊家將演義
萬花樓演義
粉妝樓全傳
七劍十三俠
包公案
海公大紅袍全傳
施公案

歷史演義類

三國演義
東周列國志
東西漢演義
隋唐演義
說岳全傳
大明英烈傳

神魔志怪類

西遊記
封神演義
濟公傳
三遂平妖傳
南海觀音全傳　達磨出身傳燈傳（合刊）

諷刺譴責類

儒林外史
官場現形記
文明小史
鏡花緣
二十年目睹之怪現狀
何典　斬鬼傳　唐鍾馗平鬼傳　（合刊）

擬話本類

拍案驚奇
二刻拍案驚奇
喻世明言
警世通言
醒世恒言
今古奇觀
豆棚閒話　照世盃（合刊）
石點頭
十二樓
西湖佳話
西湖二集

著名戲曲選

竇娥冤
漢宮秋
梧桐雨
琵琶記
第六才子書西廂記
牡丹亭
荊釵記
荔鏡記
長生殿
桃花扇
雷峰塔

雷峰塔

方成培／編撰　俞為民／校注

《雷峰塔》傳奇所描寫的「白蛇傳」故事是中國四大民間傳說故事之一，受到人民群眾所喜愛。劇中許宣、白娘子、青兒、法海等角色，形象已深植人心。其故事從原型到今日的面貌，在情節內容與藝術形式上，經歷了不斷改進與完善的過程。今本《雷峰塔》為清人方成培所編撰，他在舊本的基礎上進一步加以改造，賦予白娘子更多的人情味，突出她對愛情的執著追求，在劇本結構和劇情發展上，也更為合理緊湊。本書根據清乾隆刻本詳為校注導讀，提供讀者閱讀評賞。